父亲的永生楼

何葆国 ◎ 著

中国华侨出版社
·北京·

图书在版编目（CIP）数据

父亲的永生楼 / 何葆国著 . —北京：中国华侨出版社，
2018.5
ISBN 978-7-5113-7694-7

Ⅰ . ①父… Ⅱ . ①何… Ⅲ . ①中篇小说 – 小说集 – 中国 – 当代
②短篇小说 – 小说集 – 中国 – 当代 Ⅳ . ① I247.7

中国版本图书馆 CIP 数据核字（2018）第 074141 号

父亲的永生楼

著　　者 / 何葆国

责任编辑 / 高文喆　桑梦娟

责任校对 / 孙　丽

经　　销 / 新华书店

开　　本 / 670 毫米 ×960 毫米　1/16　印张 /15　字数 /170 千字

印　　刷 / 三河市华润印刷有限公司

版　　次 / 2022 年 2 月第 1 版第 4 次印刷

书　　号 / ISBN 978-7-5113-7694-7

定　　价 / 42.00 元

中国华侨出版社　北京市朝阳区静安里 26 号通成达大厦 3 层　邮编：100028
法律顾问：陈鹰律师事务所
编辑部：（010）64443056　64443979
发行部：（010）64443051　传真：（010）64439708
网　址：www.oveaschin.com
E-mail：oveaschin@sina.com

目录
contents

——— • 缓期执行 • ———

他本想打个盹儿，但却混混沌沌地睡了过去。班车在山间公路上跑得欢快，这是新开的旅游公路，早已不是十多年前那盘旋而上的"天路"，现在的路平坦得让他眼光发直，一会儿高架桥，一会儿隧道，以前回家坐的虽然是轿车，哪一次不是颠得肠子都要吐出来？现在的路居然修得这么好，看来政府为了搞土楼旅游开发，确实下了大本钱。路阔气了，车子平稳了，瞌睡虫就爬了上来，他实在太困了，这些天几乎就没合过眼，当眼皮奄拉着要合上时，那些陈年旧事就从脑子里跳出来，影影绰绰的有许多人上蹿下跳，好像有人支起木棍把他的眼皮撑开一样……

"哎，到啦，下车，下！"他被人拍着肩膀叫醒，睁开迷糊的双眼看着面前的女售票员。

"杨坑，往前走就是了。"女售票员往车窗外比画一下。他下意识地"哦"了一声，像是从梦里醒过来一样，连忙起身往下走。双脚刚在地上站稳，眼光还没有适应面前的一切，一个写着旅行社名字的提包"砰"地从车上扔在他脚边，这辆过路班车"噌"地又开走了，卷起一股烟尘。

这是他的行李包，他弯腰提了起来，迟疑地往前走去。这就是老家杨坑吗？原来熟悉的景象早已不复存在，一切都变得如此陌生。脚下的水泥路反射着阳光，他感觉到一阵眩晕，身后突然响起尖厉的汽车喇叭声，嘀——嘀——嘀，把他吓了一跳，他慌忙躲到路边。一辆旅游大巴从他身旁开了过去，接着是几辆小车，它们都是来杨坑的。他想起许多年前他坐着一辆除了喇叭不响哪里都响的老吉普车回到杨坑，土楼里许多足不出户的老人都颤颤巍巍地过来看稀奇，那不知是多少杨坑人第一次看到真的汽车……当然那至少也是 30 年前的事了，那时他刚刚从乡里调到县里，现在一条笔直的水泥公路就通往了杨坑，身旁又驶过了三四辆车。尽管这些年一直在高墙大院里，但他也是知道的，土楼成了世界文化遗产，杨坑也搞起了旅游。

　　前面一棵大榕树，这就是他再也熟悉不过的风水树了，它在村口已耸立数百年，一视同仁地对待所有归来的游子，他不由得加快了脚步。大榕树左侧建了一个停车场，右边则是一排红砖瓦房，房间里走出两个穿保安制服的年轻人，其中一个脸上长满青春痘的像交警似的做了个停的手势，说："买票，买票。"

　　他顿了一下，方才明白这是对他说话，便张嘴说："我是，我来是……"他本想用客家话说，不知为什么，一开腔却是普通话，他感觉舌头硬邦邦的，声音被堵在喉咙里。

　　"这里是旅游景区，参观游览都要买门票，你有老人证吗？可以打五折。"那青春痘向他走了过来。

　　他佝偻着背一时说不出话，那房间门上钉着一块木牌，写着"售票处"三个字，下端还有一张图表，看不清上面的字，里面又走出来一个人，这是个长条脸的中年人，盯着他看了看，挥手对那两个年轻人说："让他进去。"

他想不起这人是谁，但可以肯定是他侄子外甥辈，他喉咙里咕咚响了几声，觉得还是应该说句话，脑子里搜索到了一些客家语词，但说出来还是客家话和闽南话混杂的腔调："我回来了，杨坑变得让人认不出来了……"他还在说着，那中年人和两个年轻人已经扭头走进了房间，他们显然没兴趣听他说话，看着他们冷漠的背影，他的心开始往下坠……

其实，所有的一切，杨怀荣早在出狱前就已经料想到了，只是他在城里早已没有立锥之地，而且他觉得自己年纪也大了，杨坑毕竟是老家，在立本楼里好歹还有一间他的房，可以开点荒地种点菜，了此残生，在城里他能干些什么？那个叫作柯岚的女人在他刚刚被纪检立案调查时就人间蒸发了，他也算不清她通过他的关系捞了多少信息费和中介费，这20年间偶尔会想起她，她就像一团飘忽不定的影子，越来越模糊了，她的声音却还是当年那股媚劲儿，"杨副，下半辈子我就陪你好好过了"，这声音在耳边响起时，他总要惊出一个哆嗦。

杨怀荣一脚跨进立本楼时，恍然觉得整座楼晃了一下，其实这是他内心的震颤，土楼何等坚固，数百年来风雨不动安如山。他第一眼就看到了天井货摊上的晓红，那活脱脱就是她母亲的翻版，他心里快速算出晓红今年应该是45岁，却让他看到了自己老婆55岁的样子，她老得也太快了。老婆和他同岁小几个月，在他坐牢不久后就病逝了，那年也就55岁，他最后一次看到的就是她55岁时的样子，现在，她的愁容似乎无一遗漏地复制到了女儿脸上。他早已麻木的心突然有了一丝灼痛感。

晓红扭头也看到了杨怀荣，脸上就像一潭死水似的没有任何表情，默不作声地从天井走上廊道，向楼梯口走去。这时，立本楼里游客不多，楼门厅一个穿着时髦的卖茶叶的女孩冲着杨怀荣说:"这位老先生,坐下来喝杯铁观音吧。"杨怀荣望着女儿的背影,迈着不大利索的步子沿廊道走去,楼梯口过去第三间,那是他家的灶间,又好像不是,他感觉像是在梦游。

晓红拉开腰门走进灶间,从壁橱里端出两碗菜搁在桌上,说:"饭在锅里。"她是对着墙壁说的,她甚至没看他一眼,就从他身边走了过去,又回到天井里的货摊上。杨怀荣愣愣地转着身子看着土楼里的新景象,一切都像梦境一样不真实,楼门厅、天井、祖堂,到处是货摊,摊上千篇一律得摆着茶叶、地瓜、树根、书籍还有一些莫名其妙的工艺品。这时,有一个导游举着一面小旗子走进了土楼,后面跟着十多个衣着鲜艳的中、老年妇女,土楼里顿时响起一片叫卖声。杨怀荣看到女儿手拿一包茶叶,嘴巴一张一合地对着一个老太太不停地说着什么,那老太太还是皱着眉头离去了,她转眼又缠上另外一个游客。

土楼变成了墟市,这完全不是杨怀荣记忆中的土楼了,他发现自己是一个局外人,既不是土楼人,也不是游客,匪夷所思地出现在这里。那个举着小旗子的导游朝他走了过来,不时往后面喊一声:"大家跟上,跟上。"杨怀荣走进灶间,放下手中的提包,这是他出狱前马干部送给他的,上面写着旅行社的名字,其实人生就是一场旅行,眼下就有这么多人到他老家的土楼来旅行嘛。那群中、老年妇女从灶间门前花枝招展地走过。杨怀荣装了一碗饭,桌上的两碗菜早已凉了,多年的牢狱生活使他对饮食全不挑剔,他扒了几口饭,夹了一筷子的炒薇菜(即蕨菜),吃得津津有味。一个老太太探进半个身子,用普通话向杨怀荣问道:"你在吃什么?"

"吃饭。"杨怀荣头也没抬地说。

又有两个老太太挤过来,她们用方言唧唧咕咕说着什么,杨怀荣没听懂，但他知道应该是在讨论他吃的是什么。回到土楼的第一顿饭，遭到了陌生人的围观，以前回到土楼里，在灶间吃饭的时候，隔壁邻居都会过来看他，有人还把家里的好菜匀一小碗端过来，现在呢，甚至没有一个楼里的人注意到他回来了，只有游客用听不懂的话议论着他。出狱前他曾给女儿寄了一封信，主要说何时出狱和准备回土楼两件事，女儿没回信，但肯定是收到了，只是没声张。这确实也没什么好声张的，从女儿冷漠的表情里，他知道自己的回来对她来说其实是一种耻辱。

砰地，灶间腰门突然被踢开，闯进一个十五六岁的少年，头发乱七八糟得像个鸡窝，眼斜斜的，嘴角上还淌着涎水，他瞪着杨怀荣看了一眼，突然跳着脚跳出灶间，又惊恐又亢奋地大声尖叫："坏人，坏人偷吃饭！"

杨怀荣一时没明白过来，透过窗棂看到那少年跳到天井里，向晓红的货摊跑去，比手画脚地叫着："灶间有坏人，坏人……"

晓红抬起手打了他一记耳光，说："去死，还嫌不够丢人是不是？"

耳光的响声有点沉闷，它像是打在杨怀荣脸上，他这下明白了，这个少年是他的外孙，是他从未谋面的唯一的孙辈。他从土楼乡调到马铺县那年，晓红在村里小学当民办教师，他想过几年找关系给她转正了，在城里给她找个好男人。但是随着职务的升迁，他把女儿的事忘记了，也许是压根没记在心上，在他当上副县长之后，身边出现了一个叫柯岚的女人，他开始跟老婆离婚冷战，女儿的事就完全被搁置在一边了。后来，婚没离成，他出事了，女儿被学校清退了，他在牢里给女儿写过几封信，表达过一个父亲的悔意，希望她找个可靠的男人嫁了，就在土楼里好好过日子。女儿从没回过一个字，也没寄过任何东西，他渐渐觉得这样才是正常的，这也是他作为一个失职父亲的惩罚，就如他犯的罪，他被判处死刑，缓期执行，没收个人全部财产一样，他在女儿的心里，也早已是不可饶恕的极刑。杨怀荣看到外孙捂着脸嘟囔着走开了，晓红拉住一个男游客开始推销货摊上滋阴壮阳的树根，他收起碗筷，心里对这个外孙充满了愧疚。女儿在他坐牢后嫁给了一个来杨坑打石头的外乡人，几年后这男人不辞而别，这些事他在牢里隐约听说过，他不知道的是她生了一个儿子，虽然看起来明显是智力发育不正常，但终究也是他的孙子。

"怀荣佬，是你啦。"腰门前停住一个人，冲着他说道。他一看是他的堂弟杨怀忠，连忙点了点头。杨怀忠推门走了进来，说："什么时候出来的？"

"今天，刚到一会儿。"杨怀荣说。

"出来就好，出来就好，"杨怀忠说，"我现在还是村支委，你有什么困难可以跟我说。"

"嗯，嗯……"杨怀荣说。

杨怀忠抖了抖手上的一叠纸，说："镇里发通知，明年元旦起，死人一律不准土葬，统统火葬。还有，村里要在坑尾建一座木桥，发动大家都捐一点钱。你先坐，我去发通知了，每家每户一份。"

杨怀荣没说什么，看着堂弟离去，他知道他当年在县里时，没少得罪人，这些亲戚一直忿忿不平，在他出事后甚至有人幸灾乐祸，想想也是自己活该，没什么可怨叹的。

窄小的灶间甚至比牢房还小，当然牢房里不止他一个人，而现在灶间里只有他一个人，他局促不安地走了两步，又木桩似的呆住了。当年他被判处死刑，缓期两年执行，并处没收个人全部财产，要是这土楼里的房间当时也归在他名下，不知会不会被没收？其实这土楼是祖上所建，代代相传，它是所有子孙后代的，只给你住并不归属于哪一个人。

杨怀荣看到外孙沿着廊道又走了过来，他全然忘记了刚才挨打的经历，没心没肺地咧着嘴，一路哼着什么调子。杨怀荣心里莫名地紧一下，想起行李包里有一罐饮料，是马干部给他路上喝的，他没喝，他连忙蹲下身子，从包里取出饮料，握在手心里，像是握着一个手雷，或许可以炸得外孙心花怒放。

外孙晃到灶间前，用身子撞开腰门，眼睛连看也不看杨怀荣，好像根本没看见他一样，手就往壁橱伸去。

"你要啥货？我这给你。"杨怀荣说着，把饮料递了过去。

外孙的眼一下就直了，手在空中停住，突然就抢过了饮料，动作熟练地拉开铝环，仰起脖子往嘴里灌，溢出来的水从下巴顺着脖子往下流。

"别急，慢慢喝。"杨怀荣说。

外孙猛喝几口停了下来，抹着嘴说："你是谁呀？"

"我是你妈妈的爸爸，你要叫我阿公，你不知道吗？"

"我妈妈也有爸爸，我怎么没有？"

杨怀荣心里"咚"地响了一声，说："你叫什么名字？"

"我叫志伟，杨志伟。"

杨怀荣摸了摸志伟的头，说："好名字。"

杨志伟甩着头走了，他站到廊道上把饮料喝完，然后空罐子放在脚下，使劲儿地踩得像鞭炮一样噼啪作响。他的神态确实异于同龄人，杨怀荣一眼就看出来了，这在本地话里叫作"半丁"，不能算一个人，只能算半个了。杨怀荣觉得半个也好，半个总比没有好。他突然想起来，以前他也是有过一个儿子的，叫晓强，高中毕业那年死于车祸，这事情差不多已经忘记了，没想到还能想起来。

天色渐渐暗了，立本楼安静了下来，各个货摊都在收摊，人们开始在灶间做饭。土灶已完全不用了，用的多是电磁炉，也有个别人家用液化气灶。杨怀荣坐在灶洞前，灶上摆着一个电磁炉，他没用过，但他知道现在做饭是很容易的事了，以前他还在乡里当干部，偶尔回家，看到老婆蹲在灶洞前起火，总要被火烟呛得直咳嗽。晓红收摊回到了灶间里，对她来说，坐在灶洞前的杨怀荣仿佛不存在一样，她没吱声，依旧绷着脸，按部就班地做着自己的事：淘米、通电、按下开关、抹桌子……

一团巨大的影就在眼前晃动着，杨怀荣看到女儿的动作时而麻利，时而疲惫，有时又有着拖泥带水的笨拙，他想女儿的今天主要是他造成的，如果他当时没犯错，一定不会有今天这种情况。突然，"砰"的一声，晓红从壁橱里拿起一只瓷盘子时，不知怎的掉到了地上，摔破了。

杨怀荣吃了一惊，连忙站起身，说："是怎么了……"

晓红还是默不作声，用脚踢了一下地上的破瓷片，操起靠在墙上的扫把，把碎片扫到了墙壁角落。

杨怀荣感到一种说不出的惶恐，连声音也发抖了，说："晓红，我……我对不起你妈、对……对不住、你……"

"别说这些，我不爱听。"晓红声音硬硬地说。

"真的……"

晓红沉着脸扭头走出了灶间。电磁炉上的高压锅嘶嘶嘶地尖叫着，杨怀荣心想，它要是爆炸了也好，把自己炸飞了多好。这时，高压锅里传出一股焦味，"嘀"的一声，电磁炉自动断电了。他想，女儿不接受自己的忏悔，这也怪不得她，自己把她们母女俩伤得太深了。那时他已经和柯岚公开住在一起了，并准备用最多一年的时间把第一桩婚姻处理掉，谁知陷入泥潭似的，五六年都没能摆脱干净，在他被双规的前半个月，法院第三次开庭审理他的离婚案时，老婆身揣农药，随时准备以死来维护这场早已死亡的婚姻，在这不公开的审理过程中，他看到了坐在旁听席的晓红绝望而冷漠的眼神，那直勾勾的眼光一从他脸上掠过，让他经受不住。最后法庭还是没有判决，他对着那个中年秃顶的法官咆哮起来。他记得那天晚上县委书记找他谈话，批评他闹得太过分了，搞得整个马铺县都知道副县长要离婚。他心头一酸，竟然哽咽了几声，说副县长就不能离婚吗？我追求幸福，这有什么不对吗？……

晓红从地里摘了一颗小白菜，在流水沟里洗干净，回到灶间就放在砧板上切，她咬着牙很用力地切着，菜刀在砧板上发出咔咔咔的响声，她哪里是在切菜，分明是在泄愤。

"晓红……"杨怀荣还是忍不住叫了一声，他把两只手整齐地放在裤腿上，背往下驼着，神态就像是请罪一样。

晓红没搭理他，转身背对着他，把砧板上的小白菜倒进电炒锅里，哗啦一声，勺子翻动起来。

"晓红……"

"别说好不好？"晓红操着勺子在锅里敲了一声。

杨怀荣就闭上了嘴，心里凉凉的。他想，要是能缝上，他干脆把嘴巴缝起来，把心也缝起来，全身都缝起来……他怔怔地从地上提起行李包，走出了灶间。晓红手持电炒锅把锅里的菜倒进盘子里，看也没看他一眼。

天已经黑了，环环相连的灶间大多开了电灯，土楼里晃动着一束束光亮，有的人家在炒菜，有的人家已在吃饭，小孩叫喊，大人训斥，四处飘动着土楼晚餐的热闹气息。这也曾经是杨怀荣所熟悉的土楼晚餐的景象，现在他却独自佝偻着背，提着行李，像一个外来的游客，脚步蹒跚地从廊道上走过，扶着墙走上楼。没有人注意到他，即使有人看到他也不以为然，自从土楼开发成旅游景区后，土楼里时常有一些陌生的游客幽灵般四处游荡，他们也已经不稀奇了。杨怀荣摸黑走到了三楼，楼梯口过去第三间是他的房间，不，准确地说，是老婆的房间，因为他已经20多年未曾在这里住过了，当然，他不会忘记，这房间曾经是他和老婆结婚的婚房，小小的房间里也曾留下过他们欢乐、甜蜜的回忆。

杨怀荣走到房间门前，刚伸出手，门就自动似的开了，原来门没关，他在门后找到电灯拉绳，拉了一下，灯没亮，再拉一下，灯亮了。房间里有一张床和一张桌子，床上有被子和枕头，看起来都是用过的，但洗得很干净，整个房间也是比较洁净的，很显然刚刚收拾过不久，他想，为了他的回来，晓红还是有所准备的，心里有一种小小的感动。一阵霉味冲到他鼻子里，他不由得打了一个喷嚏，整座立本楼似乎都震了一下，他想，也许这是告诉所有楼里人，他回来了。可是后面就是长久的沉寂，整座土楼好像沉没在冰雪里。他拉了灯，脱了外衣外裤爬上床，身体刚刚接触到床铺的时候，似乎有一种要被弹起来的感觉，想起来，他至少也有23年没睡在这张床上了，前面6年是和老婆闹离婚，不回来睡，后面17年是想睡睡不上，只能睡监狱里的铁丝床。杨怀荣翻动了几下身子，心想这把老骨头还能动弹多久？要是当年被立即执行，现在骨头都烂成灰了，缓期执行的后果就是他必须继续活在这个世界上接受无穷无尽的惩罚。

这时，有人在房间门上踢了一脚，杨怀荣正要开腔就听到了志伟的声音："你要不要吃饭啊你？"口吻像大人喝斥孩子一样。他知道应该是晓红指使他来的，便说："你去告诉你妈，说我不饿，不想吃。"

"你不想吃饭，你是不是想在床上偷吃东西啊？"志伟说。

杨怀荣扑哧笑了出来，这就是志伟，他的外孙，一个"半丁"的思维，他已经很久不会笑了，没想到现在还能笑出声来。他说："我床上没什么东西吃，你爱吃什么东西，我明天买给你吃。"

"我爱吃饮料，还有、还有饮料……"志伟憋着说不出第二样东西，用手捶了几下门，强调地说："饮料！"

"好，好，好。"杨怀荣连声应答。

立本楼也好，杨坑村其他楼也好，所有人对杨怀荣的归来，几乎都持一种漠不关心的态度，这有点出乎他的意料，但也正合他意，他原来担心的是回来之后陷入议论旋涡，现在看起来，大家对他没什么兴趣，这些年土楼人见多识广，什么场面没经过，什么人没见过，或许还因为他以前也从没给村里人办过什么好事，大家也都懒得说他那点破事了。杨怀荣想起有一年村里的伯洋和怀永到城里找他，希望他批点钱，在坑尾建一座水泥桥。伯洋说起来是他的叔辈，是村里的老支书，怀永也比他大几岁，是刚上任的村长，而他那时是马铺县的农业局局长，而且很快要当副县长了。坑尾是杨坑村的一个小村落，隔了一条溪，人口虽不多，但村里的耕田主要在那边，以前建过一次木桥，溪流涨水时把它冲走了，杨怀荣当然知道建水泥桥是村里人多年来的愿望，但他一脸"公事公办"地拒绝了伯洋和怀永，他说我是马铺的局长不是杨坑的局长，我要考虑的是全县这盘棋，坑尾要不要建桥，建什么样的桥，这要由县里有关部门来统一规划、设计和建造，你们先不要着急，以后再说吧。伯洋和怀永带着一肚子气回到村里，逢人就说怀荣佬这人太"四角"（原则）了，杨坑村出了这样一个干部不为村里人做好事又有何用？这事不知怎么被《马铺报》的记者知道了，写进了新闻报道里，杨怀荣反而成了不以权谋私的正面典型，但是后来他出了事，其中罪行之一就是擅自批准东溪乡建造一座水泥拱桥并为其违规挪用了扶贫款，杨坑村人这下有话说了，原来杨怀荣是假正经，敢情是村里没给他好处，他就不支持村里建桥，你说他还有一点杨坑人的味道吗？20多年后重归杨坑，走在杨坑的村道上，杨怀荣确实也觉得愧对家乡，村里人对他的冷漠，甚至无视他的存在，其实也是他的报应。

　　但是至少还有一个人理他杨怀荣，这就是他的外孙杨志伟，他每天头发乱糟糟的，脸总是洗不干净，看人的眼光大多是斜的，说话的语气有时像大人，有时像四五岁的无知小孩。杨怀荣每天见到他总要掏出口袋里一把断了好几齿的木梳给他梳头，一开始他总是扭开头，甚至用手打掉杨怀荣的手，但是几次之后，他就不再抗拒了，而是故意歪着头，让杨怀荣的木梳从他结成一绺一绺的毛发中划过来扒过去，头皮一阵阵麻麻的舒适感。

　　"志伟，你怎么不上学？"

　　"上学是什么？"

　　"上学就是读书。"

　　"读什么书？晓红说土楼不用读。"

　　"你妈对你好吗？"

　　"你妈呀，你妈是谁？"

　　"不说你妈，先说你爸，你爸怎么样？"

　　"你爸，你说你是我爸……"

　　"不是，我是你妈的爸，我不是你爸，我是说你爸在哪里？"

　　"我没爸，你不是我爸就算了。"

　　"我是你外公，阿公呀，不是你爸。"

"好了好了，谁稀罕什么爸？"

"志伟，你会不会写自己的名字？"

"我不会，你会吗？"

"我会。"

"你是不是叫志伟？"

"我不叫志伟，我叫怀荣。"

"欢迎（本地话里，怀荣谐音欢迎）？呵呵，欢迎，欢迎，热烈欢迎，去年有一个大官来到我们土楼。大官，你知道吗？"

"嗯，我知道大官，我以前也当过……志伟，你喜欢土楼吗？"

"我以后要住洋楼，我住在一楼，你住在二楼，我在楼下放个响屁，把你从楼上震下来，哈哈哈。"

杨怀荣和杨志伟每次说话都是没头没尾，随心所欲，想到就说，牛头不对马嘴。但这让杨怀荣觉得有趣、放松，没有压力，心头有一股暖暖的感觉。除了志伟，没有人愿意和他搭话，但是有一个志伟，他也满足了，这个在他坐牢期间悄悄降临人间的"半丁"，个头超过了他，智力还时常停留在五六岁的婴儿时期——或许这正是上天为他特意安排的，让他迟暮之年能够牵着孙子的手在土楼游荡。他还能说什么呢，他心里感激不尽。

杨怀荣牵着志伟的手走在杨坑村的情境，一度吸引了许多杨坑村人的眼球，那个脏兮兮的"半丁"似乎变干净了，像一头驯服的小牛犊被牵着走，在落日余晖的溪流跳石上，在薄雾飘荡的田埂路上，在月光朦胧的残墙断壁下，一个佝偻的老人和一个直愣愣的少年，一前一后，一高一低，一动一静，一拉一扯，他们的影像就如电影一般不真实，却又真实地出现在很多人的眼帘里。但是人们很快就熟视无睹了，一个坐牢回来的老头子，一个混沌未开的"半丁",人们对此懒得说什么了。

和立本楼隔着一垄菜地的溪岸有一座烧毁的土楼,杨怀荣自从记事起,这座土楼就只剩下两堵断墙了,三层楼高,墙头上长着杂草,据说这是当年被太平军烧毁的,本地话叫作"长毛反",100多年过去了,断墙依旧屹立不倒,而断墙下杂草丛生,乱枝纵横,蛇虫出没,大人总是告诫小孩不要到墙下玩,而志伟几乎每天都要拉着杨怀荣来到断墙下,他几次在杨怀荣的耳边悄声说着他的秘密,杨怀荣听不清,让他大声一点,他却越发地小声。

"你大声点,我听不到。"杨怀荣说。

志伟拉起杨怀荣的手,穿过两棵歪斜的芭蕉树,指着地上说:"你看。"

杨怀荣看到地上挖出了一个坑,差不多有半人高和宽,挖出来的黄土散落在四周,说:"你这是做啥货?"

"你知道吗?"志伟凑过来在他耳边说,"往下面挖会挖出一块白银。"

这回杨怀荣听清楚了,原来这就是志伟的秘密,他饶有兴趣地问:"是谁告诉你的?"

"谁告诉你,你真笨嘛,这还用告诉,是我告诉我的,我去年在这里埋下了一片柿子叶,它今年就会长出一块白银嘛。"志伟的声音突然粗了起来,明显带着一种不满——杨怀荣这样不明事理,似乎让他有点激动,脖子都涨红了。

"是,是,是。"杨怀荣连连点头。

志伟转身在地上摸了一会儿,摸出了他藏在树丛里的一把断柄锄头,扔到土坑里,说:"我一定要挖,挖,挖。"

杨怀荣抓着草根顺着土壁滑到土坑里,说:"挖,挖,挖,我来帮你挖。"

"不行，你挖出白银，你就跑了。"

"你真傻，我怎么会跑？挖出来也是给你的。"

"哦，你这么好呀。"

"是嘛，因为你是我孙子，我是你阿公。"

"好，你挖。"志伟转过身，朝着芭蕉树小便，哗啦啦打得芭蕉低垂的树叶哭爹叫娘。

杨怀荣弯腰捡起地上的断柄锄头，开始挖起来，这不知是志伟哪里弄来的锄头，柄太短，很不顺手，才挖了几下，他就感觉手上起泡了。他把挖开的土用锄板提起来，想倒在上面，但肩膀没有力气，胳膊也显得僵硬，怎么也提不上去。土坑上一堆土，他想要是推下来，差不多可以把自己埋了，他为这个念头感到一种莫名的兴奋，要是把自己埋了，明年能不能再长出一个自己？突然他忍不住笑了，叹自己也成了"半丁"一样的思维。

志伟撒完一泡长尿，说："我要喝饮料，饮料我要。"

"好，我带你去买。"杨怀荣放下锄头，从土坑里往上爬，最后一步好像要滑下去，志伟伸手拉了他一下，他心里蓦地激起一股暖流。

杨怀荣带着志伟在立本楼前的一个货摊买了一罐饮料，志伟却不急着喝，把它放进裤袋里，然后撇开两腿，两手剪着放在背后，装作大腹便便地往前走。杨怀荣刚才挖土挖得有些累了，赶不上他，只能在他后面跟着，气喘得厉害。

志伟晃荡到坑尾这边来了，他从裤袋里取出饮料，噗地一下拉开，猛喝一大口，被呛得直咳。杨怀荣大步走上来，轻轻拍了几下他的背，说："没人跟你抢。"

"鬼跟我抢。"志伟说。

"乱说。"杨怀荣摸了一下他的头说。

"你说有没有鬼呀？"

"有也别怕，有我呢。"

"你比鬼还大呀？你打得过吗？"

"打得过，打不过就跑嘛。"

"哼，我以后叫鬼来打你。"

"好，你叫吧。"

"骗你啦，我才不叫鬼打你，我要你打鬼。"

"好，我帮你打鬼。"

坑尾的溪流里有几个人正在打木桩，杨怀忠站在岸边喊叫着什么，还有两个人抬着一根木头蹚水走了过来。杨怀荣知道他们这是在建木桥，可是村里曾经想建一座水泥桥，还找过他呀……现在为什么还是要建木桥而不是水泥桥呢？这些年杨坑也搞旅游开发了，虽说门票是镇里的旅游公司收的，但给村里有分红，村里应该有点钱了。杨怀荣缓缓走上前，看看打木桩的人，又看看杨怀忠，说："建桥呢。"

杨怀忠眼睛转向一边，看也不看他一眼，只是嗯了一声。

"怎么不建水泥桥？"杨怀荣说。

杨怀忠往地上啐了一口，说："你批钱呀？"

杨怀荣一下被呛住，支支吾吾连大气也不敢出了。

"你现在是落伍了，镇里说了，只有木桥才能与杨坑优美的自然风光相搭配，水泥桥城里人见多了，他们来杨坑旅游要看的就是木桥，要拍木桥，水泥桥有什么意思？"杨怀忠大声地说，语气里带着数落的意思。

杨怀荣怔怔地退到一边，心里想起那一年冬天，柯岚带着一个脖子上挂着一条粗硕金链子的老板来到家里，介绍说他是企业家，刚在东溪山上搞了一个采石场，运石材的车辆要绕一大段山路才能把石材运出去，如果能在东溪上建一座水泥桥就方便了……这时，杨怀荣看到志伟下了水，连忙中断回想，边走过去边向他招手说："志伟，走，我们回去。"

这天晚上，杨怀荣做了一个梦，坑尾的木桥建好了，志伟走在桥上，木桥摇摇晃晃的，突然断成两截，志伟扑通掉到了水里。杨怀荣从梦里惊醒，出了一身冷汗。他不明白怎么会做这样的梦。那年东溪的水泥桥建好了，并且通车了，每天许多运送石材的大车从上面经过，他也做了个梦，梦见它断成两截，后来它果真断了，一辆过桥的大卡车和小轿车栽到了河里……杨怀荣折起身子坐在床上，外面的天还是黑漆漆的，他听得到自己的心怦怦直跳。

一条黑影从三楼摸下来，闪出了立本楼，像幽灵一样向坑尾飘去。月光下的溪流显得平缓，流水中间几根木桩细骨伶仃地待立着，黑影跳下水，抱住木桩摇动起来，左摇右摇，往上拔了一阵，又向一边推，慢慢地木桩歪向了一边，黑影抱住它往上拔，"嘭"的一声，竟然把它拔了起来，接下来的两根木桩，似乎也不大费力地拔了起来，他把它们放在水里，让流水漂走。

天亮后，建桥的人来到溪岸边，发现昨天打的三根木桩不见了，觉得很奇怪，嘀咕一番，重新打桩。这天效率高了一些，打了五根桩。第二天，他们来到现场后，发现那五根木桩又不见了。人们当即大呼小叫，有鬼，有鬼呀！杨坑见鬼啦！负责建桥的村支委杨怀忠得知消息后跑了过来，他岸上、水里察看了一圈，对大家说，鬼个头呀，是有人搞破坏！

哪个人破坏村里建桥，这比鬼出来闹事更让大家感到好奇。杨怀忠吩咐一番后，大家便抑制住心中的兴奋，带着神圣使命期待晚上的好戏。半夜里，那条人影果然又出现了，无声地飘到溪岸边，下水朝木桩走去，一把抱住就猛烈地摇起来。

这时，三把手电一起射向摇木桩的人，岸上响起嘈杂的脚步还有一阵吼叫，好几个人一起围了过来。

"原来是你呀，怀荣佬。"

"怎么是他，真是的。"

"怀荣佬，吃了什么枪药，力气真大呀。"

那个半夜拔木桩的人——杨怀荣此时正被三把手电照得睁不开眼，他用一只手挡着眼睛，怔怔地看着围拢过来的人。

"怀荣佬啊怀荣佬，你让我怎么说你呢？你这么一把年纪的人了，坐牢回来的，你到底想干什么？想当年你在位，不肯帮村里争取资金来建个桥，现在村民集资建桥，你又来搞破坏，你这是犯罪知不知道？"杨怀忠怒气冲冲地说，"你是我堂哥，年纪比我大一些，但是今天我是跟你不客气了，你是被判过死刑的人，你还不悔改！"

杨怀荣满脸是懵懵懂懂的表情，他好像正在自娱自乐玩一项游戏，突然被人打断了，显得百思不得其解。

几个人走了过来，推搡着杨怀荣往岸上走，杨怀荣一个趔趄，要不是杨怀忠抓住了他，他就跌倒在溪水里了。

"怀荣佬，我实话给你说，今天也不给你面子了，你虽曾经是我们杨坑的荣耀，可你从没给村里帮衬过什么，后来你犯了罪，而且是重罪，我告诉你，杨坑村人还从来没有谁犯过这么重的罪，你是在族谱上被画了一个黑点的人。"杨怀忠说。

杨怀荣被拉到了岸边，他一屁股坐到地上，嘴里呼着粗气，突然感觉到一阵阵发冷。大家一阵义愤填膺，对着他比比画画，叽里呱啦的声音就像一群聒噪的鸦声，他一句也听不清，只感觉冷气直从脚底往心上升起。终于大家说累了，不再理他，鄙夷地扔下了他，像扔下一包垃圾似的，各自散开。

　　"我怕你们桥建好会断，我孙子志伟从桥上摔下来……"杨怀荣突然用劲儿地从嘴里迸出一句话。

　　"什么？你说什么？"杨怀忠转身走了过来，回到杨怀荣跟前。

　　"你们桥断了，志伟掉下来……"杨怀荣的声音一下变得虚弱了，像是病人从嘴里冒出来的游丝。

　　杨怀忠还是听清了，脚痒痒的想踢他一脚，说："怀荣佬，你傻了是不是？神经线接上了番薯根？你当初乱批建的那座桥才断了呢，你害死了七个人，你还贪污受贿，你才被判处死缓！"他狠狠朝地上啐了一口……

　　杨怀荣在床上软绵绵地爬不起来，身体里像是有一盆火在烤着他，脸红得像涂了胭脂似的，眼前飘荡着两团影子，时而模糊时而清晰。他病了，干裂的嘴唇哆嗦着，吐不出完整的音节，偶尔冒出一股白沫。

　　房间的门猛地被推开，晓红大步跨了进来，杨怀荣从躺着的角度仰头看到她的脸是拉长的，她嘴里叫出了一个词："被告……"

　　杨怀荣身子往上挺了挺，嘴里总算发出了声："你说我啥货？"

　　"被告！"晓红大声说，这两个字像子弹一样击中了他，他又躺了下来，像死鱼一样一动不动。

　　"你不是被告吗？我就叫你被告，你这辈子都是被告！我现在正式警告你，你回家来就老实待着，别再干什么坏事！"晓红像法官一样义正词严地宣布，脸绷得像一块生铁，然后霍地转身往外走。

杨怀荣咧开嘴，像笑又不是笑，自言自语地说："我只是怕桥断了，志伟掉下水……"

砰，晓红走出房间时，狠狠摔了一下门，她把所有的怨恨和不满全都发泄在这个动作里。杨怀荣想，她是应该好好发泄一下，不发泄憋着多难受呀。他真心觉得对不起她，还有，对不起她妈。她不能原谅他，可是，她要怎样才能原谅他？也许她永远不会原谅他，不过他也不需要她的原谅，是的，他在她们面前终生都是被告。

杨怀荣昏昏沉沉躺了一天，没喝一口水，没进一粒米，他一闭上眼睛就看到那座东溪桥断了，一辆大卡车和一辆小轿车掉入水里，一睁开眼睛又看到志伟从摇摇晃晃的木桥上走过来。他想起1995年初春的那个傍晚，他刚刚从会议室回到办公室，桌上的电话突然狂叫起来，传来一个令人诧异的消息：东溪桥断了……一生的转折就从这个傍晚开始，一切无法回避。这么多年过去了，他常常想，他应该被判处死刑，立即执行，而不是死缓，缓期执行意味着悔恨遥遥无期，救赎未有穷期。

天黑了，房间里突然静得像棺材一样。杨怀荣听到门被推开的声音，一人影来到床前，他听呼吸就能听出是志伟，这让他心头颤动了一下，这就是他的志伟，这就是他的"半丁"。

"喂。"志伟伸手往床上推了推。

"嗯。"杨怀荣应了一声。

"你躺在这里做什么，都不跟我玩了。"

"我今天有点困。"

"告诉你，我去墙下挖白银，挖出一块，我又把它埋起来，明天你说会不会变成两块？"

"会的，我想。"

"我刚才去坑尾找你了，在那儿撒了一泡尿。"

"以后你少去坑尾，别走那座桥。"

"什么桥呀，我要抓鱼，我还要到山上采桃金娘，你有没有吃过？"

"志伟，你要听话，以后别走那桥，我老担心你会从桥上掉下来。"

"你傻呀，你才掉下来，呵呵呵……"

突然志伟大声地笑起来，杨怀荣也笑了，他感到身上有了一点力气，就坐起身，说："志伟，你把灯打开。"

志伟在墙上摸到了灯绳，拉了一下，又一下，灯还是没亮，他说："坏了。"

杨怀荣摸黑下了床，说："坏就坏了，我们走。"

两个人走出了立本楼，地上有淡淡的月光，就像铺满白银一样。志伟望着断墙的方向，在杨怀荣耳边低声地说："我们去偷听白银的声音。"

杨怀荣愣了一下，高兴地说："好！"

两个人牵着手，顺着田埂路向断墙走来。断墙下幽静清凉，阴影和人影交错凌乱。志伟挣脱开杨怀荣的手，像一只鸟儿扑入林子，他抱住一棵灌木，把耳朵贴在上面听了一会儿，对杨怀荣说："这声音不是白银。"他又趴到地上，耳朵贴近地面听了听，起身叹了一声，说："没有白银的声音。"

杨怀荣看到月光白晃晃地照射在残垣上，这100多年前夯起来的土墙比砖还硬，月光照在上面，仿佛发出叮叮咚咚的细微的声音，他听到了，这是白银在生长的声音。

走到那个土坑前，突然吹过一阵风，墙头上或芭蕉树上有什么东西掉落到坑里，发出一声清脆的响声。志伟惊喜地叫了一声："白银的声音。"杨怀荣摸了一下他的头，说："嗯，是白银的声音。"

"白银，你快长吧，快长快长。"志伟跳着身子说。

杨怀荣望着土坑，突然冒出一个念头，我也把自己埋起来吧，这将如何呢？当然不可能长出一块白银，但这或许可以保佑志伟不从桥上掉下来吧？会吧？会的。杨怀荣觉得这是一个好主意，"咚"地一下跳到坑里，说："志伟，来，快把我埋起来，可以长出很多白银。"

"真的呀，很多白银。"志伟眼里闪着兴奋的亮光，哇哇叫着好好好。

"你埋树叶长不了很多白银，你要把阿公埋了，就可以长很多白银了，每天晚上都可以听到白银长出来的声音。"杨怀荣说。

志伟嘿嘿笑着，蹲下身用手推着土，土哗啦啦落到坑里，打在杨怀荣身上，他越推越来劲儿，整个人忘我地趴在了地上，两只手一进一退，有节奏地把土往坑里推，土哗啦啦掉落的声音，在他耳朵里幻化成一片白银的声音，他仿佛不可思议地获得了一种神秘的力量，就像杨怀荣半夜里把溪流中间的木桩摇动拔起一样，眨眼间，他几乎把土坑上的土全推到了坑里。

杨怀荣的脚踝被埋住了，土埋到了膝盖、腿部，他感到一种说不出的畅快，干脆闭上眼睛，想象着土把他全身埋住，像水漫过他的身体，把他紧紧地包围起来……水波荡漾，他感觉像是回归了人生最初的状态。

一切都静寂了，杨怀荣只听到自己心跳的声音，他突然感觉没有水漫过来了，睁开眼睛一看，志伟一屁股坐在地上，用一种奇怪的眼神望着他，这是一种他从没见过的眼神，既不是正常人的，也不是"半丁"的，就是一种他从没见过的奇怪的眼神。

"志伟，你怎么了？"

"你傻呀你！上来！"志伟突然喝了一声，霍地站起身叉着腰，像大人教训小孩一样，"人埋起来就死了，死了不能埋你知道吗？要火烧，这土楼也火烧过了，你让我把你埋起来，你当我傻呀？我有那么傻吗？上来，爬上来，别傻了，你真的傻了！"

杨怀荣看到志伟说话的时候，眼光一闪一闪，手势短促有力，他觉得自己在志伟面前更像是一个"半丁"。

"我不要白银，我还是要你就好了，阿公……"

杨怀荣第一次听到志伟叫他阿公，眼泪不禁夺眶而出，他向志伟伸出一只手，志伟也把手递给了他。两个人一起使劲儿，杨怀荣像一根桩似的被拔了出来，压倒了志伟。地面上滚过两个人开心爽朗的笑声，像白银碰撞发出的清亮声响。

──• 走神 •──

　　汽车在蜿蜒的盘山公路上撒不开四蹄，但我的心情已有放风般的舒畅和愉快。在空气浑浊的病房挨过将近 30 天之后，来到这林木茂密的山间，我降下车窗，让清新的空气像风一样扑过来。

　　这条通往闽西南土楼的山间公路，以前还是破破烂烂的时候，我就跑过几趟了，不过那时坐的是班车，屁股差不多被颠成五六瓣了，前几年土楼申报世界文化遗产时，这条路彻底翻修了一遍，虽然还是路陡弯多，但是宽敞了，路面平整，最近这几年，我和 QQ 群里的驴友一年至少也要跑三四趟，可以说对这一带的土楼乡村，我还是比较熟悉的，所以，当父亲用微弱的声音吐出"光景楼"三个音节时，我立即脱口而出，我知道，光景楼在乌石坑土楼群里，是一座中型圆土楼。父亲咧了一下嘴，插满全身的管子好像都晃了起来，他用嘶哑的声音缓慢而又漫长地说，你锦红姨婆就住在光景楼。我心里怔了一下，霎时，面前似乎飘过许多陈年的光景……

　　很多年以来，锦红姨婆一直是我们家的言论禁区，母亲生前和父亲吵过几次架，都是因为锦红姨婆。作为一个晚辈，我不了解长辈之间曾经有过什么恩怨。面对父亲多年来沉默颓然的表情，我开不了口，我试图问姐姐，她正式得像外交发言人，打着手势说，无可奉告，然后又八卦地咬着我的耳朵说，她也很想知道啊，可她什么也不知道。父亲这次住院，医院连下两次病危通知单，他也知道自己来日不多，持续的昏迷，使他变得神志不清，什么也说不出来。几个深夜里，我好像听到他在喃喃自语说着往事，但是靠近他的身边，却只听到一长串含糊不清的痰在喉道里蠕动摩擦的响声。昨天他显然恢复了一点意识，几乎用一个上午的时间交代我一件事：明天到光景楼看望锦红姨婆，给她带一桶花生油、一把香蕉、一包白香饼、两袋葡萄糖，再给她600元红包，同时把他五斗桌最下面那个抽屉里的一个订书钉钉着的信封给她。其实就几句话，但父亲说得无比缓慢，中间又因为回想、走神、咳嗽、医生检查、换药水瓶等而多次中断，这就像他支离破碎的一生一样，他是用一生的力气来向我交代这件事的。所以，尽管这段时间以来，我因为个人原因而时常走神，心不在焉，甚至有点玩世不恭，但对于父亲的嘱托，我必须全心全意，全力以赴。

汽车过了上汤岭，是一个长坡。去年秋天，我和一帮驴友到过乌石坑土楼群宿营，这里距离著名的田螺坑土楼群不远，但是尚未开发为旅游区，显得非常冷清，我独自到光景楼拍了大半个上午，发了十多条微博，记得偌大的土楼里只住了三四户人家，我看到三个老人，都是腿脚不便、口齿不清的老男人，并无老妪，当然，那时，我根本没有想起锦红姨婆，"锦红姨婆"这个称呼是昨天上午才开始在我脑子里复活的。

浑圆阔大的老土楼，空寂的天井，我从三楼结满蜘蛛网的栏板前往上看，是一圈圆圆的天空，往下望，是一圈鹅卵石泛出的幽幽青光……我想起去年走进光景楼的情形，脑子里怎么也搜不出一个老太太的形象，或许她是坐在灶间里，或许是出了土楼到外面去了，总之我没有遇到，我根本就未想到无儿无女的锦红姨婆住在光景楼，自从母亲去世后，"锦红姨婆"这个词也在我们家被埋葬了。现在，我才知道，它埋葬在父亲心里。

公路往右岔出一条乡道，便是通往乌石坑的水泥路。岔道上做了一个彩球拱门，上面写着几个字，我只看到"公王庆典"四个字，已经大概知道这里要做什么了，用闽南话说，今天这里做闹热。没想到，我今天意外碰上了。公王，其实也就是这个村子的守护神，大多来自历史上对本村有过恩助的人物，衍化为神明之后，每年村民都要在一个固定的日子，将公王神像从庙里抬出来，巡游全村。在村子里这一天是比春节还要热闹的节日，我到永定、连城等地看过"走公王"仪式，各村的公王各有其人，但仪式过程应该是大抵相似的。我记得乌石坑的公王叫作齐福公王，在村口的樟树下有一座宽不过三米、进深也不过三米的福盛宫，供奉的就是这位齐福公王。

耳边的锣鼓声渐渐大起来。我知道，土楼乡村的公王信仰已有数百年传统，乌石坑也不例外，他们一年一度敲锣打鼓地抬着公王游走全村，我感觉我正在走进一个仪式。其实，我代表父亲来看望锦红姨婆，不也是一种仪式吗？对我来说，锦红姨婆只是一个面目模糊的概念，对父亲来说，又是一个怎样的锦红姨呢？她是我奶奶同父异母的最小的妹妹，据说她比父亲还小一岁，那个年代子女众多，我奶奶是嫡出的长女，而她是庶出的幼女，父亲是奶奶的长子，虽说年纪比她大一岁，却不得不按辈分叫她锦红姨。想到即将见到传说中的锦红姨婆，我的心里充满了一种复杂的情感。

一阵鞭炮声像一堵墙挡在了我的汽车前面，硝烟散尽，面前出现一个戴红袖箍的村民像交警一样，打着手势指挥我的车往左边停靠。这里是进入村子的一块空地，右边有几间废弃的烤烟房，去年我第一次来时，就有几个村民在这里设卡拦车，每个进村参观土楼的外地人，收费 10 元，当时我们有个驴友颇为冒火，说你们这里又不是景区，凭什么收门票？村民说我们不收门票，我们收卫生费，我们这里也是土楼，田螺坑可以收 100 元，我们为什么不能收 10 元？双方僵持不下，最后我为了息事宁人，替大家交了这笔钱。现在这里也搭了一个彩球拱门，门下摆了几张方桌，桌上铺满红纸，长凳上坐着一支四五人的响器班，咚咚呛呛地弄出一片震耳欲聋的响声。我拿起手刹边的一张 10 元票，开窗递了出去。

那村民摆摆手，弯着腰靠近我的车窗说："今天我们不收卫生费，你是外地的客人，今天是我们齐福公王出巡的日子，你要不要添点香油？多少随意，你要是添 100 元以上，我们就把你的姓名打石碑上，保佑你全家幸福，老少健康！"

本来有点儿不悦，但又想起这里是锦红姨婆夫家所在的村子，锦红姨婆在这里生活了几十年，看在她的面上，捐就捐吧。我掏出 200 元，那村民招手让拱门下一个管账的人过来，他问我姓名，我略为思索一下，报出了父亲的名字，让公王保佑他吧。那人收了钱做了登记，然后跑过去取了一张红纸符，贴在我的挡风玻璃上。那像交警的村民打着手势，我开着车缓缓往村子里去。

村口的福盛宫张灯结彩，人头攒动，路都挤没了，那地上一对音箱放着莫名其妙的摇滚乐。我摁了几下喇叭，人群好久才裂开一条小缝，我的车几乎是贴着他们慢慢地移过去的。

乌石坑有 11 座土楼，大大小小，有方有圆，像蘑菇一样长在这山坳里。村子里的沙石路像一条烂草绳，串起各座土楼。光景楼是在村子最深处，最靠近山脚下。不时看到有老妪提着红盖篮从土楼里走出来，或被儿孙搀扶着，或独自蹒跚而行，向村口福盛宫走去。如果是从前面远远走来的老妪，我总是要多看几眼，我不知能否凭感觉认出锦红姨婆，似乎是可以的。她们低头走着小步，看到我的车时，大多惊恐地往后一缩，然后直到我的车走了，才又小心翼翼地迈出一步。这些已是风烛残年的老妪，她们像老电影的镜头从我车窗前缓缓滑过。

我的汽车停在了光景楼前，据说光景楼是乌石坑的第一座土楼，建于明末清初。门楣上"光景楼"三个大字早已被时光摩挲得漫漶不清，今天楼门两边新贴了一副对联，却是俗不可耐的电脑字：时逢盛世心花艳，春到人间气象新。下面还印着一行小字：马铺县财政局赠。看来这是春节谁人家里剩下的春联，随便拿来贴在这里的，公王巡游全村，并不亚于春节，每座楼都要贴上红彤彤的对联。尽管是俗气的对子，总归聊胜于无，见红大吉。

这里距离村口有段路，却好像隔得很远，那些喧闹的锣鼓声和鞭炮声，都被隔开了，成为若无若有的背景音乐。我下了车，走到后备箱前突然走神了，我想起前妻有一次在行政中心门口遇到我说的一句话，知道你过得不好，我也就安心了，还想起小时候姐姐惊恐万状地贴着我的耳朵说，要是爸爸当年跟锦红姨婆好上了，这世界上就没有我和你了！我还想起父亲眼里那暗淡死灰的眼神……身子蓦地哆嗦一下，我这才回过神来，打开后备箱，提起一桶花生油和一个装着香蕉、白香饼和葡萄糖的购物袋，这都是父亲亲自指定的物品，我正好两手提着，向光景楼一步一步地走去。

跨进石门槛，迎面似乎就有一股寒气徐徐扑来，楼门厅还是摆着一对槌子，还有一架坏掉的风柜，我看到槌子上有几摊发硬的鸡屎，似乎就是我去年看到的那几摊。我走过楼门厅，整座光景楼在我面前呈圆弧状地打开，我不知多少次走进过土楼，即使这座光景楼，也并非第一次进入，但这次我却感觉到一种陌生和庄重。

环环相连的房间，从一楼到三楼，几乎都是紧闭着的，这和我去年看到的情形是一样的，有的房间门上贴着春联，还红彤彤的，看得出是今年春节所贴，有的春联则已褪色发黄，二楼披檐上长着一丛杂草，在风中微微摇动。我闻到了一股陈年的腐旧的气息，我想起小时候母亲打开家里腌菜的老瓮子，那股气味又飘到了鼻子里，母亲说，两人没相嫌，糙米煮饭也会粘。我看到母亲冲着父亲在吼叫，而父亲低着头像是默认一般不吭一声……我知道我又走神了，连忙甩了一下头，往前走去。

楼门厅正对面的祖堂，去年就变成了一个杂物间，现在还是堆满了各种废弃的东西，谷垄、摔桶、竹戽、蓑衣、喷雾器、竹筛、晒谷筲等，杂乱无章地堆着，蜘蛛网纵横交织。当我的眼光从祖堂往右边移动，我看到隔着祖堂三间房的那个灶间，半截腰门前坐着一个老妪，她像是打坐一样地坐在一张小竹凳上，略微低着头，一动也不动的，像是一只老瓮子。

我走下天井，径直向着她走去，我心里断定她应该就是锦红姨婆了，去年我来到光景楼的时候，我没有看到她，那时土楼里有三个老男人，还有两个小孩子，一男一女，穿着红衣服，楼上楼下跑来跑去，现在这座空旷阔大的土楼，只剩下她一个人了，一楼灶间的门除了她那一间，全都关着。头上是一圈圆圆的天空，地上是圆圆的天井，脚踩着鹅卵石发出一种悠长的声音，我是径直向锦红姨婆走去的。我已经感觉到她就是锦红姨婆了，尽管我从来没有见过她，但她有很长一段时间存在于我们家的激流旋涡之中，她现在就应该是这种样子，老态龙钟，昏昏欲睡。

光景楼3层12米，每层39个房间，楼内直径64米，人气最旺时住过120多人，这些去年获得的数据，这时全都跳到我的脑子里来，我走到了廊道下，已经快到锦红姨婆的面前，但是她全然没有感觉，头往一边歪着低着，眼睛似睡非睡地眯成一条缝，满脸的皱纹像老树皮一样。

　　我想了想，还是干咳了一声，然后叫了一句："锦红姨婆。"

　　蓦地，一只猫从她怀里一跃而起，喵呜喵呜地低叫着，跳到廊道上跑走了。

　　这意外的猫，着实把我吓了一跳。我定了定神，看见锦红姨婆睁开眼睛正看着我，她苍老的眼睛就像刚才那猫眼，有一种混沌，又有一种诡异，似乎就那么定定地看着我。

　　我连忙报出父亲的名字，说明我是代表父亲来看她的，我又叫了一声："锦红姨婆。"

　　锦红姨婆穿着老式的蓝青色大襟衫，眼睛眯眯地看着我，透露出一种慈祥的笑意。

　　我把那桶花生油和那个购物袋放在了廊道上，靠近她脚边的地方。我发现她穿着一双尖头的窄小的绣花鞋，看样子有些陈旧了。她对地上的东西并不在意，也没有看一眼，而是一直看着我。

　　她的眼光令我突然有些局促，我看到她一只眼睛上没有眉毛，一时不知说什么。

　　光景楼外传来一阵阵锣鼓声，似乎是"走公王"起驾了，人们抬着公王神像开始游走全村。我看过这个场面，那个穿青色长衫的头家鸣锣开道，然后是一群小孩子手持小彩旗兴高采烈地走在前面，接着是两人抬的香火炉和添油箱，再接着便是四人抬的公王神像，大批信众尾随其后，最后是一支吹吹打打的锣鼓队。这支臃肿的队伍像一条巨大的蟒蛇在村子里穿行，每到一户独厝人家或一座土楼门前，总是鞭炮大作，户主或楼长焚香对着公王神像鞠躬拜三拜，然后把一只红包放进前面的添油箱里。我仿佛忽然看到母亲跪在观世音脚下叩着头，我想起母亲晚年几乎每星期都要我开车拉着她遍寻马铺的所有庙宇，把各种神明都拜了一个遍。我想起前妻也曾养过一只猫，总是满怀敌意地看着我，我想起小时候和姐姐一起偷配钥匙开了父亲的抽屉，搜寻半天只发现一本工作记录本、几枚毛主席像章、一把旧的手电筒，还有一个小木偶头，那个小木偶头刻的是一个……我知道我又走神了，连忙把神思从小木偶头上拉回到了锦红姨婆身上。

"锦红姨婆，您近年好吧？"

锦红姨婆眯着眼似笑非笑，说："还好。"

她的声音不高，但是吐字清楚，有一种清凉的气息。

"一个人生活起居，习惯吗？"

"还好。"

我发现锦红姨婆的嘴巴几乎没有张开，声音像是从胸腔里发出来的一样，她精瘦干瘪的胸膛像磨刀石一样平坦，连大襟衫上都没有一块褶皱。她的神情分明已经超然物外。

"您有什么困难吗？"我尴尬而又愚蠢地问道。

"还好。"

我不知道说什么了，我可以说我父亲现在昏迷中，他一清醒过来就牵挂着你？或者说，你有什么话想对我父亲说吗？

其实，什么话也没必要说了。我想起前妻对我抛下的一句狠话——你看着办吧，然后扬长而去；我还想起小时候母亲对父亲说，牛牵到北京还是牛，我问姐姐这是什么意思，姐姐说人的本性是不会变的。我知道我又走神了，赶紧回过神来。这时，村子里"走公王"的锣鼓声又一阵阵传来，一会儿响亮，一会儿喑哑。锦红姨婆还是纹丝不动，而我已变换了几次站姿，两只脚轮流承重着全身。我想起公王神像被绑在椅子上，人们抬着它走，白天在村子里巡游，走走停停，真正的高潮是在晚上回宫的时候，人们要抬着它冲过鞭炮阵往宫里狂奔，我在永定土楼看过一次"走公王"，很多人被鞭炮炸伤，还有一些老人被狂奔的抬公王的人撞倒在地上，但是，被炸伤也好，被撞伤也好，他们无不欣喜莫名，因为这被认为是吉利的，会添福寿。

"锦红姨婆，您有什么困难……"我本来想说，你有什么困难就给我打电话，但只说到一半，我心里就笑了，打电话？她哪来的电话？恐怕连电话的样子也没见过。我嚅嗫着，慢慢合上嘴。

锦红姨婆没听到我的话，像是开始打盹儿了，头一点一点地往侧面歪去，然后又自动似的回正。我想我可以告辞了，我已经完成了父亲交代的任务。

"锦红姨婆，"我从口袋里掏出那只捂了很久的红包，向前探着身子，把它塞到了锦红姨婆的手里。她的手有一种冰凉的气息，稍微的触碰，便像是一条小蛇从我手背上滑过。她没有拒绝红包，其实她根本就没有动作，只是被动地接受，就像被动地接受命运安排一生。

"这是我父亲的一点意思，我走了，锦红姨婆，我会再来看您的。"

我说着，转过身子，向光景楼大门走去。

锦红姨婆在我身后无声无息的，我感觉她用苍老的目光注视着我，其实，言语也是多余的，这目光里便流淌着多少光阴。我径直走到楼门厅时，还是忍不住回望了一眼，锦红姨婆还是端坐在那里，隔着一个天井，看起来更像是一个老瓮子。她就是一个历史的老瓮子，储藏着许多不为人知的往事。

"走公王"的锣鼓声像是潮水一样漫到了光景楼门前，我站在石门槛上看到人们抬着公王神像，正往一户钢筋水泥楼房的人家走去。绑在椅子上的公王神像被摇晃着，抖动着，我好像听到了它咯吱咯吱的笑声。有鞭炮在我的汽车旁边炸响，汽车警报刺耳地呼叫起来，我忙掏出遥控器关了警报，坐进车里，便发动汽车往外走。

村道上人来人往，车走走停停，人和车交织成一团乱麻，这个场景和马铺城里堵车的情形差不多。我好不容易把车开出了村子，开过了村口的福盛宫，又来到平时设卡收费现在立着拱门的那个地方。前面停着一部日系车，还有一辆摩托车几乎横放在路中央，我的车即使有缩身术也过不了，我只好摁了几下喇叭。那个像交警样的村民走过来，显然他已认得了我，满脸对我笑着。

我降下车窗问他前面的车是怎么回事，他答非所问地说："你要回去了啊？怎么不再玩会儿，晚上才热闹啊，有一出木偶戏，还有一棚人戏。"我说："前面的车到底是怎么了？"他说："你别急着回去，晚上到我家喝两杯。"我说："前面那个司机死哪里去了？"

他给我递上一根烟，我拒绝了。他说："你是哪座楼谁的亲戚？"

"光景楼。"我说。

"光景楼去年年底就没人住了。"他说。

"我锦红姨婆就住在光景楼，我刚去看望她，她一个人住一座土楼，确实太空阔了……"

"你说什么？你说锦红、锦红婆？"

"是啊，她是我姨婆……"

"你别开玩笑吧，锦红婆都死掉一年多了，你还能看到她？！"

"她？死、死了？……"

"死掉一年多啦！"

我几乎从驾驶座跳起来，要不是身上绑着安全带，脑袋一定会撞到车顶——我刚才明明在光景楼见到了锦红姨婆，代表父亲给她送了物品和红包？难道我见鬼了？我想起母亲说过一个鬼故事：以前她们村子里有个人死了，在地里埋了两天，又自己爬了起来，爬到家门口才再次断气，我看到了寂寥空阔的光景楼，那只猫又爬进锦红姨婆的怀里，阳光暗下来了，空气中流动着一种幽冥的气息……我使劲儿摇摇头，还用手掐了一下自己的下巴，不，刚才绝不是走神，我分明见到了锦红姨婆，真真切切。

前面的车开动了，那个像交警的村民连忙跑过去把那辆挡路的摩托车推到一边，然后向我打着一个很标准的直行的手势。

光景楼，锦红姨婆，要不要回去再去看一下？我身子没来由地痉挛一下，一股寒意从脚底升上来，我松开脚刹踩着油门，车呼地往前蹿出去，差点咬上前车的屁股。

光景楼，锦红姨婆，不管怎么说，我是到过了，还和她说了话……这一切霎时都变得不真实起来了，我恍恍惚惚地开着车，开出乡道上了旅游公路，车速时快时慢，有一次差点冲落山谷，还有好几次差点被后车撞到屁股。我是在不断走神的状态下把车开回马铺的。

把车停在马铺医院的停车场里，我坐在车里喘了几大口气，等到心情完全平静下来，才下车向住院楼走去。

父亲刚刚从一次冗长的昏迷中清醒过来，他好像听到了我回来的脚步声，把眼睛睁开了一条缝，用仅有的一点余光看着我，说："她怎么样？"

　　"还好。"我说。

　　"以后经常去看她……"

　　"好。"

　　父亲头一歪，似乎又昏迷过去，病床前的心脉图还正常地起起伏伏着。姐姐把我拉到一边，惊奇地问："你真的见到了锦红姨婆？"

　　"嗯。"我点了一下头。

　　"她怎么样？多老了？身体还行吗？平日谁照顾她？她和你说了什么？"姐姐一口气抛出五个问题。

　　我一脸茫然，走了一会儿神才说："还好吧。"

　　姐姐把我拉到了病房外的走廊上，说："你没给她拍几张相片？你没带单反，你也可以用手机拍嘛，有没有拍啊？"

　　我摇了一下头，说："这个，真的忘了。"

　　姐姐不悦地盯我一眼，又凑到我耳朵边说："哎，你快告诉我，锦红姨婆是一个怎样的人？说说你的印象和感觉，说呀，快说呀——"

　　"我、我一上午没那个了——"我指了指前面的卫生间，快步走了过去。

　　方便之后，我一边扎着皮带一边想着光景楼和锦红姨婆，好像又看到公主神像绑在椅子上抖动的样子，哪个真，哪个幻，我也一时恍惚了。这时口袋里掉出一个信封，这正是父亲交代我给锦红姨婆的那个钉着的信封，可是我忘记给了。我弯腰从地上捡起信封，这是一个有些年头的旧信封，那钉着的三根订书钉都生锈了。我一根根地拔出订书钉，打开信封时手明显颤抖了一下。

信封里只有一张两尺大小的发黄的剪着齿轮的硬纸片，不，应该说是一张旧照片，但是影像已经磨损得非常模糊了，看不出原来的人是父亲还是锦红姨婆，抑或是他们两人的合影，什么也看不出了，完全变成了一张生硬的纸片。父亲把这东西还给锦红姨婆，到底有什么意图呢？

无从猜测。

这时，我听到卫生间外面姐姐在喊："哎，你快来，老爸好像快不行了……"

我愣了一下，我好像看到光景楼在落日余晖的照耀下，黑黑的屋瓦散射出一种土红色的光，这应该是我去年第一次看到光景楼的印象。余光照到了天井里和廊道上，那里没有一个人，只有一只猫……

—— · 来过一个客 · ——

太阳白花花地晃着。

年轻的女人挑着猪粪，轻轻松松地往鱼塘走去。扁担颤颤悠悠，小巧的鼻子一呼一吸。山坡梯田上送过来的热风，把她的头发吹得飘飘拂拂。你远远看，这个女人就像一朵会走路的石榴花，优美而又多姿。

圆土楼前面有一片水，斜对着土楼大门。这是自家的小鱼塘。

女人翻倒粪桶，啪啦啪啦，猪粪沉入水里，接着就咕噜咕噜地冒出泡泡；阳光一照，亮亮闪闪，干粪浮上水面，缓缓地漂移。几条鱼跃起来，好像是对主人点头鞠躬。

女人笑了，拍拍手，挑起粪桶往回走。女人走着，突然看见什么，颤悠悠的粪桶和整个人都停住了。

圆土楼的石门槛上蹲着一个人，一个男人。两手搭在脑袋上，好像是怕阳光把他晒裂似的。他眼眯得很厉害，看见女人时，嘴角咧了一咧。

"你……是你……"女人恍若梦中。

"嗯。"男人站起来，很不熟练似的笑了一笑。

女人走到大门左侧的墙边，半弯下身子，扁担脱离了肩膀，桶子就稳稳落在地上。女人的心怦怦跳得很紧，只是跳，跳，没有了主意。她提起一只桶子靠近另一只，停了停；提起那只小一点的桶，摁入大的里面，然后左右看了又看。这样便消磨去了一些时间。女人擦了擦手，好像一个准备充足的学生走入考场一样，她带着歉意的笑走向男人。

"里面，"女人说，手僵硬地朝土楼里比了一比，"里面歇凉。"

男人没说什么，从地上捡起拉链包。拉链败齿了，裂开着长长的嘴巴，发出一股臭衣衫的酸味。

于是，女人在前，男人随后，各怀心思地走进了土楼。

这是一座浑圆阔大的客家土楼，空荡的楼门厅浮动着一种陈年杉木的刺鼻气味。他们走过楼门厅，沿廊台走去。他看到一楼环环相连的灶间都关着门，只有祖堂隔壁的一扇门虚掩着，门上的年画似乎还很鲜艳，他知道那就是她家的灶间。

"他们都走了，都搬到平地去了，"女人说，带着一种轻微的叹息，"只剩下我一家了。"

客家人聚族而居，一座土楼就是一个村寨，男人知道这座土楼原先住着 30 多户人家，那是多么热闹的日子！可是现在，一座三层的圆土楼只住了一户人家，男人不禁感到一阵莫名的寒意。

女人推开灶间的门，接着拉开半截腰门，让男人走进去。

男人不声不响地走了进去。这是一间跟所有土楼灶间没有区别的灶间，烧柴灶、水缸、壁橱、方桌、长凳。一种家的气息迎面徐徐而来。

"你坐。"女人说。

男人在长凳上坐了下来，手里仍然提着破包。他看着女人从壁橱里拿出一个茶叶罐，他看到那个茶叶罐上的图文都磨没了，不知为什么，心里耸动了一下。

女人抓出一把茶叶，装入茶壶里，然后冲进开水，窄窄的灶间立即飘荡着缕缕茶香。

男人看女人泡茶时，女人的手在微微地抖，开水从开水瓶里小瀑布一样挂下来，也发抖似的几次冲到了茶壶外，这些自然没逃出他的眼睛。

"你喝茶。"女人说。

男人忙双手接过茶杯，呷了一口，想说什么，却又随茶水咽了下去。

灶间静静的，静得仿佛能听到他们的心跳。男人抬眼，从窗棂看出去，他看到了一个弧面的土楼，一楼灶间，紧紧相挨的小房间静静的；二楼禾仓，一排小房间紧紧相挨，也是静静的，并且笼罩着一层寂寥；三楼卧房，同样是紧紧相挨的一排小房间，寂寥里透出了一种萧索。不知为什么，男人感觉到天井上空的天阴郁了下来。

"过来，"女人轻声说，"阿贵，过来。"

"你儿子？"男人说。

一条小狗从灶洞下爬起身，好像没睡够一样，懒懒地走了过来。

阿贵就是它。男人不好意思地朝女人咧了一咧嘴。

"我、我男人在茶园里干活。"女人说。

"嗯。"男人点点头。

"包了一片茶山，十几亩稻田，还掘了一个鱼塘。"女人说。

"嗯。"男人点点头。

"日子还可以过。"女人说。

"嗯。"男人点点头。

"你呢？"女人说。

"嗯。"男人点点头，但是他随即醒悟过来，女人是在询问他。女人的眼光在他身上停了一下，只一瞬，又像一只蝴蝶似的飞走。他把手上的破包放在脚下，他似乎是很用劲儿地吞了一口口水，说道："我去了很远的城市。"

"我到过很多很远的城市。我什么活都干过。"男人淡淡地说。

"有一年，我到了一个很大的城市。有人问我哪里来的，我说我是客家人。"男人看了女人一眼，女人正轻轻地摩挲着阿贵的脑袋。男人说："他们不懂客家人，他们以为客家人是少数民族。我告诉他们，客家人其实是纯正的汉族，一千多年从中原迁到南方，因为后到，先到为主后到为客嘛，就被当地土著叫作了客家人。我说，我们客家人是纯正的汉族，和我们相比，你们都是杂种，结果……"

"结果呢？"女人从阿贵头上收回了手。

"结果，我被揍了一顿。"男人轻松地笑了起来。

女人也笑了。女人站了起来，说："噢，忘了叫你吃点心。你饿了吧？"男人点点头。

女人从壁橱里端出还冒着热气的一盆线面和一碗笋干汤。她说："给他煮的，他都忘了吃。大热天，不再温了，你随便吃吧。"

男人就吃了起来，嘴里"嘶"的一响，线面就塞了满口。

女人在他面前撂下一瓶酒，吓了他一怔。女人说："这是圩天在圩上买的。他喝了一口，说是猫尿，就不喝了。你要是敢喝就全喝了。"

"嗯。这是啤酒。"他看了看商标，刚一拿下撬开了的瓶盖，就有一股酸气直钻入鼻孔。

"你喝吧。"女人说，"家里都喝自酿的红酒，这种酒喝不来。"

他想想，闭上眼睛，抓起酒瓶，仰着脖子咕咕地灌。

"好喝？"女人说。

他停了下来，感到又苦又涩。一个饱嗝涌上来，酸臭臭的。他生硬地笑了，说："嗯。"

"到底是见过世面的人。他都不敢喝呢。"

冲着女人这话，男人又仰起脖子灌，抹抹嘴，瓶子见底了。他把满口的酒强咽了下去，别扭地咧咧嘴，说："好喝。"然而心里泡着酸臭的液体，一直要呕出来。

坐到灶洞口小凳上的女人抬起头，看了看他。

男人俊气而黝黑的脸涨成了绛红。他呼出的酒气，味儿又酸又臭。他是海量，可今天却不胜这一瓶变质啤酒。脖子由于呼气而显得粗硕起来，喉结大幅度地上下滚动。他从内心深处感到了一种战栗，一种无法说明的战栗。他忽然发现女人的眼睛正紧紧地看着他。两束目光在空中交接，只是那么一下子，他便慌乱地转过头去。他握起酒瓶，这才记起它已经空了。男人自个儿笑了，显得有些凄然。

女人低下了头，好像在想着什么。阿贵走到她面前，在她脚盘上懒懒地趴下身子。

"我走了。"男人说。男人站起身，提起了他的破包。

"就走？"女人也站了起来。女人的眼睛在刹那间闪闪地跳了一下。

"嗯。"男人点点头，走出了灶间。

女人也走出门。

于是，男人在前，女人随后，怀着各自的心思走向楼门厅。

走到楼门厅，看见了土楼外面的世界。阳光白花花地遍地闪烁。山坡梯田像一个个不规则的格子。没有一个人。肉眼看得见一股热气腾腾上升，有如蒸汽。一种特殊的气味直扑鼻孔，先是粪便的臭味，接着是鲜花一样的芬芳，之后便混杂一起，形成怪味的粪香。

男人闻着它，浑身上下的毛孔仿佛都欣欣然张开了。他在石门槛上站住，扭过头看她，一股酒气呼到了她脸上。他说："走了。"

"嗯。"女人说，女人只是说一声嗯，女人的声音似乎有一些异样，女人低下了头。

"我走了，"男人又说，"我们客家人就是两条腿走出来的……"男人像是喃喃自语，他走下了石门槛。

"走好。"女人说。

男人没有回头，男人走了，朝着通往山外的小路走去。热风四面吹着他。他敞开的衣衫兜满了风，好像张开了翅膀，然而却是沉重的翅膀，无法飞翔。女人看着他提着破包，显得那么吃力地向前走去。他的身影渐渐变小，终于被那道山口吞下了。女人眼里没有了人，只有一块块梯田默默无声地躺着，小鱼塘上闪烁着一塘的阳光。空气里粪香弥漫。

女人眼角有些潮湿，她觉得这真是说不清楚的事情。女人擦了擦眼角，回过头，慢慢走回灶间。女人又坐到灶洞前的小凳上，她抱起阿贵，似乎想跟它说说话，却没有说，只是无限怜爱地梳理它身上的毛，一遍又一遍。过了许久，女人放下阿贵，开始煮饭。下了米，便端起一篓瘪谷，到天井里撒给鸡们啄。接着收拾桌上的碗筷。然后擦洗灶台。饭煮熟不久，丈夫就回来了。丈夫的腿有点瘸，走路一拐一拐的，他搁下锄头，在廊台的石凳上坐下来，长长地舒了一口气，好像很疲惫的样子。

"来过客？"他忽然漫不经心地问。

　　"来过一个客。"女人说。

　　接着吃饭。两口子似乎都没把来过的那个人放在心上。他们吃饭的声音和往常一样响，他们吃得很香。

——• 刘家用不死汤 •——

整座永生楼散发出一股浓浓的草药味，浓得像是一根棍子，随时要朝人的鼻子上敲几下。

刘家用又在大锅里煮草药了。几个人站在楼门厅，满脸糊着一层厚厚的厌恶的表情，不停地吸着鼻子，把鼻子吸得嘶嘶响，好像导火索在燃烧。刘家具背着手从刘家用的灶间门前走过，他原来想要代表大家发表一下看法，但是那股浓浓的味道堵住了他的呼吸，他艰难地喘了一口气，想想还是算了，就从楼梯走上二楼去了。

这几天来，刘家用几乎天天都在灶间的大锅里煮草药。鱼腥草、板蓝根、鬼针草、冬地梅、猪母奶（一种树根）、枇杷叶，还有一些不知名的草，洗净浸在大锅的山泉水里，先是急火猛烧，接着文火慢慢地熬着。刘家用戴着一副在土楼乡村十分著名的近视镜，眼珠子突突地盯着大锅，专注地观察着草药和水的颜色变化。煮沸的药水不断有水汽蒸腾而起，把他的镜片弄湿，于是他就摘下这副丢了一条腿用铁丝线接起来的眼镜，在衣服上擦几下，又戴起来，继续瞪大眼珠子观察着。

几天前，刘家用向土楼里的人正式宣布，他已发明出一种药汤，喝下去就不会想死了，这种汤是专门治自杀的。那一天，楼里正好有一个进门还不到半年的新娘子跟老公吵架后，喝农药自杀身亡。大家看到刘家用那张正经的脸，十分滑稽，忍不住都笑了起来。

　　七年前，刘家用的老婆也是喝农药自杀身亡。

　　去年夏天，刘家用的二女儿在三楼卧室里自杀，也死了。

　　所以刘家用决心发明一种药汤，让人喝下去就不会想死。

　　七年前的一个阴雨天，民办教师刘家用正在破破烂烂的小学教室里给学生上课，有人从山坳里的永生楼一路跑上来，一路高喊：家用师，家用师，你某（老婆）喝农药啦！刘家用愣了一下，丢下手中的课本，就像一只笨鸟似的向山坳里的永生楼扑去。

　　刘家用冲进永生楼时，他老婆已经被人抬到一楼的廊道上，口吐白沫，神志不清。刘家用的堂兄刘家电不满地说，她把我两瓶农药都喝光了。土楼里弥漫着一股农药气味，刘家用失神呆立，半天不知道要做些什么。后来老婆被抬到拖拉机车头上，送到土楼乡医院抢救，一条命还是丢了。刘家用一直想不明白，老婆怎么会想到死，跟土楼里别的夫妻相比，他们吵架的次数少而又少，而且十几天前的那次吵架吵得也不算厉害，她怎么会想到死呢？刘家用一个人苦苦地琢磨了好几天，他从宿命的角度和科学的角度，反复地想来想去，最后他得出了一个结论：一个人要是想死，机体内一定会产生某种变化，比如某种"想死"的细胞扩散到全身了。他觉得这是一种很科学的结论，自杀就是一种病，像感冒、肠炎、脑血栓之类的病一样，应该是可以治的。

　　七年来，刘家用像着了魔道一样，每天翻弄着一本不知哪里找来的破旧的中草药书，一下课就在山坡上四处转来转去，采摘一些奇奇怪怪的草药，后来他干脆连课也不上了，天一亮就带着一草袋子饭包，向深山里走去。

永生楼里的人都说刘家用疯了，土楼乡的人也都知道永生楼新出了一个疯子。鉴于刘家用的表现，村里和土楼学区取消了他的民办教师资格。但是这并不能使他回头。刘家用一意孤行地在他认定的道上走下去。

去年夏天，在马铺城里打了两年工的二女儿刘丽英回到土楼里，刘家用话头话尾听到一些言语，说女儿是在马铺做"鸡"，他也没往心里去，几年来他心里只装着喝了就不会想死的药汤，什么东西都装不下了。不久，女儿突然自杀了。刘家用心想，到底是自己迟了一步，要是药汤的配方确定下来，烧出第一锅药汤，让女儿喝下一碗，她一定就不会想死了。刘家用把女儿自杀的责任归到自己身上，带着一种赎罪的心情，加紧了药汤配方的研究和试验。

刘家用把他的药汤命名为"刘家用不死汤"，烧了四天三夜熬出来的第一锅汤，只装了两只可乐瓶子。

这一天是土楼乡圩日，刘家用带着两瓶子不死汤和一块连夜赶做的广告纸牌，一大早就从永生楼走路出发了。

刘家用在土楼乡圩场上摆出了他的广告牌子，旁边放着两只看起来黑乎乎的可乐瓶子，他蹲在后面，不时抬起头看看走过来的人。

不断有人走过来，放慢脚步看看刘家用的广告牌子，一个个方方正正的，看着眼熟，却叫不出来，多看两眼还是掉头走了。

刘家用的广告牌子上是这样写的：

多年科学研究，今朝隆重推出

刘家用不死汤

如果你发现你的亲戚朋友有自杀的念头，请务必给他(她)服用不死汤，只需一碗，从此就彻底了断自杀的念头！

刘家用坚信好货不怕没人要的道理，他不想大声吆喝，那太像是卖老鼠药的小贩子了，他这不死汤是科学产品，科学是用不着大声吹嘘的。

这时走过来两个穿制服的人，其中一个长脸的用脚踢了两下刘家用的广告牌子，很严肃地问："喂喂，你这啥货物件？"

刘家用抬起头说："刘家用不死汤，喝了它就不会想死。"

"哪有这种药？你这是伪科学。"长脸说。另外一个扁脸的就弯下身子，抓起一个可乐瓶子，拧开盖子，只是嗅了一下，就哇地大叫起来："啥货味道？简直死人味道呀！"他生气地把整个瓶子摔在地上，嘭的一声，瓶子里的药汤流了一地，散发出一股刺鼻的怪味。

立即有好些赶圩的人围了过来。刘家用把最后一个可乐瓶子抱在怀里，对围观的人说："这是刘家用不死汤，喝了就不会想死。"他一边说着一边扫视着每一个围观的人，眼珠子在镜片后面灼灼闪烁。

长脸一脚把广告牌子踢倒，跳上去踩了几脚，并对刘家用说："把你那物件给我。"

刘家用定定地看着他说："你想做啥货？如果你有亲戚朋友想要自杀，我可以把药送给你……"

长脸一下扭歪了脸，挥起巴掌，在刘家用脸上打了一记耳光，说："你去死呀你！"他向刘家用扑过去，三两下便从他怀里夺下可乐瓶子，狠狠地摔在地上，又说："你扰乱市场秩序，辱骂管理人员，我罚你的款！"

刘家用一听说罚款，心里凛然一惊，一扭头就钻进人群，像泥鳅一样地溜走了。

第一次失败并没有使刘家用丧气，他觉得这是很正常的，凡是新事物，开头总是要遭到误解、排斥、打击。

刘家用坐在永生楼天井的井台边，昂着头望着头上被土楼圈出来的一块圆圆的天，呆呆地想着。待到天都暗下来了，他也没有动一动。

土楼乡五天一圩，第五天一大早，刘家用一手提着一根草绳绑起来的一瓶子精心熬制的不死汤，一手抓着一块广告纸牌，从永生楼走路到土楼乡，又在圩场上摆开了地摊。

因为上个圩日的事件，刘家用的地摊刚一摆开，就围过来了一群人，其中识字的人还自动为大家读起了广告词，大家听着，眼睛就瞪大了，相互看来看去，眼里传递着新奇、不解的神色。这时有个人挤了进来，好像认识刘家用，冲他打了个招呼。刘家用看他面熟，却没什么印象。这人用普通话把刘家用的广告词念了一遍，嘿嘿笑了起来，说："太可怕了，自杀也能治啦？"

"能，这是我发明的科学产品。"刘家用语气坚定地说。

这人叹了一声说："要是我欠了几百万，到处有人逼债，烦得我老想自杀，你是说我喝了这东西就不想了？"

"没错，再也不会想了。"刘家用说。

"这不行，连自杀都不想了，那不是活着难受吗？"他摆着手，说，"刘（老）师，你真是多事呀，如果人活腻了，恨不得死了好怎么办，你说你不是多事吗？"

刘家用笑笑说："还是活着好。"这时他想起来了，这人原来是学区的一个老师，几年前下海了，有人说他发财了，也有人说他欠了一屁股债，不过这些刘家用都不关心。

围观的人群突然骚动起来，有人吹了一声口哨，人群自动地裂开了一条缝，又是那两个长脸和扁脸的市管员走了过来。

长脸眼尖，一看到又是刘家用，脸拉得更长了。他挥着一只拳头，口沫飞溅地叫起来："喂喂，你又来啦？你向雷公借胆了是不是？"

刘家用没有明显的反应，显得非常迟钝，呆呆地看了一眼，还摘下眼镜，准备擦一擦镜片。这时，一只手像钳子一样扑过来，一下把刘家用拿着眼镜的手抓住，同时向上扯起来。

"我抓住你了，看你往哪里跑！"长脸说。

扁脸像一个快速跟进的足球前锋，颇有大将风度地飞起一脚，刘家用的广告牌就被踢飞了，掉在一个围观者身上。在场的人轰地笑起来。

"走，到派出所去！"长脸说。

刘家用眼前一片模糊，一只手被控制住了，另外一只自由的手在空中乱抓着，嘴里不停地嚷道："我安怎啦？我安怎啦？"

刘家用被扭送到派出所之后，长脸对一个满脸青春痘的警察在角落里嘀咕了几声，青春痘就凶着脸走过来，一边说："给我老实点！"一边把刘家用推进一间黑乎乎的小屋。

黑乎乎的小屋，使刘家用感觉像是在地洞里。他干脆闭上眼睛，靠着墙壁睡觉。他已经好几年没有好好睡过一觉了，所以这一觉他睡得很沉。不知过了多久，他听到有人喊他"起来起来"，他猛地睁开眼，发现小屋里亮着灯，一个戴眼镜的警察说："起来吧，天黑了，快回家。"

刘家用站起身，走到外面的房间，看到房间外面一片漆黑，他愣愣地问戴眼镜的警察："你叫我回家？"

"回吧，不过以后不要再到市场上卖那东西，什么药汤也不要再搞了。"

刘家用说："怎么不能搞了？"

他接着说："预防自杀人人有责，我研究发明不死汤有什么不对？"

眼镜叹了一声说："看在你以前教过我的分上，我让你回去，不然就再关你，罚你的款。"眼镜说："你还是快走吧，下次再被抓到这里来，我就不管你了。"

刘家用想不起眼镜是哪个学生，他犹豫了一下，还是走出了派出所。

天已经很黑了，刘家用走在山路上，心里也是一片漆黑。

他晃晃荡荡走下一个坡岭，坡底是一座叫作贵阳楼的圆楼，有几只灯亮着，看起来像是幽灵的眼睛。这时，刘家用看到贵阳楼大门斜对面的池塘边，有个人在边上走来走去，还不时往池塘里探一下头，他心里跳了一下，觉得这人一定是想自杀。他拔腿跑过去，张开两臂，猛地搂住那个人的腰部，说："你别想不开，我有药汤给你喝。"

那人尖叫了一声，原来是个女的，她奋力地转着身子，嘴里哇哇大叫，两手在刘家用脸上乱打起来。贵阳楼的楼门厅坐着好几个人，听到叫声就冲了出来，发现原来有人在调戏他们楼里的女人，一个个火冒三丈，把刘像用拉过来，乱拳像鞭子一样猛抽到他身上。

开始刘家用还叫一两声，之后就叫不出来了，最后被打倒在地上，连气也不出了。

有人打亮打火机照了照，看到地上的人血肉模糊，不过还认得出是永生楼的刘家用，就停下手来。大家知道他搞什么药汤，把好好的一个人都搞癫了，一个个摇头叹息，转身走了。但是还是有两个好心人，走了几步，又回过头，把刘家用从地上扶起来，扶到贵阳楼楼门厅的一张石凳上放下来。

半夜里有人怕刘家用死在贵阳楼，就把刘家用放到一辆板车上，推到永生楼大门前，像卸一包货一样把他卸在永生楼的楼门厅。就这样，永生楼的人天亮醒来时，发现刘家用死人样躺在石凳上，不由连声惊叫。大家围着刘家用做出种种推测，比较一致的看法是，这癫子弄什么药汤，简直是发了疯，肯定是在哪里得罪了人，被人痛打了一顿。有人喊来刘家用嫁到两公里外福利楼的大女儿刘丽君。刘丽君看到父亲的样子，泪涟涟的，在几个亲戚的帮助下清洗了父亲的伤口，做了简单包扎，把他抬到三楼的卧室。

刘家用在三四天后才能下床走动，面对女儿探询的眼光，他嘴闭得紧紧的，脸沉沉的，什么也不说。这天下午，刘家用抖抖索索摸出永生楼，又到山上采摘草药。当他抱着一捆草药回到永生楼门口时，正好遇到大女儿刘丽君。

刘丽君愤怒地咆哮了一声，从父亲手里夺过草药，狠狠地摔在地上，一边用脚踩着一边说："我看你真是疯了，啥货不死汤，我看你快死了，你自己怎么不喝呀？"

刘家用呆立在一边，低眉顺眼，像一个做错事的小学生，一声也不敢吭。

刘丽君从夫家过来照料了父亲好几天，心里早就憋着气，她飞起一脚，把地上的草药踢落到水沟里，气呼呼地直往前走去，说："我不管你了，你爱怎样就怎样。"

刘家用抬起头，女儿离去的背影已经消失在坡路下面，他走到水沟边，趴下身子把沟里的那捆草药捡了起来。

永生楼的人再也无法忍受了。以刘家具、刘家电为代表的五六个人挤进刘家用的灶间，一个个紧憋着气，横眉冷对。刘家用蹲在灶洞前烧火，抬头看了大家一眼，脸上只有灶洞里映出来的火光跳跃着。

"家用，你癫了是不是？你把整座楼搞出了一股怪味，大家都受不了！"刘家具说，他的手有力地抬起来，又有力地劈下来。

"你不要太固执了，都是一座楼的。"刘家电说。

"将来死没人埋，那就太难看了。"刘家具说。

刘家用一直没作声。

这一锅烧出来的药汤，刘家用在汤上面照了照自己的影子，想了想，就猛喝了一口。味道是怪怪的，不过刘家用觉得挺顺口的，汤水流到肠胃里，他全身都激灵了一下。他想也没想，就把半锅的药汤全喝了下去。

接连十几天，刘家用天天烧药汤自己喝，他连饭也不用吃了，药汤喝到肚子里，好像发酵一样咕噜噜响着，肚子就饱了。他身子变得轻飘飘，好像一张纸随时会被风吹走，脸上显出了一种药汤的颜色。

永生楼的人再次冲进刘家用的灶间，他们还没说话，刘家用先开口了，声音怪怪的，像是从很远的地方传来的："你们不要再说了，我现在天天喝汤撑着，要是一天不喝，我就想死。"

大家全都愣住了。

不久，刘家用再次成为土楼乡的新闻人物，原来声称发明了一种可以治疗自杀的药汤，现在则是自己天天只喝汤不吃饭，大家觉得这年头也真是怪，怎么会有这种怪人怪事呢？

《马铺晚报》的一个记者跑到土楼乡转了一圈，回去就写了一篇有关刘家用其人其事的小文章。马铺医学院的一个教授看到文章，觉得挺有意思的，也写了篇短文发表在晚报上。该教授认为，世界上至今没有什么药可以治疗自杀，刘家用不死汤宣称可以治疗自杀，确系无稽之谈，不过从它的几种主要成分来看，如鱼腥草、枇杷叶等，确有使人镇静、清火退热的药效，自杀从某种意义上来说，是一种心理疾病，刘家用不死汤在抑制自杀诱因方面也许会有些许的暗示作用、镇静作用。

　　马铺一家饮料公司看到教授的文章，发现了一个巨大的商机，立即派人来到土楼乡永生楼拜访刘家用，决定购买他的药汤配方，重新进行包装后，投入生产线批量生产，把产品推向市场。可是刘家用好像听不明白对方的话，已经变成药汤颜色的脸上没有一点反应。因为脸消瘦了下去，那副断了一条腿的眼镜就显得太大，突然就从鼻子上掉了下去。

　　当天晚上刘家用在三楼那间他二女儿自杀的卧室里自杀身亡。

　　半年后，命名"刘家用不死汤"的保健饮料隆重上市。

·—— 未遂 ——·

− 1 −

徐铁炳坐在灶间喝茶,看到老婆黄红菊的身影从窗棂间一闪而过,他起身走到门边一看,黄红菊已经走上楼梯了。今天她到乡里赶圩,回来怎么不进灶间,甚至吭也不吭一声就上楼去了?徐铁炳听到黄红菊的脚步声在他头上的楼板响起,嘭嘭嘭,好像一阵闷雷从他的脑袋上滚过。徐铁炳的眉头就皱起来了。他想起黄红菊每次到乡里赶圩回来,都要先进灶间的,每次她的脸都会因为翻山越岭(有时挤在拖拉机车斗里)而微微发红,嘴里喘着气,两根手指像是拽着一头犟牛似的,从裤腰带上的暗袋里生拉活扯地掏出一叠钞票——徐铁炳想不出她当初是怎么把钱塞进那狭小的袋子里的,只见她一屁股坐在木凳子上,水也不喝一口,就沾着口水数起钱来,然后报了个数,啪的一声把钱拍到徐铁炳的手里,有时还会开句玩笑说,来,上缴国库。

今天她是怎么啦？

黄红菊每个圩日都到乡里卖些中草药材，虎尾轮、石橄榄、刺杏头、巴戟天、一条根、金石松、香藤等，这些东西放在猪大骨或者猪大肠里煮汤，味道很好，据说可以清热解毒、滋阴壮阳，有些人比较迷信，所以销路还是不错的。徐铁炳每天都到山上采摘、挖掘，黄红菊则负责销售。今天她是怎么啦？徐铁炳瞪着眼睛往上看，可是厚厚的楼板把他的眼光打回来了，徐铁炳就起步向楼梯走去。他的腿有点瘸，走起路来身子一摇一晃，脚步声一轻一重。

走到了三楼，他尽量控制着脚步，像做贼一样，摸着廊道的围栏，一步一步向自家的卧室靠近。那卧室的柴门紧紧关着，门上贴着的春字快要脱落了，像是一个练杂技的人用一只手抓着门。徐铁炳听到卧室里有一阵窸窸窣窣的响动，好像一群老鼠在开会，他伸长了耳朵，听到了黄红菊一下一下地喘着粗气，牛响鼻一样。徐铁炳实在猜不透黄红菊是怎么了，他倒退到楼梯口，装作刚刚走上三楼，那只好脚在楼板上弄出很响的响声，同时大声地说道："菊子，你怎么啦？是不是身体不舒服？"他心里说，肯定有什么事瞒着我了。

徐铁炳轻一脚重一脚地走到卧室门边，门突然打开了，像是张开牙齿要咬他一样，他不由往后退了一步。

黄红菊站在门边，沉着脸没好声气地说："我尿急，你也跟着来干什么？"

"我、我……今天生意不错吧？"徐铁炳咧开嘴，很生硬地笑了一下。

黄红菊突然从口袋里掏出一把钱，啪地拍到徐铁炳手里。他愣了一下，手上就多了一叠还带着黄红菊体温和汗味的钞票，他想要说什么，还没说出来，黄红菊"唰"地从他身边擦过，向着廊道那边走去了。徐铁炳心里恨恨地想，这个臭女人，肯定是瞒着自己什么事了。

直到徐铁炳把中午的饭菜都热好了，黄红菊都没有露面，徐铁炳只好喊儿子黄徐海先吃饭，他也一起吃了。吃过了晚饭，天色暗了下来，土楼像是洞穴一样黑乎乎的。徐铁炳一拐一拐地走到土楼外面，谷底也是黑乎乎的，一阵山风吹到他身上，留下了一脸湿气，他不知道去哪里找黄红菊，其实也没什么好找的，他想，她肚子饿了就会回家。这时，他却是感觉到自己的肚子奇怪地响了几声，便拐着脚向茅厕走去。

土楼外面一排杂乱无章的茅厕，像是土楼的一堵围墙。几乎每户人家都有自己的一间茅厕，徐铁炳就走到了自家的茅厕里，先把那只瘸脚像拐杖一样放下来，然后蹲下身，用那只好脚支撑着全身重量。大概一分钟之后，当他准备站起身时，他听到隔壁茅厕里有两个女人隔着木板在说话，没头没尾地说着黄红菊，他不得不又蹲了下来，并且屏声静气，伸长耳朵把那些话全吸进耳朵里。

一个说："菊子也真是的，这一坸金石松又涨价了，虎尾轮也很好卖。"

另一个说："她怎么不肯卖给他？菊子还会变脸？呵呵。"

"你不知道啊，那个男的以前强奸过菊子。"

"强奸没成啦，谁不知道啊？听说那个男的后来在外面发财了，要回乡里投资建一家宾馆和一座小水电站。"

"都过去几年啦，菊子还跟人家变脸，没道理啊。"

"你说那个折寿的，虽说强奸没成，菊子还不是让他害了一世人？"

那两个女人前后脚走了，徐铁炳扶着墙壁站起身，那只好脚一阵阵发麻，他好久才有力气走出茅厕。这下，他总算是明白黄红菊赶坸回来的反常举动了，他心里对黄红菊说，这有什么呢？过去拉的屎，屁股早就擦干净了，难道他还敢对你怎么样？他想想，差点要笑了起来，他还以为是什么了不起的事呢，菊子啊菊子，你也真是的。

八年前，徐铁炳经人介绍，只身来到吉安楼，当了黄红菊家的上门女婿。他从老家山坳里一拐一拐地走了十几里路，搭拖拉机坐了一个多小时才来到吉安楼的。他老家也住土楼，一座破烂肮脏的四角楼，而吉安楼是一座浑圆阔大的圆楼，厚厚的墙壁，高大的楼门，显示出一种非凡的气派。当他第一眼看到黄红菊时，心里砰地响了一声，好像槌子重重地落下来。但是黄红菊一扭头转身跑了，他们的介绍人黄土产——即黄红菊的姑丈，同时也是他的堂哥的表姐夫，女声女气地笑笑说："这个妹子，见到男人还害羞呢。"黄土产事先已经告诉过徐铁炳和他的父母，黄红菊两年前"出过事"，具体来说，就是在乡里赶圩时被乡政府食堂一个叫黄金光的临时工强奸了——不过是"未遂"。法院把他抓起来，最后就判他强奸未遂坐牢三年。什么是未遂呢？黄土产顺手从桌上的果盘里拿起一只柿子说："就像这只柿子啊，黄金光想使横吃到肚子里去，但是没吃成，只是捏了一下，顶多咬了一小口。"最后黄土产像法官一样下结论地说，"你看柿子还是柿子，好好的，没有被吃掉，这就是未遂。"对于徐铁炳来说，他早几年就有打一辈子光棍的恐慌了，每天晚上在被窝里唉声叹气的，他知道，黄红菊这只柿子要不是被人"未遂"过，怎么也轮不到他的，他连捏一下的资格都没有，现在好了，这只结实、圆润的柿子变成他的了。他心里甚至一直对那个陌生的黄金光充满了莫名的感激。

　　黄红菊没想到还会再见到那个人。

　　在她心里她已经把那个人判处死刑了。可是那个人穿着西装打着领带，人模狗样的，脸上带着一种怪怪的笑意，大摇大摆地向她走来。她开头还以为是幻觉，使劲儿眨了几下眼睛，但是眼睛渐渐地就不能动了，只是呆愣愣地看着。

　　"怎么了？不认识我了？几年就这么生分了？呵呵。"那个人咧开嘴笑了笑，就伸出一只手往她的肩膀上搭去。她肩膀一歪，那只手就落空了。她想起十年前，这只手按在她的肩膀上，她心里抽紧了一下，全身吓得不敢动。

　　那是十年前秋天的一个圩日，她和几个同伴到乡里赶圩，像一群麻雀唧唧喳喳地从这头飞到那头，最后她走累了，她不想再跟着她们四处乱走，她想找个偏僻的角落买一根冰棍来解解渴，她身上大概有买两根冰棍的钱，她请不起大家，只能自己一个人偷偷地享受。这样想着，她就掉了个头，向乡街后面的一片平房走去。她记得有户人家在家门口摆着一只四角形的泡沫箱子，四面包着冰冻过的白布，里面卖的都是冰棍。

　　这里和市场只隔了一条街道，却显得冷冷清清的，地上有几只鸡在觅食，黄红菊停下来擦了一把额头上的汗，就在这时，她看到了黄金光——但是她已经忘记他的名字了，只记得他一个表妹跟她是初中的同学，他到过她们的女生宿舍好几次，不过这已经是好几年前的事了，她想他肯定是记不得她了，没想到他一看到她，眼睛好像亮了一下，很高兴地挥着手问道：

"哎，你不是那个吗？"他叫不出她的名字，但他显然记得她，这就使她不太失望。他走到她面前，很热情地说："到我那边喝茶吧，我现在乡政府工作，你来赶圩是不是？呵呵，好几年没见到你了，到我那边喝一杯茶吧，那边有我一间房子。"他用手往身后指了指，她矜持了一下，还是跟着他走了。她真是渴了，再说她对这个叫不出名字的男子还是有一点点的好感的，他长得很秀气，身材结实，看着他走在前面的背影，很有出息的样子。

他走到一间平房前面停了下来，用手一推就把门推开了，好像一个人突然张开了嘴，露出一个阴森森的喉咙。他回头对她说："进来坐坐吧，别客气。"她犹豫了一下，还是走了进去。房间里光线微弱，原来窗玻璃上贴满了报纸，他随手把门关上，房间里就更暗了。她突然有一种独自站在峡谷里的感觉，一股冷意从脚底像蛇一样飕飕地爬上来。"你怎么了？呵呵，你看起来比几年前更好看了，长高了，也丰满了，呵呵。"他突然伸出一只手搭在她的肩膀上，她心里"砰"地抽紧了一下，嗓子痒痒的想要喊叫，却发不出声音。"你知不知道我刚才第一眼看到你，我心里就发热了？"他说着，拉起她的一只手，准备让她摸摸自己的心，但是她把手甩开了，气愤地说："你要做什么啊？"他一脸坏笑着，两只手揽住了她的腰，嘴巴拱到她的怀里。她又气又恼，抬起手就往他的头上打去，但是他却像狗皮膏药一样在她身上越黏越紧。她终于被压倒在床上，他像一棵树一样压下来。"我喜欢你，你别动，我保准你快活，我们五百年前还是一家呢，你别动别动。"他嘴里喷着粗气，一只手向她的裤腰带摸去。她口里含着一口痰，叫不出声音，两只手像落水一样乱扑着，好不容易抓住了他的一只耳朵，她用力地往下扯，那耳朵像弹簧一样越拉越长。他生气地吐了一口水，口水像子弹一样射在她的脖颈上，她全身抖动了一下，手就松开了，她感觉他那只抓着她裤腰带的手像是会发脾气的猛兽一样，凶猛地吼叫一声，劈——啪，把她的裤带子扯断了。含在嘴里的那口痰像长了翅膀一样，从她嘴里飞了出来，她的喊叫声也跟着跑了出来："来人啊，抓流氓，抓流氓啊！"他骂了一声，像是受到激励一样，手上的劲儿更大了。她的裤子被扯了下来，她感觉到身上的皮被掀开了一块，她用尽身上所有的力气大叫一声："抓流氓啊！"可是声音被四周的墙壁挡了回来，像撞死的鸟摔在地上，这间密闭的房子里一下子静寂下来，她感觉到自己像春笋一样一层一层被剥开，一锅烧沸的水热气腾腾地缭绕着她，自己就要被丢到锅里去了……

　　"你叫啊，叫啊，你怎么不叫了？"他脸上露出了一种邪恶的笑容。但是就在这时候，房间的门砰砰砰响了三声，他的身子僵了一下，显然这使他感到意外和惊慌，她趁机在他的肩膀上咬了一口，狠狠地把他翻了下来，她张开嘴想吐，没想到却是喊出惊天动地的一声："来人啊，抓流氓！"嘭嘭嘭——门上的拍门声变成了踢门声，有一个人用脚上的皮鞋踢着门，嘴里骂骂咧咧的："干你佬，黄金光你在里面搞什么鬼？我一整天都没看到你来上班，你不怕开除啊？快开门，我干你佬！"

　　后来黄红菊才知道，这个在紧要关头救了她的人是土楼乡政府食堂的总务，黄金光在他手下打临时工，好吃懒做，他十分不满，却一直苦于没有一个合适的、恰当的借口和机会把他开除掉，这下正好，警察把他抓起来了。黄红菊这个案子在土楼乡引起了小小的轰动，半年后，案子判下来了，黄金光被定为强奸未遂，判刑三年。黄红菊开头不大理解"未遂"的意思，土楼里的人也不懂得这个深奥的词，都用一种异样的眼光看着她，想要在她脸上弄明白这个词的深刻含义。有一天，黄红菊心里念叨着未遂未遂未遂，一下子恍然大悟，"未遂"就是没有成功，"没有成功"不就等于"没有"吗？就像有人想偷摘树上的果子，"没有成功"不就是没摘到吗？果子依然还在树上。黄红菊第一次在土楼人面前勇敢地抬起了头，但是，面对那些惊诧、猜测和同情的目光，她的头又低下去了。有一天夜里，她睡不着觉，从三楼蹑手蹑脚地走了下来，在人家的灶间门口捡了一根木炭，在关闭的土楼门后摸黑写了一行字："未遂＝没有成功"。第二天早上，第一个打开土楼大门的人并没有注意到这一行歪歪斜斜的字，大门打开，这行字就躲在门后了。

虽然黄红菊认为自己还是树上那只没有被成功偷摘的果子，但是她父母亲认为，这只果子被人捏过了，不管怎么样，只能"降价出售"，于是他们物色了一个外乡的"买主"，这就是腿瘸的徐铁炳。

时间像是从土楼屋顶上掠过的风，一晃几年就过去了。黄红菊的父母亲先后去世了，她的儿子出生了。

徐铁炳躺在床上等着黄红菊，想问她几句话，没想到迷迷糊糊就睡了过去。也不知睡了多久，他听到卧室里一阵响动，睁开眼睛看到黄红菊进来了，他打起了精神，折起身子坐在床上，说："你去哪里了？"

黄红菊沉着脸，什么也不说，就把电灯拉了，然后在黑暗中窸窸窣窣地脱下衣服，爬到了床上。徐铁炳用一只手搂住了她，低声地问："怎么了？"他心里已经知道，这女人瞒了他，可是他不好明说，又小声地问了一遍："你是怎么了？今天碰到了什么事？"

"没什么。"黄红菊粗声粗气地说。

"你说出来就没什么了，憋在心里给自己难受啊。"徐铁炳说。

"今天我在圩上碰到了那个挨枪货……"

"哪一个？你说哪一个？"

"就是那个'未遂'我的挨枪货，你是不知道还是装傻啊？"黄红菊生气地从床上坐了起来，嘴里喷出了一股粗气。

"他、他、他还敢对你'未遂'不成？别怕他……"徐铁炳突然舌头像是打了个结，赔着小心地对黄红菊说，好像这一切全都是他的错。

"谁怕他？他敢对我怎么样？哼！"

"谅他也没向雷公借胆。"徐铁炳说，"睡吧，明天还要早起呢。"

黄红菊坐在床头，听到整座土楼都睡着了，那些风吹、虫鸣、磨牙和呓语混合而成的声响就是它的呼吸，轻一阵重一阵。黄红菊不知道自己要想些什么，也躺下身子睡觉了。半夜里，黄红菊做了个梦，她梦见一个半人半兽的东西像轮胎一样滚动着，从她身上碾过，她尖叫一声，从噩梦里惊坐起身。徐铁炳也醒了，不停地问她怎么了，她知道，土楼里有好多人被她吵醒了，他们一定都听到了她的尖叫声。在夜深人静的土楼里，那尖叫声就像是一把雪亮的刀子划破玻璃似的。

"你怎么了？你是要把全土楼的人都吵醒是不是？"徐铁炳低声地责备她，但是责备里又带着关心，"你是怎么了？怎么了？"

黄红菊按着胸膛里怦怦跳动的心，呆呆地坐着，过了好久才重新躺了下来。

— 3 —

今天又是圩日。黄红菊在地上铺了一张塑料布，上面摆着好几种中草药材，这些都是徐铁炳从山上挖来的，卖给人们食用而不是药用，用鸡、鸭、兔子或者猪排骨煮成汤之后，味道鲜美，同时也有清凉降火、去热解毒的药物作用，买主大多是城里来的客人和乡里的一些中间商。

这些形状各异的中草药材像酣睡中的小东西，散发出一股山野的气息，路过的行人踢起尘埃，落在它们身上，似乎也不能惊醒它们的美梦。黄红菊把箩筐倒翻过来，屁股轻轻地坐在上面，她不敢用力坐下，怕把箩筐坐扁了。圩市开始热闹起来了，赶圩的人走来走去，大声吆喝，讨价还价。黄红菊的摊子是在边上——农贸市场和民宅接壤的地带，她也不需要吆喝什么，只是看着面前人来人往，有人在她摊子面前停下来，并且蹲下身子，拿起一把石橄榄看了看，她这才开口说话："炖排骨或者大肠，很好喝，而且降火。"有人笑笑就走，有人就问价，黄红菊不会漫天要价，总是说一个比较实在的价，对方大多也是熟客了，一般不再还价，立即掏钱成交。

刚做了一笔买卖，黄红菊把钱塞进裤子的暗袋里，准备在箩筐上坐下来，这时，她看到两个穿制服的人走到了她的摊前。圩市上穿制服的人很多，她辨别不清他们是干什么的，要收费收税，只能给他们，从不敢多嘴。

这两个穿制服的有一个是酒糟鼻子，鼻头红得像是点燃的烟头，黄红菊暗地里想，如果他经常买我的柴头去煮汤喝，可能就会好起来。红鼻子走到了黄红菊面前，说："经营中药材是要有许可证的，你懂不懂？你有证吗？肯定是没有，你这是违法的。"

黄红菊愣了一下，说："我、我……这是煮汤用的，降火、解毒。"

红鼻子干脆地说："没收了。"

另外那个穿制服的手脚麻利，弯下身，抓起地摊上塑料布的两头，就把全部中药材扎成了一堆。这是黄红菊从没碰到过的事情，她显得惊惶失措，两只手去拉红鼻子，却像是触电一样随即松开，转身抱住已被扎成一团的中药材，好像抱住自己的孩子似的，说："这是我、我的东西。"

"你的东西？没收了！没给你罚款就算便宜你了！快放手！"红鼻子说着，那像烟头的鼻子更红了。

黄红菊放开了手，呆呆地看着红鼻子，嘴唇嚅动着说不出话。红鼻子说："告诉你，我们是卫生局执法大队，今天只没收你的药材，下次再抓到你就要给你罚款。"他们提着黄红菊的药材走了，黄红菊眼睁睁地看着他们消失在人群里，感觉身体没有一丝力气。但她还是提起了空箩筐，向前面走去。

好在黄红菊已经卖了一些钱，她就用这钱到杂货铺买了一些日用品，准备走回家。她路过德福饭店时，无意中看到红鼻子坐在饭店大厅的桌子前跟人说话，而那个人居然是黄金光，她心跳一下子加快起来，连忙低下头从饭店门前急匆匆走过。

可是黄金光已经看到了她，从饭店里走了出来，挥着手说："哎，等一下。"黄红菊简直吓坏了，撒开步子就小跑起来，箩筐一下一下地拍打着她的屁股，这时她手上的东西掉了一包在地上，她看了一下，是一包盐，捡还是不捡，她犹豫了一下，黄金光追了上来，说："你怕我啊？干吗看到我就跑？"

"谁怕你啊？"黄红菊偏起头说，这时她心里反而镇静了，从容地弯下身捡起地上的盐。

黄金光眼睛一直盯着她低下来的领口，可是他只看到一片模糊的白光，他笑了笑，说："你让我坐了三年牢，我都不记恨你，你还记恨我吗？"

"我不想跟你说话。"黄红菊说。

"说实在的，我还是应该感谢你啊，我从牢里出来之后，下海经商，我发财了你知不知道？我现在有钱了，我要回土楼乡投资你知不知道？现在我跺一下脚，土楼乡都会抖三抖。"黄金光说着，抬起脚在地上跺了一下，只是腾起一股尘土，地还是结结实实的。

黄红菊觉得这个人的动作挺可笑的，他到底想要干什么呢？在这光天化日之下，他敢怎么样？她想，自己已经不是十年前的自己了，她不怕他。

"告诉你吧，刚才是我叫人去没收你东西的，想不想求我啊？你求我一声，我就让他们把东西全还给你。"黄金光说。

"你、你到底想怎么样？"黄红菊生气地扔下手上的箩筐，眼睛直直地盯着黄金光。

"呵呵，你这样子很可爱嘛。"黄金光嬉皮笑脸的，"十年前我没做成，叫什么'未遂'来着，这几年我一直在想着你啊，就想什么时候跟你好一次，说实在的，我有的是钱，你开个价吧。"

黄红菊往地上啐了一口，提起箩筐，大步地走了。黄金光在她背后说："总有一天你要来求我的，现在我在土楼乡没有什么办不成的事。"她真恨不得扭过头，朝他脸上吐一口。

徐铁炳想不到黄红菊这么早就从圩上回来了，她在灶间门口撂下箩筐，头也不回，就往楼上走去，脸黑黑的，两只脚重重地踩着楼梯，他悄悄跟在后面，走到了三楼，像做贼一样躲在自家卧室的窗棂外面。卧室里一阵乒乒乓乓的响动，他从窗棂间看到黄红菊手上拿着一只小木偶，另一只手拿着一根针不停地往木偶身上扎着，一下，一下，又一下，嘴里咬牙切齿地骂着："你这个挨枪货、杀千刀……"不用说，那个木偶就是"未遂"过她的黄金光，可是很奇怪，徐铁炳一点也不恨黄金光，只是黄红菊的咒骂一声声传到他耳朵里，那声音里的仇恨令他感到心惊肉跳。他还是悄悄地溜走了。

徐铁炳走到楼下，坐在楼门厅的槌子上，望着土楼下面的一片谷地发呆。黄红菊的事，如果她不肯告诉他，他一般是不多问的，这是他多年来养成的习惯了。他想，黄红菊今天肯定又在圩上遇到黄金光了，那个姓黄的到底想要干什么呢？他实在想不明白，于是他索性就不想了，瘸着腿向灶间走去。中午的饭早已蒸好了放在锅里，他只要炒两个菜就可以开饭了。他刚刚炒好第二碗菜时，黄红菊走进灶间来了，她的脸还是紧绷绷的，像是一块生铁，她一声不响，拿起桌上的抹布擦起桌子。

"吃饭吧，徐海怎么还没回来？"徐铁炳盛了三碗饭放在桌子上，说："我去看看徐海又跑去哪里玩了？"就转身走出了灶间。黄红菊坐了下来，端起碗就大口地吃饭，她已经很饿了，不停地吃了大半碗才夹了一口菜。她吃完饭，看到徐铁炳像是押解着小犯人一样地带着黄徐海走进灶间，儿子看起来对吃饭没有兴趣，嘴巴翘得老高，她懒得跟他说什么，提起泔桶走了出去。

黄红菊喂完猪，回到灶间看到徐铁炳还在哄儿子吃饭，说吃一碗饭要奖励他一块钱，她心里的无名火一下蹿了上来，把泔桶的勺子狠狠一摔，说："你不吃，我就拿来喂猪，喂猪会长大，喂你却是越来越不懂道理！"黄徐海吓了一跳，赶紧埋头吃饭。徐铁炳对黄红菊笑了一笑，眼里含着赞许。

这时，灶间门口的廊道上出现两个穿制服的人，黄红菊这下认出了这是警察，其中一个还有些面熟，他们是土楼乡派出所的。那个面生的警察问黄红菊："徐铁炳在家吗？"

"铁炳……你们有什么事？"黄红菊指了一下徐铁炳，疑惑地看着两个警察。

徐铁炳从凳子上站起来，心里紧张得怦怦直跳，说："你、你们找我做什么？"

"有人举报你参与赌博，走，跟我们到派出所一趟！"那个面生的警察抓住了徐铁炳的一只胳膊。

"我、我、我没有……"徐铁炳吓呆了，那只好脚快支撑不住全身的重量了，整个身子看起来像是在筛糠。

"你还嘴硬？前天下午在天水楼王老进那里，你赢了 20 块钱，你还敢说没有？"那个警察拉起徐铁炳的手，就往灶间外面走去。

黄红菊看了看警察，又看了看徐铁炳，她失魂落魄的样子，像是一个木头人，突然她心里抽搐了一下，她想起了上午在圩上黄金光看她的眼神，她好像就明白了什么，对徐铁炳说："你真的有没有赌博啊？"

"我有……可是怎么只抓我啊？"徐铁炳可怜巴巴地看着黄红菊。那两个警察烦躁了，一个说："少啰唆了，走走走。"另一个就拉着徐铁炳的手走到了廊道上。

黄红菊定定地看着两个警察，平静地问："是不是黄金光叫你们来抓人的？"

"对举报人我们要保密，我们不会乱抓人的，他自己也承认了参与赌博。"那个面熟的警察说。

"我知道是他。"黄红菊说。

黄红菊眼睁睁看着徐铁炳被两个警察架着胳膊走出土楼，她身边一下子围上来一群人，七嘴八舌的，议论声、说话声像是一片大水淹没了她。

"我知道是他。"黄红菊说。

"我知道一定是他。"黄红菊像是自言自语地说。

黄红菊在山路上搭了一辆拖拉机来到圩上，这时圩市已经散了，满地的垃圾，还有几个正在收摊的人。她走到德福饭店门口，里面没有人，连桌子上吃过的碗筷都没人收。现在，她想找到黄金光，可是她不知道他住在哪里，就这样她站在德福饭店门口发呆，她想，找黄金光干什么呢？责问他、啐他一口还是向他求情？她不知道，心里一片茫然。

地上的光线暗了下来，黄红菊几次走到乡派出所大门前，又掉头走了回来，她低着头看着地上的光线越来越暗了。她想，徐铁炳真是赌博过，警察不抓别人偏要抓他，这也只能自认倒霉了，谁叫他的把柄被人抓在手里呢？

黄红菊从一间新开的美发厅走过，背后有人叫了一声："哎。"黄红菊身子哆嗦了一下，像是中弹一样，时间好像停止了，世间所有的声音都静了下来，黄红菊听到了自己身体里血液流动的声音，像是一条奔腾的小河。

"又看到你了，你赶完圩还没有回家啊？"黄金光刚做了一个新发型，容光焕发地走到黄红菊面前，带着一种调侃的口吻说。

"我知道，是你叫警察去抓我家铁炳的。"黄红菊沉着脸说。

"呵呵，你真是聪明啊，没错，是我，他不是赌博吗？赌博不是犯法的吗？"

"你是个小人。"

"呵呵，我已经告诉你了，现在我在土楼乡没有什么做不到的事情。"

"你到底想怎么样？"

"我想怎么样，你还不知道吗？十年前我们的好事没做成，那叫作什么'未遂'，现在我只想做成一次，不然我一想起来就觉得窝囊啊，郁闷啊，真的，我说的都是真的。"黄金光说着，把一只手搭到了黄红菊肩膀上。黄红菊一动也没有动，好像搭在那里的不是一只手，而只是一只小虫子，她冷冷地笑了一笑。黄金光把头凑到了她面前，说："怎么样？跟我吧，我不嫌弃你，我现在有的是钱。"

黄红菊听到了黄金光的呼吸声，是一种非常陌生的男人的气息，好像他十年前的气息不是这样的，那是什么样的呢？她想不起来了，那时她只感到恐慌和气愤。现在的她已经不是十年前的她了，她抬起头，看了黄金光一眼，说："你真是狗改不了吃屎。"

黄金光笑了，很高兴、很有成就感的样子，他用那只手把黄红菊的身子扳了过来，说："十年前没做成的事，呵呵，你还是识相啊，我不会亏待你的，现在我有的是钱。"

"你打电话给派出所，让他们放人。"黄红菊说。

"这个好说。"黄金光从口袋里掏出一个小巧的手机。

十几分钟后，黄红菊跟着黄金光走进了土楼乡最好的土楼宾馆的一间套房里。黄金光倒在床上，仰头看着黄红菊说："你比十年前胖多了，不，不，应该叫作丰满、性感，呵呵，十年了，可我就是忘不了你，那次怎么就没做成呢？叫作什么'未遂'，让我一想起这个词就生气。"

黄红菊说："不要都是陈年的面线话，快脱你的衣服。"

黄金光从床上一跃而起，说："好好好。"不知为什么，他的手开始有点发抖了，心跳好像也加快了，怎么会这样呢？他觉得有点奇怪，怎么会这样呢？他想起来了，他这是在洗刷十年前"未遂"的耻辱，这是非常隆重的事情，现在他就要遂了面前这个十年前"未遂"的女人。对他来说，这真是太隆重、太重大的事情了。

黄红菊把房间里的灯关了。黄金光像一条蛇一样向她游过来。就在这时，他的下面被黄红菊的手一把抓住，像是被钳子紧紧地捏了一下，一声尖叫震破了房间的玻璃，乒乓，一地碎片。

黄红菊若无其事地从床上站起来，对着滚到地上呻吟不已的黄金光说："你别以为什么事都能做成，我照样让你'未遂'！"

·—— 求求你偷跑吧 ——·

— 1 —

幼仙自从嫁到隆庆楼的第二天便感觉那双浑浊的眼睛无时无刻不在盯着自己，好像蹲在楼门前的那条黄皮狗，只要有一点点动静，就非常警惕地大叫起来。那双布满眼屎和血丝的眼睛有如诡异的鬼火，即使幼仙闭上眼睛也能看到它悬浮在自己的面前。

幼仙知道他是害怕自己偷跑了，想到这儿又不免觉得很可笑——你儿子都不担心我偷跑了，你还担心什么？后来她才从隆庆楼人的嘴里断断续续获知，原来公公洪毛坤有一个老婆，在儿子3岁的时候丢下儿子偷跑了。那个老婆是他买来的，正如自己也是他买来的一样。

不过幼仙真的从来没有过偷跑的念头。为什么要偷跑呢？母亲当着她的面（当然在场还有媒婆、大舅、二伯、三姨一干人）舔着口水费劲儿地数完那两万元现钞，满脸绽放出黄灿灿的笑时，她的心就死了，尽管她不知道即将成为她丈夫的那个男人是高是瘦，是瘸脚还是缺胳膊，是成天流着涎水还是脑子不清楚？她什么也不想了，只听得脑子里嘤嘤嗡嗡的像是群蜂乱舞。嫁过来的当天（姑且说是嫁吧，有时候她和他还是使用"买"和"卖"这两个字眼），她发现新郎还是一个身体和智力全都正常的男人，顿时有一种侥幸赌赢了一把的感觉。生活并没有她想象的那么糟，这隆庆楼和家里的土楼几乎一模一样，虽说相隔了几座山，有几十里路远，分属不同的县份，但这里说的话她也都能听得懂，这个原本只有两个男人的家，因为她的到来，立即有了一些改变，灶间干净了，他们身上的衣服也干净了。如果说这个叫洪传宗的男人有什么令她不满的话，就是过于木讷，几乎是不怎么说话，她开始怀疑他的舌头是不是短了一截。

"你老爸怎么老是那种眼神看我？"

"嗯。"

"我是他买来的，但我又不是牲口，我好歹是卖来给他当儿媳妇的。"

"嗯。"

"他怕我偷跑了？那他干脆用一条绳子把我绑住好了，一端牵在他的手上。"

"嗯。"

"我真要偷跑，绳子绑也没用。"

"嗯。"

"你怕不怕我偷跑了？"

"嗯。"

"怕，还是不怕？你说话，别嗯嗯嗯，你妈没给你造个舌头呀？"

"嗯。"

幼仙急了，爬到传宗的身上，一手捏着他的脸颊往里挤，似乎想从里面挤出一句话来。但传宗还是不吭声，把幼仙翻转过来压在身下，一手堵住她的嘴，一手蛮劲十足地扒去她身上的衣裳。这是夜间在床铺上的情形。要是白天在土楼的公共场所，幼仙和他说话，他偶尔回一两个"嗯"，大多时候是定定地望着面前的东西发呆，然后愣愣地转身离去。

"明天我去赶圩抓一头猪崽回来，你看，现在圈里就这头，不好养，再抓一头来跟它抢食。"

"嗯。"

"你要给阿炳佬砌牛栏，我自己去好了。"

传宗愣愣地望着天，然后低下头走了。幼仙冲着他的背影喊："你要给我钱啊。"传宗还是没吱声，但是晚上睡觉前，传宗把一张 50 元和两张 10 元的票子塞到了她的手里。

第二天一早，幼仙正在灶间里淘米准备做早饭，听到楼梯有人下楼的声音，脚步一声重一声轻，她听出是公公洪毛坤的脚步声，全隆庆楼就他是这样走路的。他停在了窗棂前，眼光紧紧盯着灶间的人。幼仙没有抬头，她已经感觉到那双浑浊眼睛里发射出来的热力了。

这时洪毛坤干咳了两声，幼仙扭过头来，正好遇上那尖刺的目光，慌忙又低下头来。

"你要赶圩，我带你去。"洪毛坤一脚跨进灶间，另一脚还留在廊道上。

"不用啊，我自己去……"幼仙说。

"不行！"洪毛坤猛地拔高了声音。

"我认路……"

"这更不行！"

幼仙没再说什么，做饭、擦灶台、擦桌子，像陀螺一样在窄窄的灶间里转着。

传宗吃过早饭干活去了。洪毛坤一直坐在廊道的木凳上，一边抠着脚指头，一边往大门口张望。他不吃饭，幼仙是不好先吃的，幼仙叫了他几次，他都是说过会儿，一点也没暂停抠脚指头的意思。幼仙出了灶间，便往楼上走去。洪毛坤看着她的背影消失在三楼的卧室里，便起身到灶间装了一碗饭，边吃边走到楼门厅。他就坐在槌子上安心吃饭。这里是全土楼唯一的出入通道，只要他坐在这里，幼仙就出不了隆庆楼。洪毛坤吃完了一碗饭，回灶间又装了一碗饭。这时，幼仙从楼上下来，走进灶间，把传宗给她的钱放在桌上，说："那你帮我抓一头猪崽回来。我不去了。"

洪毛坤看了看桌上卷成一团的钞票，又看了看幼仙，眼里满是疑虑和警惕。

幼仙装了一碗饭，背过身子，站着吃起来。洪毛坤的眼睛在她背部研究了一会儿，也没研究出什么，便一把抓起桌上的钞票，走出灶间，沿廊道往大门口走去。

这隆庆楼在群山包围的山坳里，只有土楼前打开一个豁口，一条歪歪斜斜的机耕道通往圩里，土楼后面是莽莽苍苍的山林，还有山路蜿蜒地向外面伸去，但如果幼仙要偷跑，只要不走机耕道到圩里搭车，那条山路她是跑不远的，即使跑了也能追得上。洪毛坤走出隆庆楼，又折回来向坐在楼门前晒太阳的几个叔伯交代了几句。

— 2 —

洪毛坤至今记得老婆偷跑那天的情形。老婆是他七拼八凑，还借了高利贷，花了4600元买来的，那时候，4600可是一个大数字。他忘了她老家是哪里了，总之是个北方人，楼里人后来全都叫她"北仔婆"。如果说开头还有点提防她会偷跑，后来儿子生下来了，儿子咿咿呀呀开始学说话了，他几乎完全就放松了警惕，压根就不相信她会偷跑，可是她偏偏就跑了。那天他从山后背干完活回家，灶间桌上饭菜都是热的，儿子蹲天井里玩着弹珠子，弹一下往前移几步，他叫儿子吃饭，儿子没理他，他就自己吃了饭，吃完饭才想起老婆去哪里了，走到天井里，从地上拉起儿子，问你老妈呢，你老妈呢？儿子木木地轮转了一下眼珠，用手指了指大门外。这时有个老婶婆走过来说，你家北仔婆往圩里去了。他心里咕咚一声，心想她到圩里干什么？直到天黑了，老婆都没从圩里回到隆庆楼，他这才意识到老婆这是偷跑了。

这是一个锥心刺骨的教训。

现在，他也给儿子买了个老婆，他必须时刻提防她偷跑，所以他在隆庆楼内外布下眼线，只要她稍有一些异样，独自往圩里方面走，就会有人立即通知他，他立即就追上前去问个究竟，或者尾随其后，进一步观察动向。当然这不全是无偿的，虽说一座楼里住的都是同宗亲戚，但他还是要不时从代销店买一包卷烟或者几块糖果，给那些报信的大人和小孩作为奖赏。大家在他这里尝到了小小的甜头，报信的热情自然十分高涨，甚至个别孩子为了糖果而多次谎报。

"毛坤叔，你老婆跑了，从那边蹚水跑了。"一个小孩跑到他面前，一边说一边朝他伸出手来，高高地举到他的胸前。

洪毛坤眉头一皱，我老婆？我老婆早就跑了！他正要从裤袋子里摸糖果，另一个孩子挤上来，改正说："是你儿子老婆，我看见她往那边跑了。"

洪毛坤掏出一粒糖果塞到后面这个孩子手里，便大步往外跑去。还没跑到楼门厅，他就看到幼仙提着一畚箕的地瓜从二楼走下来。这样的乌龙事件出现过多次，但是并没有动摇洪毛坤广布眼线的信念，他想，这楼里楼外到处都有监控她的眼睛，她就是插了翅膀也飞不出这小山村。

正是因了这样的想法，洪毛坤才放心地到圩里抓猪崽，本来可以在圩街上的饭店吃一盘炒面再回来，但他看到同楼的阿庆头踩响了那辆叫"红狗公"的摩托车，屁股后面冒出一股黑烟，连忙喊住他，要求搭一程。阿庆头是他的侄辈，看着他手上的竹笼子里装着一头小猪，说："可别拉屎啊。"

"不会。"洪毛坤说着，偏腿坐上了"红狗公"，把竹笼子抱在了怀里，那里面的猪崽蹬了一下脚，似乎安静地进入了梦乡。

阿庆头拧了几下车把，油门加了上来，"红狗公"突突突地蹿了出去。

不知为什么，洪毛坤突然有一种预感，觉得幼仙今天可能要偷跑。这么一想，心头就怦怦怦地跳得特别厉害，口干舌燥，他吐了下口水，说："阿庆头，能不能加加油门快一点？"

"快不了，这又不是飞机。"阿庆头大声地说着，还是不停地拧着油门，"红狗公"快一下慢一下地往前拱着，跑到牛屎岭下，发出一串怪叫便熄了火。

洪毛坤从后座跳下来，踉跄了几步，手上的竹笼子差点摔在地上，他站直身板，看着阿庆头一下一下地踩着发动器，却怎么也发动不了。他觉得等不了了，说："我先走了。"便迈开步子往岭上走去。

翻过牛屎岭，是一条"之"字形的简易公路，然后向一边折入山里，便是坑坑洼洼的山路。洪毛坤心里想，幼仙可能会偷跑，他的眼光穿越密密麻麻的树木，仿佛看到幼仙在隆庆楼后面的山路上不停地往前跑。虽说六十几岁了，但常年在山上地里干活，洪毛坤的脚力还是很好的，幼仙可能会偷跑的念头更是刺激着他迸发出惊人的力量。他喘着气跑到隆庆楼前，这才发现鞋子跑丢了一只，他往额头上抹了一把汗，向坐在楼门前的几个叔伯辈老人问道："有什么情况没有？"

这是彼此间默契的问话。老人们纷纷摇头。洪毛坤还是不放心，一手从脚上脱下那只硕果仅存的鞋，一手提着竹笼子，跳上隆庆楼的石门槛，径直往自家灶间走去。

灶间的半截腰门关着，里面没有人。洪毛坤身子撞开腰门走进灶间，感觉到一股冰凉的气息，这时正是家家户户做午饭的时候，居然还是冷灶冷锅，看来幼仙已离开许久了。洪毛坤连忙转身出了灶间，心想，事情果然还是发生了，幼仙偷跑了，她到底还是偷跑了，一没看紧，让她耍了个心计，就跑了！

廊道上有两个八九岁的孩子在玩陀螺，洪毛坤冲他们问了一句："有看见没？"那两个孩子玩得太入迷了，根本没听到问话。洪毛坤火烧火燎地走过去，一脚踢飞了一只刚刚停下的陀螺，两个孩子哇哇地大叫起来。

"你们看见没？""你看见没？""看见没？"洪毛坤在隆庆楼团团转着身子，见人便问，得到一连串的摇头之后，他知道必须往土楼后面的山路找去了，事不宜迟，当然首先要通知儿子，多叫上几个人。

"传宗，传宗！"洪毛坤尖声喊了起来。

浑圆阔大的隆庆楼响着他的叫声。他这才想起，今天传宗去给阿炳佬砌牛栏了。

阿炳佬家的灶间里，他老婆正在炒菜，看来还没回来吃饭。洪毛坤也顾不上问话，就抽身往土楼外面走去。阿炳佬的牛栏是在土楼后面那排猪圈的后头，洪毛坤走到猪圈前就一迭声喊叫起来："传宗，传宗！"他知道即使传宗听到也懒得回应一声，他还是一路叫着，曲里拐弯地走到了牛栏前，阿炳佬从一堵墙后转出来，说："怎么了，土楼着火了？"

"传宗呢，他老婆没在灶间做饭，我怀疑她偷跑了，原本她早上要到圩里抓猪崽，我不让她去……"洪毛坤说。

"你说幼仙？早上这里的活需要人手，也叫她过来帮忙，她刚刚还在这儿干活。"阿炳佬看了看牛栏，幼仙几分钟前还在这里的，好好地搬砖、提土，根本就没有任何偷跑的迹象，他拍了一下洪毛坤的肩膀说，"你想哪去了？"

传宗像是从地里冒出来一样，走到两个人面前。

"我不就担心吗？"洪毛坤说，"我这都一路跑回来的。现在人呢？"

"刚刚走了吧。"阿炳佬说。

"我从楼里找出来，没看见她啊，这会不会是偷跑了？"洪毛坤刚一放松，又紧张了起来。

传宗撇着嘴从父亲身边走了过去。阿炳佬说："收工，吃饭。"洪毛坤愣愣地站在那里，发现竹笼子里的猪崽似乎没有了呼吸，连忙蹲下身子，把竹笼子放到地上，打开来一看，那猪崽已经被他一路狂奔颠死了。

— 3 —

幼仙有了身孕，洪毛坤偷偷观察她的肚子，从微隆到凸起到摇摇欲坠，说实在的，当年"北仔婆"怀孕后，他都不曾这么仔细、认真地看过她的肚子。当然现在这一切都是偷窥状态下进行的，他始终不敢松懈，他想提防一点还是好的，万一跑了呢？就像当年的"北仔婆"，跑了就是跑了，就永远没有了。

端午前几天，幼仙生下了一个儿子，在她坐月子期间，洪毛坤算是基本放松了，不担心她偷跑，这特殊的时间里，她想跑也没力气跑，再者那么小的婴儿，像一根绳子，把她绑住了。

但是孙子过了满月，洪毛坤猛然警醒，他发现出了月子的幼仙臂膀长圆了，身子显得健硕，这要跑就更能跑了。

家里本来没多少积蓄，幼仙坐完月子，这日子就显得愈发窘困了。隆庆楼有人在马铺城里承包民房建造工程，因为洪传宗会泥水活，就叫他进城来干，工钱要比土楼乡村多一倍。传宗跟洪毛坤说了一声，当天下午就收拾了行装跟人进城了。洪毛坤反对也来不及了，心想你都不在家管着老婆，要是她偷跑了怎么办？洪毛坤想不通儿子居然放得下心，他可是不放心，这只能继续操心了。

幼仙在家里带孩子、做饭、洗衣服、养鸡喂猪，地里的活则是洪毛坤一人包了，家里的地这几年都不种水稻了，以种菜为主，就在机耕道旁的小坡岭下面，可以观察到机耕道上的基本情况。洪毛坤在地里忙一阵子，就要直起身子，往隆庆楼和机耕道望一望，这几乎成了一种本能的生理反应。

夜里只要孙子的哭号声一响（其实有时是别家婴儿的哭声），洪毛坤就睡意全消。他的卧室在幼仙卧室的隔壁，他总会没来由地想，幼仙是不是甩下孩子偷跑了？他明知这是不可能的事，可是总是禁不住会这么想。他要把耳朵贴到墙上，听到幼仙在哄孩子的声音，确定幼仙还在，这才会放心地继续入睡。

这天下午，洪毛坤挑了两桶粪水去地里浇菜。他还是照常浇一会儿菜，就往土楼和机耕道望一会儿。这时洪毛坤看到幼仙怀里的孩子一直哭个不停，幼仙怎么哄也停不下来，后来幼仙抱着他上了三楼卧室。突然洪毛坤有些内急，就背过身子把尿撒在了粪桶里。叮叮咚咚一阵畅快，他搓了一下手，又握起长勺舀了粪水要浇菜时，眼光不由自主往机耕道一瞥，立即惊呆了，他看到幼仙抱着孩子快步往外走着。他像是被火烫到一样尖叫了一声，丢下手上的长勺，跨过沟垄直往机耕道跑去。

幼仙抱着孩子行色匆匆地往外走，这不是要偷跑吗？不仅自己跑，还要带着孩子跑！洪毛坤担心多年的事情终于发生，幸好被他及时发觉，可是这脚下是一块块菜地，高低起伏，沟渠迂回，他像青蛙一样跳一下，跑几步又跳一下，扑通，跌落在一条田埂路下。

幼仙叫停一辆从她身边经过的摩托车，抱着孩子坐上了车后座，摩托车轰地向前跑了。

从田埂下爬起来的洪毛坤感觉眼前一阵发黑，心想这下完了，追不上了。他拐着腿跑到机耕道上时，那摩托车已不见了踪影，连卷起的尘土也飘散了。洪毛坤期待隆庆楼有人开摩托车出来（这两年楼里买摩托车的年轻人多了），他就可以搭上车去追了。他一边蹲下来按摩受伤的脚踝，一边四处张望，他盼望来一辆摩托车，同时来几个人，帮他报信，把幼仙偷跑的消息扩散出去。

那脚踝似乎越按越痛，洪毛坤索性不去理它了，龇着牙站起身，这时候他想，就是自己一个人，拖着这条破腿，他也必须向前追去！

洪毛坤走了大约一里路，后面终于传来摩托车响声，他停下来歇了口气，发现骑摩托车的是阿庆头，不过早已今非昔比，"红狗公"换成了"飞鹰"。

他连忙伸出两手拦起路来。阿庆头放慢了车速，说："毛坤叔，你这是要买路钱不是？"

"没空和你闲说，我儿媳妇刚抱着孩子坐摩托车往圩里偷跑了，你快带上我追。"

"偷跑，不会吧，我看你是神经过敏了。"

"少费口舌，快往圩里追。"

飞鹰到底是飞鹰，很快就飞到了圩里。洪毛坤很有见识地让阿庆头把摩托车停在客车站门前，他下了车，看到售票的小窗口关着，昏暗的候车室空无一人，现在他急需知道的是不是有班车刚刚开往城里。在车站门边摆摊卖水果的中年妇女说："有一辆车刚刚开走几分钟。"洪毛坤问："有没有看见一个女的抱着孩子上车？"那妇女说："有呀。"洪毛坤心慌了，怦怦跳得厉害，说："是不是我家儿媳妇啊？"妇女说："我又不认识。"洪毛坤愣愣的没了主张，阿庆头一脸坏笑说："真的跑了啊？"

"还不快追呀"看着洪毛坤无奈痛苦的样子，阿庆头不忍心了，对洪毛坤说："我刚刚看到幼仙，她说孩子发烧，带孩子到卫生所看医生，她刚坐摩托车回去了。"

"真的？"洪毛坤差点从边三轮座位里跳起来。

回到隆庆楼，刚一走进土楼里，洪毛坤就看见幼仙坐在灶间前的廊道上，抱着孩子一口一口给他喂水。此时天色已快黑了，洪毛坤呼了口气，想起粪桶还在菜地里，连忙转身往菜地里走去。

吃过晚饭，天已黑得像木炭，隆庆楼里有的房间亮起电灯，灯光影影绰绰。洪毛坤在廊道的木凳上一坐下来，感觉像是卸下了一副沉重的皮囊，脑袋歪靠在墙根上，昏昏沉沉竟有些睡意。这把年纪，身体再好也经不起这么折腾了。他迷糊中听到幼仙哄孩子的声音，脑袋禁不住耷拉下来。

不知睡了多久，洪毛坤突然一个激灵惊醒起来，看见土楼上边一圈圆圆的夜色，幼仙端着洗衣盆从天井走过来。他眨了几下眼睛，幼仙越走越近，把洗衣盆放在了廊道上，对着他看了看。他从来没有这样被儿媳妇看过，不自在地咳了一声，反把幼仙吓了一跳。

幼仙说："我以为你睡着了，怎么不上楼睡？"

洪毛坤说："没，我只是打个瞌睡。"

幼仙说："听说下午你又去追我了，以为我偷跑了？"

洪毛坤看到幼仙的眼光在夜色中闪亮了一下，她的话似乎像一根刀子顶到他的胸前，他不由坐直了身子，不知该怎么回答。

幼仙说："你怎么总觉得我会偷跑？奇怪。我为什么要偷跑？就因为我是买来的吗？"

洪毛坤说："不，不，不是……"他结巴了。

幼仙说："我真想不明白啊，你怎么总是那么想？"

洪毛坤突然感觉经不起幼仙的追问，摆摆手说："好吧，我去睡……"

幼仙还是不依不饶地问："是不是因为当年你老婆偷跑了，你就认定我也会偷跑，然后时时提防着我？"

洪毛坤感觉内心的秘密被戳穿了，他想立即站起身走上楼去，却怎么也抬不起脚，整个人像是黏在木凳上似的。

幼仙说："晚上我就大胆问你一句，当初你老婆偷跑，是不是因为你打她？"

洪毛坤噎了一下，脑子里哆嗦着想起许多往事，说："只是偶尔……我也恨自己，就是管不住自己的手，真的，和其他人比，不算经常打……"

幼仙说："我知道了。"

洪毛坤说："我没想到她会偷跑，别人家也有买来的，更是打，天天打，可是人家也没跑。"

幼仙说："你不懂得女人，女人是不一样的。"

洪毛坤叹了一声说："也许吧，我真是……我也后悔了，可是后悔有什么用？"

幼仙说："你不用费心，我不会偷跑。我为什么要偷跑呢？"她顿了一下，还想要再说什么，但是没说出来，她端起洗衣盆往楼上走了。

洪毛坤感觉像是接受了一场审判一样，口头上虽然也表示了服气，内心里却还是有些抵触，难道自己错了吗？自己不应该提防她？万一这是她的假象，借以迷惑自己，哪天就偷跑了呢？

— 4 —

孙子会叫爷爷了，洪毛坤抱着他，冷不丁地就想起当年儿子3岁了还不怎么会说话，老婆就在这时候偷跑了。这么一想，内心里就一个哆嗦，抱在怀里的孙子差点抖落在地上。洪毛坤想，无论如何，不能放松警惕，提防一点总是好的。

儿子传宗的泥水活在四乡八里的名气越发响了，总有接不完的活，有时出门干活十多天才回来一趟。洪毛坤知道他是不操心家里的事，家务和孩子幼仙看顾得好好的，而幼仙呢，他始终没有放弃对她明里暗里的监视和跟踪，她想跑也是跑不了的，不过看样子，她确实没想跑。这让洪毛坤又放心又失望。

幼仙对于洪毛坤的一举一动其实也都是明了的，只是她不愿说破，她已经和他认真地交谈过一次，她觉得已基本上能够把握他的心思，他愿意怎么样就怎么样吧，看他日渐衰老，他的心病怕是难以治愈了，反正她也习惯了。走到土楼外面的圩里或山林里，身后有个人暗地里跟踪，有时反而让她有一种安全感。

　　这天幼仙在山林里挖冬笋，身后林子里突然哗啦一声，有人从草丛里滑落，向下面滚了下去。她连忙扛锄往下观望，看到一条人影从地上爬起来，隐入了灌木丛中，她猜测是他，不过也没把这事放心上。挖了一袋冬笋回到隆庆楼，她看见儿子独自在地上玩塑料汽车，逗儿子说了几句，便剥了两条冬笋，炒了一盘冬笋肉丝，把中午的芥菜大骨汤热好，却一直看不到洪毛坤来吃饭，便往土楼外面寻去。土楼周围都没有他的身影，有个婶婆说洪毛坤刚才回来，上楼去了。她心里起个疑惑，上楼走到了洪毛坤的卧室门前，听见里面传出几声低低的呻吟，便立即明白刚才跌落草丛的人肯定是他。

　　"吃饭喽。"幼仙喊了一声，推开卧室木门，又喊了一声，"吃饭喽。"

　　洪毛坤躺在床上，屏住了呼吸，生怕发出一点声息。

　　幼仙走到床前，因为光线模糊，洪毛坤的脸也是模糊不清的，但那一双眼睛还有一点余光，像是即将燃尽的烛火。她心想，他怕是摔得不轻，连忙问："你怎么样？要不要看医生？"

　　"我……没事……"洪毛坤用了很大的力气说。

　　"有没有流血？哪里痛？要不要紧？"

　　"我没事，幼仙……"

　　幼仙愣了一下，这还是她第一次听到洪毛坤这么正式地叫她的名字，正式得令她觉得不正常。

"幼仙，求求你偷跑吧，跑一次吧，求求你……"

幼仙心里叹了一声，不知怎么回答他，难道自己真的偷跑了，就能如他所愿，让他有一种正确感？莫非需要假装偷跑一次，才能治好他的心病？

洪毛坤这次摔得不轻，加上其他老病复发，终于没能再下床。儿子传宗在外面得知消息，赶回了隆庆楼，和幼仙一起照顾他。当然还是幼仙照顾他多一些，传宗还要看顾一下菜地、带带儿子，父亲卧室里那股浓浓的奇怪的气味让他往往刚进去一会儿就想出来。幼仙一天三餐给洪毛坤送饭，还端水送药，洪毛坤有时会冷不丁地说一句："求求你偷跑吧，跑一次吧……"他渐渐只会说这句话，再也没有其他言辞……

── 你见过来水吗 ──

"你见过来水吗？"

我刚一下车，面前站着一个老太太，低声向我问道，她用的是普通话和闽南话交织的腔调，好像说接头暗语一样，我还是听懂了，但是觉得莫名其妙。老太太衣着干净，眼神里满是期待，她又问了一遍："你见过来水吗？"声调、语气和前一次一模一样，像是从录音器里放出来的声音。

我连忙说："我来找老简。"

这时，老太太身后闪出一个人，向我伸手说道："你是王记者吧，我是老简。"没想到，老简是个20来岁的年轻人。我看了他一眼，说："是你爸让你来的吧。"他说："不是，我就是老简，我爸叫小简。"我不由笑了起来，这还真有趣。我是在网上预订的老简家庭客栈，我们通过QQ聊过几次。老简伸手要帮我提箱子，我说不用，就把箱子放到地上拉着走，老简用手指了一下坡岭下的一座土楼，说："我家就在那里。"

那坡岭下是一座浑圆阔大的土楼，而土楼我已在电视上、画报上看过无数次，并不惊奇，因为近段杂务繁多，困扰重重，我想逃离城市的喧嚣，找个古意的乡野清静一下。最初定了几个去处：丽江、凤凰、乌镇、土楼。最后还是舍远求近选择了土楼，我查了一下资料，土楼遍布闽西南乡村，有好多个景区，在成为世界遗产之后，有些景区人满为患，我通过网络找到了蕉坑村，它位于最热门的田螺坑景区和振成楼景区的中间地带，除了摄影师、画家和一些自驾游客、资深驴友，旅行社是不带游客来的，村里几座土楼还较好地保存了原始状态，老简在书德楼办了个"老简客栈"，有6个房间，每个房间包一天三餐才180元，我预订了一个房间，预计住3天或者5天，具体视情况而定。

我拉着拉杆箱往坡岭下走，这是一条很平坦的水泥路，走了几步，便把老简落在后面，回头一看，他正一瘸一拐地快追紧赶，我于是便放慢脚步等他走上来。

"王记者，你以前看过土楼吗？王记者……"老简因为赶路，说话显得有些气喘。

"其实我不是记者，我是作家。"

"哦，作家？都是写字的，差不多吧，王记者。"

"那随你叫吧。"

书德楼是一座四层高的圆楼，和其他土楼一样，一楼是灶间，二楼是禾仓，三楼四楼是卧室。一楼不少灶间锁着门，宽阔的天井里有几只鸡悠闲地散步。老简把我引向楼梯，说："我先送你上房间。"他再次伸手要帮我提箱子，我谢绝了他，说："我自己来。"他似乎看出我的心思，说："我腿脚虽然不大方便，但这楼上楼下，每天要走很多趟，没事，如履平地，王记者，你看这个成语用得对不对？如履平地。"我笑了笑，说："嗯，挺好。"

老简空手走在我前面，除了脚步一重一轻，看不出有明显的异样。我提着箱子走在后面，一路听他说话，走到四楼的房间门前，我基本上也了解了这座土楼和他家的一些情况。这座书德楼建于清乾隆年间，一层36开间，最多时住过35户人家一百多人，现在还有13户人家住在这里，大多是老人和孩子，蕉坑村虽然没列入世界文化遗产名录，但这里也属于保护区，县里不来收门票，由村里派专人以卫生费的名义向前来参观的人每人收取15元钱，不过，因我住在老简家所以就不用交这钱了，老简说他上面有两个姐姐，都嫁到外村了，他父亲是个演木偶戏的民间艺人，天性诙谐乐观，近年组了一个小班子，常年在外面演出赚钱，父亲从小自称小简，大家也都叫他小简，一直叫到现在他都50多岁了还是小简，老简说，因为父亲叫小简，他就只好叫老简了。老简高中毕业后也到城里打工，在一家快递公司跑业务，后来出了一个小车祸，只好回到土楼来，用家里空闲的房间办起客栈，在许多网站宣传、接受预订，节假日、黄金周的时候，生意还不错，一年下来，赚的钱比在城里打工还要多一些，老简说，最主要的是这里空气清新，不用像城里那么奔波。

"哪里都是生活，家里也能赚钱，还跑外面做什么，王记者，你说是不是？"老简说。

"嗯，挺好。"我说。

老简推开房间的门，这是一间斧头状的卧室，一床一几，简洁明快，他又说："王记者，你看怎么样？"

"嗯，挺好。"我说。

"有什么不方便，需要我帮忙的，王记者，你尽管说。"

"嗯，挺好。"

土楼不方便的地方就是方便，卧室里没有洗手间，尿桶放在走马廊的栏板下，洗澡在一楼搭盖的木头房里，这个我原本就知道了，我就是想过几天土楼的原生态生活嘛。

到土楼的第一顿晚餐，都是地道的农家菜，笋干猪蹄煲、肉渣炒薇菜、溪鱼煎豆腐、大骨芥菜，还有一盆肉圆子汤，老简摆好碗筷让我上桌吃，我请他一起吃，他推辞了几下才肯上桌，他母亲就站在土灶前，一脸微笑地看着我们，显得有些不好意思地说："我不会做菜。"

"嗯，挺好。"我说。

吃过晚饭，我向老简预交了600元现金，他自告奋勇地要带我在村子里转一转，我谢过他，告诉他我就喜欢一个人随意走走，他说好吧，递给我一把塑料小手电，我揣在裤袋里，就慢悠悠地转出了书德楼。

面前一块菜地，隔了一条水沟，还是菜地，一垄一垄，规模大了许多，天色已暗，看不清地里的菜，只感觉黑压压一片，一阵细微的声音从地里传来，像是菜茎拔节生长的响声。往前走是一条穿村而过的溪流，五六米宽吧，平缓的水面上泛着淡淡的白光。溪流边一棵老榕树，树冠向上撑起了一片天，树下有几个石凳，适宜闲坐与发呆。

我走进树荫里，面前更浓的树荫蓦地裂开，缓缓升起一团暗影，我看到了一双浑浊但还有亮光的眼睛，接着又是那句初来蕉坑村就听到的第一句话：

"你见过来水吗？"

"水……"我不由得往后退了一步。

那老太太几乎就站在我面前，黑暗中面影模糊，只看得到她的眼光里有一丝很迫切的期待，像微弱的火苗，闪一下，又闪一下。

"你见过来水吗？"她的声音虽平淡，听似漫不经心的问话，却又分明是极为认真的追问。

"嗯……"我连忙转身离开。

在村子里转了一会儿，我感觉有点累，就往回走。月亮出来了，月光照在脚下的石子路上，细细碎碎的，撒满了白盐一样。这种感觉在城市里是永远也找不到的。我走到书德楼前，看到老简坐在石门槛上，好像是在等我，他起身对我说："王记者，回来了，洗个澡吧，今晚早点休息吧。"

"嗯，好吧。"我说。

老简带我到他家的洗澡房，告诉我热水器的使用方法，我上楼取了换洗的内衣短裤，下来洗了澡，然后在井里打了一桶水，把换下来的内衣裤洗了。外衣裤是今天出门刚穿的，没有换。我上到四楼的卧室前，在走马廊上把内衣裤晾了出去，正要转身进房间，身边突然又响起那句话：

"你见过来水吗？"

我猛然一惊。那声音还是那么轻盈，轻盈得像一只猫，朝我心口撞来。我不敢回头看那老太太，我知道此时她那一双眼睛就像两只猫眼一样，一动不动地盯着我。我大步走向房间，肩膀碰到了门框，发出一阵声响。住在隔壁的老简走出来问道："王记者，怎么回事？"

我摆了一下手，还没说话，身后又响起老太太那魔咒一样的话："你见过来水吗？"

老简显然也听到了，对我说："别理她，她看见外面来的人，都要反复问人家，你别理她。"

我走进房间，老简也走了进来，说："这老货子脑袋有点坏了，你不用理她。"

"你见过来水吗？她这话是什么意思？"我镇定了一下，问老简。

"来水，来水就是她儿子，七八年前到城里打工，一直没有回来，也没有消息，至今下落不明。"

"哦……"

"她几乎每天都到村口去等车，只要有外面来的人，她就要问人家，都七八年了，她逢人就问，就那句话，你别搭理她就是了。"

"哦……"

"王记者，你早点休息吧，这是灯绳，桌子下有一壶开水，你还需要什么，尽管告诉我。"

"嗯，好。"

拉上门闩，脱下外衣裤时，手机掉到地上，我这才想起自己已经关机近一天了。我在想，要不要开机？估计里面会有80多个未接电话，90多条短信——因为我每天差不多都要接到这么多电话和短信。我还是忍住没开机，这个时间在城里，一般还在吃晚餐，然后还有缤纷多彩的节目……我是躲到土楼寻求宁静的，让那些繁华和喧嚣远离我吧。

拉灯睡觉，夜晚的土楼静得出奇，偶尔响起小孩子的几声啼哭，还有老鼠从屋梁上跑过的声音，之后便更加沉静，好像整座土楼陷落在无边无际的梦乡里。我确信我睡着了，我从没这么快就进入睡眠状态，而且是深度睡眠，像一只蜷着身子的小猪大梦不醒。

不知过了多久，我还是醒了，确切地说，是被尿憋醒的。我开门出了房间，屋檐上一圈圆圆的天空，轮廓分明，灿若白昼，清冽的空气迎面扑来，这 5 月天的土楼，早晚还是很有一些寒意的。我走到栏板下的尿桶前，撒完尿正要回房间，身边冷不防又响起那句话：

"你见过来水吗？"

我几乎尖叫一声，就往房间扑去。那声音像是从幽灵的嘴里吐出，像一只爪子紧紧地攥住我的心，在这夜深人静陌生的土楼里，我无法掩饰我的惊骇。

隔壁房间的灯啪地亮了，老简问了一声："王记者，你怎么了？"他下床开门走了出来。

"王记者，没事吧？"

我抚着怦怦直跳的心口，一时说不出话。

老简往走马廊上望了望，走进我的房间，说："是那该死的老货子吓了你吧，她有梦游症，你别搭理她，不要往心上想，好好睡吧。"

"这下我还能睡得着吗？"我叹了一声，一屁股坐在床上。

"那……我的笔记本给你上网吧？"老简说。

我摇了一下头，我都不带笔记本出来，连手机都不开，还上什么网？耳边好像又响起那老太太的声音："你见过来水吗？"这声音就像一只虫子直往我心里爬，我突然感觉全身长了毛似的烦躁起来。

"王记者，其实，那老货子，你不用理她，她脑子坏了，你安心睡觉吧……"老简说，他显得像一个犯错的小学生，手足无措。

我想了想，说："你给我弄点酒来，有什么卤料可以下酒的，也弄来，这个钱另外算给你。"

"我给你打一壶自家酿的糯米酒，很好喝，另外拿一罐泡爪下酒。"老简说完就转身出了房间下楼去了。

我看了一眼墙上的石英钟，还不到夜里12点，刚刚11点35分，这个时间要是在城里，不是在酒桌上就是在牌局里，不是在温泉池里就是在按摩床上，今天会有多少人狂打我的手机呢，这家伙怎么关机了？然后满腹疑惑，或者破口大骂……可以想象，有人会抓狂的，有人转瞬即忘。

　　老简提了一壶酒上来，是用那种老式的锡壶装的，我一看就有酒兴，还有一塑料罐的泡鸭爪。他在桌上摆好碗筷，为我倒了一碗酒，在灯光里，那酒看起来色彩鲜艳，有点诱人。

　　"王记者，这酒好入口，后劲儿比较大，不知你酒量怎么样，要是不够我再给你拿。"老简说。

　　我端起酒，仰起脖子喝了一大口，几乎半碗下去，口感有点甜，舌尖上麻麻的很舒服。老简站一下便出去了，我独饮起来。很快，一壶酒见底了，我让老简再打一壶来。第二壶喝完的时候，我头有点晕了，肚子突然胀得厉害。在我起身往外走时，膝盖不小心撞到了桌子，上面的碗哐当掉到地上，发出一声清脆的破碎声，在土楼的夜里显得特别尖厉。我也顾不上了，晃着身子走到走马廊上，对着尿桶开始撒尿。

　　总算撒完了，我晃着身子正要回房间，身后又响起那老太太的声音："你见过来水吗？"

　　这回我没有害怕，好像早已料到这声音会来一样，借着酒胆，回了一句："见过……没见过……见过……"

　　老简像影子似的从他房间闪出来，挽住我说："王记者，你别理她。"

　　"见过……没见过……"我感觉我的舌头像是打结了。

　　那一直躲在暗处的老太太好像向前走了几步，月光照亮了她的半边脸，是一种粗糙的苍白，她依旧用一种低沉轻柔的声音问道："你见过来水吗？"

"来水，哈哈哈……"我突然大笑三声。

"王记者，王记者，你别理她。"老简连忙把我扶进房间里。

我推开他的手，说："没事。"但是一个趔趄，差点栽倒在床上。我还是扶住了墙，对老简说："这糯米酒不错。"

"是很好，就是后劲儿比较大，王记者，你真是好酒量。"老简又上来扶我，把我扶到床上坐了下来，然后蹲下身把地上碗的碎片收拾到墙角。

"老简，你去把老太太喊来，问问她来水怎么了？"我说。

"哎呀，王记者，你别搭理她，她脑子坏了，真的，不要理她，你好好休息吧……"

"你把她叫来，我就想知道来水怎么了，到底怎么了？"

老简转身出去，他的脚步一轻一重，不一会儿，又一重一轻地回来了。我抬头看见老太太站在门边，她跟一般老妪没什么两样，瘦，矮，最大的不同是她穿得很干净，土蓝色对襟袄像刚刚浆洗出来，甚至熨烫过一样，她的头发梳成一个拳头大小的髻，也是一丝一缕整整齐齐，她的脸色在灯光里有点发白，像当纸钱烧的那种薄而透的白纸，我猛然想起在作家何葆国的书里看过的一个故事，他说要是在土楼乡村看到一个极端干净而又神情怪异的孤老婆子，她有可能就是养蛊的女人。我心里咚地响了一声。

"你见过来水吗？"还是老太太先开口，又是这句永不变更的魔咒一样的话。

"你说来水，来水在城里打工吧，他怎么了？"我说。

"你见过来水吗？"还是这一句。

"他怎么了，来水怎么了？你给我说说嘛。"我说。

"你见过来水吗？"依旧是这一句。

"王记者，她只会说这句话，就一句。"老简插上话说，"我说她脑子坏了嘛，真的，别理她。"

看来她的脑子是坏了。我不再说话。老简轻推一下老太太的肩膀，示意她离开，她缓缓转过身，就往走马廊那头走去了。

"这老太太多大了？"我问老简。

"70了吧，也有人说快80了，我也不大清楚。"老简说。

"她家里还有什么人？"

"没什么人，就她一个孤单着，她就住在你这过去第二间，听说她老公很早就死了，来水还是个遗腹子。"

"来水多大了？"

"来水比我大吧，大几岁我也不清楚，我到城里打工时，他都已经失踪了，他也没怎么上过学，长什么模样，我现在一点都想不起来了。"

我站起身，拍拍老简的肩膀说："小简，你害惨我了，让我住在一个神经兮兮的老婆子隔壁，不在意时她就给我来一句，'你见过来水吗？'你让我晚上还怎么睡觉？"

"王记者，这、这……真正歹势（对不起）啦……"老简憋出了一句闽南话。

我感觉有些站不稳，身子在摇晃，不，整座土楼都在摇晃。老简用力地扶住我。我忍不住又说了起来："小简，还有糯米酒吗？再给我弄一壶来，真好喝，你见过来水吗？哈哈，来水是什么东西？水从何来，水在河里流，子在川上曰……"

"王记者，王记者……"

"小简，我告诉你，其实我压根不是什么王记者，我、我也不是什么作家，只不过我曾经是个文学青年，我现在是什么？你知道吗，我告诉你，小简，我是马铺市一家大公司的老总，哈，你明白了吧，我是总经理，只不过我附庸风雅，偶尔要托关系在晚报上发表几首酸诗，赞美蓝天呀，赞美松树呀，可是，我是老总，不是记者，也不是作家，你明白了吧，小简……"

"我是老简，王、王总……"

"嗯，不行，你就是小简，我就是要叫你小简……"

"王总，我爸的木偶戏班叫'小简戏班'，我开的叫'老简客栈'……"

"好吧，老简，小简，他妈的本来简单的事情，你硬是把它搞复杂了！"我张口骂了一声，我发现我控制不住自己，一股酒劲儿往脑门上冲，话就从嘴里倾泻而出，连我自己也不知道说的是什么，语无伦次，真假莫辨，夹杂着口沫在老简面前飞扬，飞出房间在整座土楼里激荡不已。

"老简，你见过来水吗？土楼是怎么来的，人们为什么要夯建这种巨大的城堡似的建筑？是啊，人生天地间，忽如远行客，马铺市是哪一年县改市的？我告诉你，小简，我28岁辞职下海，行到水穷处，坐看云起时，来水是谁？我真没见过，上回那个项目我看就算了，标的太低，你给马总做吧，我明天到美领馆办个签证，马尔代夫七日游，没兴趣，你喊小菁过来，我不相信她这么快翻脸不认人了，那谁还是我介绍他们认识的，你见过来水吗？来，我的微博你关注一下，我是匿名，哈哈，小简，你去给我弄点酒来，拉菲，我要拉菲，不是拉风，不是拉稀，老简，人生那个那个那个，明朝散发弄扁舟，你们蕉坑村有船吗？好吧，你看我醉了吗？我没醉，真不骗你，很多事你是不明白的啊，只有经历了你才知道，好吧，老简，算我醉了好吧，你再给我提两壶来，有一句话你要记住，气不和时少说话，有言必失，心不顺时莫做事，做事必败，这不是我说的，这是人生哲理，你见过来水吗？好了好了，你出去，少来烦我，爱情是什么？我不相信一个人能随随便便成功，来来来，远方的客人请你留下来，我们公司的事业必定蒸蒸日上，一日千里，千军万马，马不停蹄，大家一定不要信谣传谣，同舟共济，共渡难关，各位来宾，女士们先生们……"

我听到自己咚的一声倒在床上的声音，老简把我脑袋扶正了，他还拿来一条毛巾给我擦嘴，然后我只知道他进来，出去，又进来又出去，如此往返多次，然后我头痛得不行，看来那糯米酒的后劲儿真大，我好像听到了脑子里噼里啪啦的声音，老房子着火一样的声音，整座土楼好像起火烧了一样，然后我真的什么也不知道了……

我睁开眼时，眼皮上下似乎黏连在一起，几乎是强行睁开的，我看见房间里一片亮堂，窗台上还铺了一束阳光。走马廊上有人在走动，不远处的尿桶前有人在撒尿，一楼的廊道上和天井里有人在说话。我确认我醒了，昨晚怎么喝醉了？脑子里出现长长的空白，很多事情回忆不起来，看来那糯米酒的后劲儿真是很大。我坐起身，看见我的手机就放在桌子上，那上面的酒壶、泡爪已经清理过了。

我坐起身，拿起手机开机，刚一开机，手机就震颤个不停，我是把手机设置成震动模式，昨天上车前关机的，到现在已经一天又几个小时了，我一看有 1989 条短信，提醒我至少有 640 个未接电话。这时，一个电话就打进来了，是我妹妹打来的，我连忙接了起来。

"哥呀，哥，是你呀，哥，电话终于打通了，你在哪里啊？哥，你让人急死了！社会上传言你跑路了，公司倒闭了，你知不知道？你女儿整夜哭着要找爸爸，老妈也快疯了，她在小区里逢人就问，你见过坤生吗？你见过坤生吗？"

手机砰地掉落到地上，我也顾不上捡，连忙跳下床，冲出房间朝楼下大声喊道："老简，老简！帮我叫一部车，我要包车回城里，马上，快，快！"

我返身回到房间，地上的手机里，妹妹正声嘶力竭地叫喊着："哥，你怎么了？你说话呀，你在哪里？你要把人逼疯了呀你！哥，……"我急匆匆穿好衣服，从地上捡起手机，说："我在土楼，我马上……"立即发现手机没电了，往箱里找充电器，怎么也找不到。

"王总，你要包车回城里？"这时，老简走到门边问道。

"嗯，快帮我叫一辆车，我包车，多少钱没关系，越快越好。"

老简愣愣的，他当然不知道发生了什么事，但还是掏出手机拨通了一个号码，说："有车吗？快到我蕉坑路口来，有人要包车。"

我提起箱子就往外走，像要去救火一样，实际上这比救火还要急，老简跟在我后面，一瘸一拐，有些跟不上，他喘着气说："王记者，王总、王……"

"我叫坤生，对了，老简，预交的定金就算了，我也不要了，车能马上到吗？"

"马上到，你这么急，定金我要退给你，是不是家里出什么事了？"老简说。

"我也不知道什么事，也许什么事也没有，但我必须马上赶回去。"我说。

我几乎像是从楼上往下俯冲似的，四楼、三楼、二楼、一楼，冲到一楼廊道上时，还好及时刹住了脚步，不然整个人就栽到天井里去了。我狂奔一样飞向楼门厅，在我一脚跨出土楼时，大门边响起一个声音："你见过来水吗？"像一条鞭子抽了我一下，我撒开腿跑得更快了。

我不知道来水，我只知道我叫坤生，此时我妈在城里的小区逢人就问："你见过坤生吗？"

—— • 苏醒楼 • ——

- 1 -

大梦坑的夜晚是一点一点黑下来的。土楼圆圆的屋顶上，那抹夕阳像胭脂洇开，变成稀薄的浅色，是那种和百年土墙一样带点苍老的浅黄色，由浅而灰，然后慢慢过渡到黑，黑的颜色就在晚风中逐渐加深变稠。

邱加赞在灶间吃饭，他还没开灯，其实他更适应在黑暗中进餐。因为以前在马铺城里就习惯摸黑吃饭。整座土楼已经黑得像锅底，不过他碗里的米饭还是白的。他看到楼门厅影影绰绰走进一个人，这个人站在廊台边，抬起头仰望着土楼上空。他立即判断出这是一个外地人，连忙放下饭碗，摸到灯绳拉了一下，灶间亮了，再拉另一根灯绳，楼门厅那里也亮了。

那个人叫罗洪建，似乎被突然亮起的灯光吓了一跳，扭头看到一个人从灶间走出来，个子高高的几乎顶到了门框，两条腿又细又长，长得和上半身不大成比例。

"这个朋友，欢迎你来参观我们苏醒楼，这是全世界第二小的土楼。"邱加赞一边操着地瓜腔的普通话一边沿着廊台走去。

罗洪建愣愣地看着邱加赞走过来，这才发现他的个头其实和自己差不多，一米七二左右，因为门框太低才显得高，不过他的两条腿真是长，比上半身长多了，使他看起来像是踩在高跷上一样。在大梦坑，罗洪建看到的几乎全是一米六以下的男人，面前的这个邱加赞显然是个异数，不谐调的上半身和下半身，令人觉得面前的一切都变得不真实起来。

邱加赞走到了罗洪建面前，说："参观是要门票的。"

罗洪建脸上的表情由迷惑迅速转换为错愕，他用闽南话反问道："门票？凭什么要收门票？"

邱加赞听出这是马铺县城口音的闽南话，便用大梦坑口音的闽南话说："只要不是大梦坑人，进来参观都要收门票。"

"这土楼是你家的啊？"罗洪建带着讥讽的语气说。

"没错，这苏醒楼是我家祖上建的，清同治八年也就是1869年动工，1875年也就是同治帝驾崩那年完工。"邱加赞背诵一样地回答。

"收费是要经过政府审批的，你懂不懂？你有政府批准手续吗？"罗洪建沉着脸，用一种严厉的语气责问道。

"我不需要懂，反正这是我家的土楼，你要参观就要买门票，你要不买就请你出去。"邱加赞镇定地回应。

罗洪建不由地盯着邱加赞看了几眼，灯光照着他一半的脸，使他的脸像阴阳脸一样怪异。他想，今天看来是遇到怪人了，都说大梦坑多怪人，其实他自己在马铺县政府大院里也被当作怪人，现在他倒要看看，谁比谁怪？他的眼光在土楼里转了半圈，故意找话说："这土楼里没住人啊？"

"我站在你面前，难道不是人是鬼？"邱加赞不满地说。

"你、你不就是收门票的吗？"罗洪建又故意地斜了他一眼。

邱加赞感觉受到贬低一样，挥起一只手，说："我告诉你吧，我是这苏醒楼楼主邱东泉的第 6 代孙邱加赞。"他的手像刀一样，义正词严、煞有介事地一劈，又一劈。

"你知道我是谁吗？"

"我不管你是谁，只要你不姓邱，不是大梦坑人，你进来就要买门票。"

"那好，我买一张，一张多少钱？"

"10 块钱。"

"好，你有票据吗？"

"当然有。"

罗洪建掏出钱包，取出 10 块钱。邱加赞两根手指接过钱，抖了一下，放进口袋里，然后从口袋里摸出一张票据，递到罗洪建手里。罗洪建发现这是一张陈年的市场摆摊收据，上面印着 10 元和一枚鲜红的自制印章，"世界第二小苏醒楼邱加赞"布局和字体显得很笨拙。

"我要去告你。"罗洪建收起票据说。

"告我？那你尽管去告好了。不瞒你说，我在马铺城里待过 10 多年，到信访局、纪委和法院都告过人，我才不怕你告。"邱加赞冷冷地笑了一声说。

"你等着，你很快就知道了。"罗洪建猛一转身走了。

　　大梦坑原来叫作大坟坑，相传邱氏先祖从宁化石壁一路走到这里，天已黑透，累得实在不行，坐地上倒头便睡。天亮醒来后，发现四周散落着好多个杂草丛生的坟堆，但是下面有一块不小的谷地，一条溪水蜿蜒穿过。于是他们就决定在这里开荒定居。这个地方就被叫作大坟坑，后来大坟坑出了个秀才，觉得这名字不雅，就把大坟坑改作大梦坑，在闽南话里，坟和梦是谐音的。

　　自从大坟坑改作了大梦坑，村子里就一茬茬地出现一些魔魔怔怔、神神叨叨的人，半夜里爬起床，在土楼内外、山上山下游荡，有的下田干活，有的则搭伙打牌，天一亮，他们什么都不记得了，像平常一样饮食起居，外面的人看不出他们有什么异样，只有家里人才会感觉到他们目光呆滞，六神无主，像是还没有睡醒一样。这种人还有个特征，就是身材矮小。

　　据说邱加赞的高祖邱东泉便是这样一个梦游的人，和其他人略有不同的是，他白天是一个勤力苦做的人，夜里梦游时依旧是苦做不已。他每天夜里从床上爬起来，走到卧室门口栏板下的尿桶前撒一泡尿，其实他是被尿憋醒的，但是撒完尿他并没有返回卧室，而是从三楼走到二楼，从自家禾仓里取出箩筐和扁担，然后漂浮一般走出土楼。那时大梦坑只有一座圆土楼，全村几百个老小都住在这座叫作升平楼的老圆寨里，现在升平楼也还在，只是住的人锐减为 10 个左右，据说有个厦门老板准备把整座楼租赁下来，改造成乡村旅馆。当年邱东泉走出升平楼之后，如有神功，脚下飘飘然，眨眼间就来到山脚下，挖土，装土，挑起满筐的红壤土，健步如飞地往溪边的小坡地走去。一年多的梦游，他全都用来挑土，同时做土。所谓做土，就是在红壤土里掺上石灰、细沙，然后覆盖上一层稻草，让它发酵。接下来的一年，邱东泉每天梦游到这里挖地基，本地话叫作挖大脚坑，地面以下的石砌地基叫"大脚"，地面以上的墙脚叫作"小脚"。他从溪里搬来了很多大石头，似乎无须用力，比一下手势，指一指方向，那些石头就自己长脚一样飞来了，然后他根据它们的大小、形状，严丝合缝地砌成"大脚"或"小脚"。起了地基，邱东泉每天夜里开始夯墙，砰、砰、砰，夯墙声在夜间显得特别清脆，但是升平楼里熟睡的人们是听不到的，只有几个同样梦游的人，悠悠荡荡走到这里，有的看几眼转身走开，有的则会跳到墙头上帮他夯墙。升平楼的人开头对坡地上突然出现的地基并不大在意，因为这实在不像是要建土楼的样子，一座土楼多大啊，几十个开间，从这头走到那头就有几十米，而这地基围起来也就几张谷笪大小，后来大家发现这墙居然一版一版地夯起来，这到底是谁干的？白天里邱东泉也曾经多次挤在人群里对着增高起来的土墙指指点点，他也不知道这是谁夯的土墙。几个老者猜测是神人所为，他们决定夜里起来看个究竟。半夜里，他们相互叫醒，然后轻手轻脚走出升平楼。月光如水，在大梦坑静静地流淌，他们听到了一阵一阵富有节奏的夯墙声，结实有力地捶打着大梦坑的静谧。这几个老人走到坡地上，仰头看到站在墙头上奋力夯墙的人正是邱东泉，他两手握着夯杵，一起一落地夯着土，他的脸在月光照耀下像是盖了一层霜，闪闪发亮。老人们看得目瞪口呆。在邱东泉6年多的梦游时间里，他以一己之力建造了一座小小的圆土楼。建成之日，尚未装修，他的梦游症突然消失，从一个意气风发的中年汉子一夜之间变成一个衰老而又虚弱的老年人，他的体力和心血在长期的梦游里被透支了。这座土楼在邱东泉过世后，由其三个儿子进行装修，并正式命名为苏醒楼，寓意自然是从此不再梦游，清醒过日。许多年之后，土楼成为世界文化遗产，大梦坑虽然不在世界文化遗产的核心景区，但也不时有一些游客前来参观，有个作家经过实地测量和比较，发表文章宣布苏醒楼是目前已知的第二小的圆土楼，最小的圆土楼是南靖县新罗村的翠林楼，11 开间，3 层楼高 8 米，楼内直径 9 米；而苏醒楼 15 开间，3 层楼高 11 米，楼内直径 15 米，第三小的圆土楼是永定县洪坑村的如升楼，16 开间，楼内直径 17 米。苏醒楼从此有了不小的名气。

　　邱加赞的父亲系邱东泉派下三房长子，在 20 世纪 50 年代中期，他本有一次参军的机会，但是罗岗村的罗茂生举报他在土楼公社民兵集训时，他有过一次梦游，半夜里拖着一把木刻步枪趴在坟堆上练习瞄准，他的名字就被刷了下来，换成了罗茂生，不久罗茂生就参了军，走出大山到了广东的海边，后来转业回到马铺县城，当了机关干部，娶了一个县城女人，下一代从此变成了城里人。而邱加赞的父亲终生困于土楼，最终死于土楼，同样生于土楼长于土楼的邱加赞，在参军无望（报名体检因体重不够即遭淘汰）、升学无望（第一次高考落榜，家贫无力补习再考）之后，他不甘心重复父亲的命运，独自一人跑到了马铺县城，但是十几年之后还是孑然一身回到了大梦坑。

　　此时的土楼虽然还是那座土楼，却是今非昔比，令人刮目相看。邱加赞回到荒废了几年没有住人的苏醒楼，看到天井的杂草都有半人高了，前几年还住着的几个堂叔堂婶有的过世了，有的搬到儿子的钢筋水泥房去了，他花费时间收拾了自家的房间，把整座土楼打扫干净，该修补的地方，比如朽坏的栏板、破裂的门窗等，也都修补了，还做了一块木牌子，挂在外面的土墙上，牌子上有他用红漆写的两行字：

世界第二小的土楼
苏醒楼

　　每天他就坐在苏醒楼的门槛上，向每个进来参观的外地人收门票，一人10元，最多的一天收过300多元，当然有时连续几天收不到钱，但平均起来，每天能收60元至80元，这个收入强于他在马铺城里的收入，而且轻松自在，他甚至存了不少一笔，动过用这钱买一个老婆的念头。
　　大梦坑人开头并不相信邱加赞能收到钱，这里并不是十分出名的景区，谁愿意花钱进来看你这座破土楼呢？可是，现实还是有很多人愿意花钱来看看苏醒楼这座号称世界第二小的土楼的，这些人主要是自驾游的城里人，还有背相机、背画夹的游客。有的人面对邱加赞的收门票，起初多少有些抵触，但是邱加赞不急不缓地解释说，你们去看其他土楼，门票100元，我们这大梦坑的苏醒楼，虽然不是世界文化遗产，但它是全世界第二小的土楼，别具一格，里面还有雕工精细的石雕、木雕，还有神奇的梦游建楼的传说，来都来了，也就10元，这10元一方面我要打扫维修土楼，另一方面还要给搬出土楼的老人一些补贴，还要给邱氏宗祠上缴一点，难道你们觉得这10元很多吗？听邱加赞说得这么朴实、诚恳，大家最终还是心甘情愿地掏出钱来。来都来了，也就10元钱嘛。而像罗洪建这样的客人，邱加赞还是第一次碰到。

罗洪建原来是马铺县水利局的副局长，去年出了一点麻烦，被免了职，保留副主任科员待遇，偶尔替代忙不开的其他副局长开开会，几乎可以不用上班，单位里没人管他。这时候他突然爱上了摄影，买了相机，常常自己一个人开着车，跑乡下土楼拍照。其实他老家就在土楼乡罗岗村，村里也有几座圆土楼和方土楼。这天他就是到老家拍土楼，天断黑了准备回城里，途经大梦坑，想起苏醒楼，特地拐进来打探一下，计划哪天来这里好好拍一拍，没想到就遇到了一个强行收门票的。他自认为自己也算是马铺有头有脸的人物，即使到田螺坑这样的景区，那些把门票的若是认得他，都会放他进去，有一次他带了几个外地摄影爱好者一起来拍土楼，保安已放他们进了景区，他还坚持买了5张门票，一张100元，他并不在乎这点钱，10元更不在话下了，但是今天这个强行收门票的邱加赞，令他非常不愉快。这对罗洪建来说已经不是10元钱的问题了。

罗洪建一边开车一边按着手机，拨通了土楼乡简书记的电话。这个简书记是他高中同学，平时也常有往来。电话接通了，罗洪建开门见山就说："简书记，我要向你举报，大梦坑苏醒楼有人乱收费，进楼要收10元门票，这事你管不管？"简书记在电话里笑着骂了起来："这算什么鸟事？ 10元他爱收就收，你罗局长就当扶贫好了。"这什么态度啊？罗洪建生气地掐断电话。

回到家里，一片黑乎乎的。罗洪建知道老婆又回娘家去了，最近她母亲身体不大好，她便有借口住在娘家，去年儿子上了大学，他又时常跑土楼拍照，有时好几天彼此见不到一面，不过大家也都习惯了。罗洪建开了灯，先到厨房，取了一包方便面（这还是他前几天买的一整箱方便面），又从冰箱找了一粒鸭蛋。煮面填了下肚子，罗洪建立即坐到书房的电脑前，把那张苏醒楼的"门票"取出来放在桌面上，用相机拍了几张，然后用数据线传到电脑硬盘里。他登录了自己的微博，先把"门票"的图片上传，接着在发布框里开始写微博：

大家快来见识一下世上少见的"门票"！大梦坑土楼村民擅自向游客收费，损害土楼形象……

这时，手机响了，他拿出来一看是父亲罗茂生的电话，心里有点烦，但还是接了。父亲在电话里说："有个好消息啊，我刚打听到一个老战友，他一个妹夫现在是我们省的政研室副主任，正厅级啊，是不是通过他说一说，争取你的职务能够恢复……"

自从他去年被免职之后，父亲每次电话都是一样的，就是哪里又找到了一个人，希望能够说动马铺县领导给他官复原职。他一听就烦，父亲也算个老干部，虽说退休时才是个副科级，谁知他从哪儿曲里拐弯找到这么多人，可是这管用吗？父亲实在也是老糊涂了。罗洪建打断父亲兴奋的话头，说："你别操心了，正厅级不够用，等你找个副省长再说吧。"他毅然决然地摁下电话，并把父亲的号码拉入黑名单。因为电话断了，父亲会坚持再打的，只有让他连续半天打不进来，他才会死心。所以父亲的号码三天两头就会被他拉入黑名单，一般第二天才解除。

罗洪建继续埋头在键盘上打字：

利欲熏心的个别村民，未经有关部门批准，违法收费，我要举报你！

罗洪建想了想，在后面专门提醒了本地几家媒体的微博，然后点击"发布"，这条微博倏地飞进了浩瀚无边的网络海洋。1分钟后，罗洪建忍不住刷新一下，这条微博还没有被转发和评论。他不是大V，这也正常。他又从网上找到马铺县物价局的网站，他在旁边看到了举报邮箱，于是便把微博复制一下，留下自己的手机号码，附件上传了那"门票"图片，发送了出去。

这时，手机又响了。罗洪建一看是妹妹的电话，就接起来。妹妹劈头就问："哎，老爸给你打电话怎么一直打不通？"罗洪建说："刚才还通过话。"妹妹说："老爸还有话跟你说。"父亲的声音随即响起来，他似乎就候在妹妹的身边，一下抢过了电话。罗洪建按下免提键，把手机放在桌上，自己一边听一边继续上网。

"你还年轻，不要太灰心，还是有机会的啊，给郭书记李县长说一说，或许就能有转机，副主任科员有什么意思？又不是实职，你可以换个地方，就是下到乡镇当个副乡长也好啊……"

罗洪建越听心里越烦，说："好吧好吧，这个有空再说，我现在很忙，以后再说吧。"他果断地摁掉了电话。突然想起，自己正是因为一次乱收费——根据原来的文件，向几家民营小水电站收取"年费"，被人举报到媒体，市委领导批示下来，他就被县里免了实职，而那个苏醒楼的邱加赞公然乱收费，他岂能不受到惩罚？

又上微博刷新一下，罗洪建看到了有3条评论和1条私信，不过3条评论都是卖粉丝的小广告，失望之余打开私信，他不由一振，这是市里一家媒体发来的：

请提供详细地址，拟派记者进行暗访曝光。

— 4 —

邱加赞打着饱嗝走出灶间，走到天井里的水井旁，那打水桶里有半桶水，他两手抓起打水桶，提到嘴边喝了几口，然后含了一口水，一边走一边漱口，走到苏醒楼门口时，把水吐在了地上。他双手叉腰往村子通往外面的土路上望了一会儿，在石门槛上坐了下来。

住在升平楼的邱学法挑着空粪桶从苏醒楼门前经过，他走到邱加赞面前停了下来，两只粪桶便放到了地上。这个邱学法是邱加赞的初中同学，个子太矮了，脖子尤其短，短到几乎看不见，他看了邱加赞一眼，说："赞的，我也想在我们升平楼收门票，可是五六天都没收到一分钱，这大梦坑风水都被你占了。"

"话不能这么说。现在土楼是世界文化遗产，名扬天下，可是土楼有成千上万座，单单列入世界文化遗产的就有 46 座，你让人家看哪一座呢？你要有特色才行啊，升平楼虽说是一座老土楼，年代久远，可是像它这样的土楼太多了，吸引不了人们的眼球。"邱加赞说。

"怎么你们这苏醒楼就能收到钱？这鼻屎大的楼。"邱学法不满地说，为了表示不满，还特地从鼻孔里哼了一声。

邱加赞哈哈笑了几声，说："这你就不懂啦，苏醒楼是世界第二小的圆土楼，小巧玲珑，就像拇指姑娘一样，人见人爱。拇指姑娘，你肯定不懂了吧，你可能就懂得田螺姑娘吧？"

邱学法很不高兴地挑起粪桶走了，他太矮了，粪桶几乎是拖着地的。看着他的背影，邱加赞心里涌起一种优越感，这是在智力上和精神上的胜利。在他看来，大梦坑到了他这一茬人，迷迷糊糊梦游般过日子的人还真不少，只有他是清醒的，虽说在马铺城里混迹十多年，几乎一事无成，但那也是人生的一种历练和积累。他是有一天突然醒悟过来，决定回到大梦坑的。回想起来，在马铺城里的 10 多年，就像一场梦游一样，当年祖上梦游，建起了一座苏醒楼，而他却是两手空空，只有一副寒碜的行囊，不过当他走进久违的苏醒楼，拔掉水井四周的杂草，发现从杂草丛里显现出来的石雕、石水槽还完好无损，门窗上的蜘蛛网清除之后，有的木雕虽有破损，有的还栩栩如生，他明白他可以收门票了，苏醒楼是一座有人文内涵的、有看头的特色土楼。这是祖传的家业，为什么不可以收门票呢？进城打工都要被收暂住费，进土楼收门票理所当然。

邱加赞看到一部白色的小车驶进村子，停在升平楼前面的埕上，车上下来一男一女，他们在升平楼前站了一会儿，并没有进去，而是往苏醒楼这边走了。他们一前一后，走走停停，终于走到了苏醒楼前面，邱加赞看到这是两个二十几岁的年轻人，那女的肩膀上还背着一部相机，男的手上握着一部手机，看样子是情侣，又像是同事。

"你们好，请问你们从哪里来？"邱加赞站起身笑脸相迎。

"我们从市里来。"那女的看了邱加赞，问道，"这就是苏醒楼吗？"

"是的，这就是苏醒楼，是我祖上梦游的时候夯建的，每天晚上梦游建一点，这样慢慢建起来，前后花了 6 年多的时间。"邱加赞说。

"梦游还能建土楼？"那女的惊讶地张大嘴巴。

那男的扭头对她说："前不久我们报文摘版不是还报道过，一个英国男人梦游到意大利，在那里娶妻生子，10多年后才清醒过来？"

"是呀，梦游是一种超常状态，无所不能。"邱加赞说。

那女的点点头，对邱加赞说："我们可以进去参观一下吗？"

"当然可以。"邱加赞说，"不过，每个人要收10元门票。"

"收门票？为什么？"那男的叫了起来。

"苏醒楼是世界第二小的土楼，里面有许多石雕、木雕，你们若有兴趣就进来参观，我还可以给你们讲解，只收10元，难道很贵吗？"

"可是，你这收费，政府有关部门批准了吗？"那女的说着端起相机，往苏醒楼大门拍了一张，又对准邱加赞快速按下了快门。

"这是我祖上传下来的民宅，不需要批准。"

"不批准，就是非法的，就是乱收费。"那男的说。

"参观是自愿的，我没勉强你们，如果要参观就交10元，如果不交，就不要进来。"

"任何人进来都要交钱吗？村里人进来呢？"那女的发问。

"只要不是大梦坑人，任何人参观都要交钱，美国总统来了也一样。"

"你这样私自收费，你不觉得有什么不妥吗？"那男的问。

邱加赞发现这一男一女轮番发问，显然不是正常的游客，就像昨天那个较真的中年男子一样，他心里不由有了一点警惕，但还是掩饰不住内心的不满，说话的语气也冲了起来："什么是妥，什么又是不妥？你在城里尿急，公厕收你5毛，这也不妥吗？我到城里打工，被收暂住费，这就妥了吗？"

这两个刚出道的小年轻没想到在这偏僻乡野还有这等厉害的角色，一时还不了嘴，便用相机和手机不停地对着苏醒楼和邱加赞拍起来。

"你们记者有采访报道的权力，但我希望你们要保持公正立场。"邱加赞冷不丁地说，把他们吓了一跳。

"你怎么知道我们是、是记者？"那男的傻傻地问。

邱加赞微微一笑，说："我不怕上报纸，上网更好，我在马铺城里的时候，也时常到网吧上网的，其实你们用不着暗访，你们就公开采访我好了。"

这两个男女相视看了一眼，似乎为自己的身份暴露而显得有些尴尬。那男的干咳了两声，说："那好吧，既然你已知道我们的身份，我们就公开采访你一下。你为什么要在这里收门票？"

"这个问题其实我刚才回答过了，现在我再说一下，这10元钱，主要用于苏醒楼的日常维护，同时这里面也包含我的讲解费，另外我还要给搬出苏醒楼的几个老人一点补贴。"

这两个小年轻在邱加赞面前彻底无语了，抬头看着面前这个上下身长得不谐调的中年男人，心想今天是遇到大梦坑怪人了，眼神里甚至流露出一丝惊喜和崇拜。

"你们如实报道吧，就按我说的原话，希望你们到时给我寄一份报纸。"邱加赞伸出一只手往苏醒楼里面比了一下，"我没什么答谢你们，就请你们免费进来参观一下吧。"

"不用，不用。"这两个年轻记者像受到惊吓似的，不约而同地摆起手。

5

罗洪建收到一条微博私信：

感谢你提供线索，你所反映的问题我们已暗访见报。

他连忙登录报社网站，看到今天的电子报第三版右下方有一条报道：

这是乱收费，还是为了维护土楼？

下面配了一张邱加赞侧身站在苏醒楼大门前的照片，旁边还链接了关于苏醒楼的简介，什么相传为邱氏先祖梦游时所建，什么富有奇特的人文内涵。罗洪建读完千把字的报道，不由骂了一声："这哪是曝光？简直是做广告！"

罗洪建气冲冲地想给报社回一条私信，质问他们到底是怎么报道的，想想还是算了，犯不着跟记者较真，他要较真的是大梦坑那个收费的长腿男子。他几次听父亲唠叨说，大梦坑人要么犟，要么精。其实自己的老家罗岗村和大梦坑就相邻一座小山岭，但历史上两个村往来并不密切，通婚的很少。他记得父亲在马铺县农业局副局长任上，几次被人告状，据父亲说都是大梦坑人写的信，无中生有，添油加醋，害得父亲被纪检叫去问过一次，那年父亲有望从农业局副局长提升为统计局局长，因为年纪关系，这将是父亲的最后一次机会，从副科升为正科，在罗岗村的罗氏族谱上将是浓重的一笔，父亲是非常看重的，但是就在这节骨眼上，又是来自大梦坑的举报信漫天飞，马铺县委书记、县长甚至市委书记、市长都收到了，父亲的正科梦到底还是破碎了，几年后以副科级身份郁郁寡欢地退了休。罗洪建想，这回无论如何要给那个收费的大梦坑人一点颜色看看，不仅给自己，也是给父亲出一口气。

这时罗洪建想起马铺县物价局的马腾飞局长，任何收费都要有物价局的收费许可证，那个大梦坑农民无证收费，物价局正好可以治他。马局长原来是他水利局的同僚，前天还往物价局邮箱举报，怎么就没想到直接打电话向他举报呢？

罗洪建立即拨通了马腾飞的电话："马局，在忙啊？看到今天的报纸了吧，第三版，曝光大梦坑土楼村民乱收费。你也看到了？这是违法的，你们应该去处理啊。马局，不瞒你说，这是我向报社记者爆料的。"

马局长在电话里答应下周一派两个工作人员下去调查，如果情况属实，将坚决取缔苏醒楼的收费，并给予经济处罚。

晚上罗洪建到父亲家吃饭，母亲还在厨房忙着，坐在客厅看报纸的父亲一手摘下老花镜说："这个大梦坑，民风不正嘛，私人怎么可以收费？目无王法。"

罗洪建知道父亲看到了那报道，心里对大梦坑的厌恶又被挑起了，突然他也好奇起来，父亲到底和大梦坑有什么过节？今天正好问问。

母亲过来叫父子俩吃饭。吃过饭，罗洪建陪父亲喝了小半碗糯米酒，这是老家罗岗村的亲人自酿的，父亲长年喜欢喝这个酒，舒筋活血，喝完脸上红扑扑的。

"这个大梦坑，你是不是曾经在那里得罪过哪个人？"罗洪建问父亲。

"哎呀，你别跟我说大梦坑，我一听大梦坑就烦，那地方原来是叫大坟坑，你知不知道？全是乱坟堆，所以那儿的人中了邪，好多人魔魔怔怔地集体梦游，我能得罪谁？不就那年参军吗？全土楼公社有一个名额，当时我是公社民兵呢，好多个民兵报名体检，初检筛下了几个人，我是过了，另外还有几个也过了，有一个是大梦坑的邱顺德，他有梦游症，在公社民兵集训时，我亲眼见过的，我就把这个情况告诉公社武装部长，这是一种病啊，我当然要报告给领导，万一他真参了军，以后在部队里梦游，操起机关枪一阵扫射怎么办？我报告给领导，领导表扬了我，当然他就被刷掉了，从此他就忌恨我了，前些年我在农业局被告状，举报信大多是匿名的，有的落款写大梦坑群众，我猜全都是他搞的鬼。"

原来还有这么一段历史恩怨，罗洪建一听就全明白了，当年参军是改变命运的大事，父亲正是因为参军，自己才没有被生在罗岗村的土楼，那个邱顺德参军不成，一生的命运注定他只能待在大梦坑了，可是他自己有梦游症，这能怪得了谁？他猛然想起，莫非那个苏醒楼收费的长腿男子是邱顺德的儿子？罗洪建感觉一定是，这样也好，上代人的恩怨继续演绎，看他怎么来治他，自己现在虽然只是一个副主任科员，但要治一个乡野草民还是有办法的。不管怎么说，一报还一报，他就要睚眦必报。最近仕途不顺，心里窝着一肚子火呢，他正想找个什么宣泄。

6

这是今天的第三拨客人了，2 女 3 男，他们明确说是看到报纸上的曝光才知道苏醒楼的，所以，回程路上特地绕过来看看这座相传为梦游者所建的世界第二小土楼。邱加赞带他们在苏醒楼转了一圈，给他们讲了祖上梦游建土楼的传说，还介绍了门窗上木雕所雕刻的典故。出了土楼，邱加赞问他们："你们觉得这样进来一趟花 10 元值不值？"有个女的回答说："值啊，现在 10 元也不值什么钱嘛。"

送走这 5 个人，邱加赞看到两个老妇人站在土楼右侧，一个他要叫大表嫂，另一个要叫三婶，原来都住在苏醒楼，前年才搬出土楼和儿子住在一起。邱加赞想起这个月还没给她们钱，他每个月都会给搬出土楼的每个老人 50 元，算是补贴吧，对老人来说，每个月有 50 元的额外收入，差不多是一笔巨款了。当邱加赞掏出钱交到她们手里时，她们一个个乐得合不拢嘴，一人拉着他一只手，不停地说着好话。

"赞的，你这么好的人，听说你在城里有娶一个老婆，怎么没带回来？"三婶说。

"哎呀，我在城里什么也不是，谁肯嫁给我？"邱加赞笑笑说。

"好人好报，大量大福，赞的，你会好的。你才 40 出头，赶紧娶一个。"大表嫂说。

这时，邱加赞看到又有一部车停在升平楼前面，有两个人从车上下来，和那 5 个走到车门边的游客交谈了几句，然后往苏醒楼走来了。看来，那报纸的报道还是很有一点广告效应的。

那两个老妇人松开邱加赞的手，一前一后往土楼后面走去。邱加赞看到那两个走来的男子，手上提着公文包，年纪不大，但是方头大脸，气宇轩昂，看起来就像是干部。当然干部也可以是游客。邱加赞向前走了几步，并非迎接，而是不卑不亢地站在那里。

这两个人走上来了，那戴眼镜的先开口问道："你就是苏醒楼收门票的？"

邱加赞一听这话就心里有数了，点点头说："是，我叫邱加赞，苏醒楼建造者邱东泉的第6代孙。"

另外一个人自我介绍说："我们是马铺县物价局的。"

"哦，你们找我有何贵干？"邱加赞说。

"是这样的，"戴眼镜的用一种公事公办的口吻说，"我们接到群众举报，说你未经批准，在苏醒楼门口向人收取所谓的门票费用，有这回事吗？"

"有呀，我都收了大半年了。"邱加赞若无其事地说。

"根据《中华人民共和国物价法》，你这是违法行为，我们要求你立即停止乱收费。"戴眼镜的语气里带有了一点法官的味道。

"我们还要对你进行罚款。"另一个人说。

"这是我家的土楼啊，我没强迫任何人进来参观，你想进来你交10元钱，我给你导游讲解，这有什么不妥？就像我家产的茶叶、柚子拿到市场上卖，只要没有欺诈、没有短斤少两、没有以次充好、没有强买强卖，一切都是公平交易，你们管得着吗？"

"你这是乱收费……"

"学校乱收费、医院乱收费、乡政府乱收费，你们不去管，你们就想管我土楼一介草民？"邱加赞突然激动起来，脸色涨红了，从耳根到脖子上，连喉结也激动地蹿动着，像是一颗准备射出的子弹，"这是我家土楼，游客自愿花钱参观，关你们物价局什么事？社会上那么多乱涨价乱收费的事，你们不敢管，不想管，你们就柿子专挑软的捏？告诉你们，我就是要继续收费，只要游客自愿，你们想罚款？三个字，不，两个字：做梦。"

"这个同志，你这态度很猖狂啊，很不好！"

"我就这态度，我是农民不是干部，不怕双规，难道你们可以把我从农民开除成干部吗？"

这两个物价局干部被邱加赞顶得无言以对，心想这人啊，诡辩、狡辩，实在没办法跟他较真，他们只能无奈地看着邱加赞，改用普通话警告他，显得比较正式："你这样做是不对的，后果自负。"

"我很自负，大家都说我是大梦坑最自负的人。"邱加赞也改用普通话说，脸上的笑意带着一丝自嘲，也带着一种骄傲。

戴眼镜的从公文包里掏出一张打印着文字的纸，放在公文包上填了几个字，递给邱加赞说："这是整改通知书。"

"我不收。"邱加赞把手别到身后去。

戴眼镜的看了同伴一眼，走到苏醒楼大门前，把通知书放在石门槛上，弯腰捡了块小石子压着，然后拍拍手走回到同伴身边，说："撤。"

邱加赞背着手，抬起头看了看天，他想起昨晚做梦梦见父亲，场景很清晰，就在苏醒楼内外，但画面很茫然、很凌乱，父亲拿着手机问他举报电话号码是多少，他一看是塑料手机，顺手扔到了天井里，咔嚓、咔嚓，苏醒楼屋瓦上有人在行走，他一看是二堂弟梦游中又爬上屋顶了，想喊却喊不出声。父亲在后来的梦境中又出现了，他告诉邱加赞说："其实，我真的不忍心告诉你，人生其实就是一次梦游。"他猛地醒过来。父亲在梦里居然变得跟哲学家似的，其实父亲根本说不出这话，这话是自己的思想折射。记得父亲在世时，几乎把所有一切归结为命，他不以为然，现在自己也经历了许多人事，感觉命运这东西还真是说不清，自己一门心思想走出土楼，最后在外面绕了一圈，还是回来了……圆圆的苏醒楼就像一圈醒来的梦游。

－ 7 －

物价局居然对一个乱收费的农民无可奈何。罗洪建听完马局长的电话之后，心里不由感到一阵失望。马局长说，我们来不了硬的，要是他不服，我们也没办法。罗洪建想了想，又拨通了土楼乡简书记的电话。

"简书记，这回我跟你说正经的啊，报纸上曝光了苏醒楼村民收取门票的事，你看到了吧？告诉你，这是我爆料的，你作为土楼乡书记，怎么也得有一个表态吧？到底怎么处理？"

"老兄，这个土楼收费的事，不仅仅苏醒楼一处啊，乡里也明确告诉他们不能这么干，可是他们以维修费、卫生费、导游费的名义收个 5 元、10 元的，游客也大多愿意给，我们实在管不了。我实话告诉你，就是政府收费的几个土楼景区，村民也在楼里收上楼费，因为政府收的门票费只管进大门，不允许游客上楼，个别游客若要上楼参观，就得经村民允许，要交费。"

"这不乱套了吗？"

"老兄息怒，你是不是到苏醒楼被收了 10 元，心存不满啊？算了吧，别较真，你就这怪脾气。"

罗洪建本想向老同学投诉，没料到又挨了一顿讥讽，自己是讲规则的，却被认为是小肚鸡肠。他挂断了电话，心里愤愤不平地骂了一声。难道真的没有办法收拾那个乱收费的农民吗？这天，罗洪建开着私家车在马铺的环城路转了半圈，心里像起毛一样烦躁，不知去哪里，开着车又回到城里的街上。

街上很乱，汽车、摩托车、自行车不按道行驶，随意停放，行人也是四处乱窜。罗洪建踩着刹车慢慢行驶，看到前面过来的正是简书记的车，便按了一下喇叭，往前靠近它停在了街道中间。罗洪建按下车窗，简书记也在对面的车窗里出现了，但他只是点一下头，并没有停车。

"简书记，你真的不想管啊？"罗洪建冲着简书记喊了一声。

简书记终于停住车，探出小半个头对罗洪建说："老兄，你怎么这么爱较真呢？"

"不是较真，是原则问题。"罗洪建说。

简书记意味深长地笑了一下，开车走了。罗洪建索性不走了，后面的汽车、摩托车不断地从他的车旁挤过去，他似乎在等待有车碰撞到它的车，那样他就可以堂而皇之地凶对方几句，甚至把对方暴揍一顿。但是没有，堆积在后面的车流从他的车两边安全地流走了。

晚上坐在电脑前浏览一个土楼摄影网站，罗洪建看到马铺影协主席老冯不知拍于何时的一组苏醒楼的照片，有邱加赞站在灶间门前的笑脸，有邱加赞打水的镜头，还有门窗上木雕的画面。罗洪建心想，这个张狂的土楼农民，真的拿他没办法了吗？物价局管不了、土楼乡不想管，那村里呢？更没办法了。现在每个村子都有一座宗祠，每座宗祠都会有一个理事会或者管委会，村里的许多事都要征求他们的意见。罗洪建决定给大梦坑邱氏宗祠理事会写一封信，假借一个在外面工作的邱氏宗亲的名义，质疑邱加赞收费的正当性，认为他这样收费败坏了大梦坑的形象，要求取消邱加赞收费的个人行为。

信很快在电脑上打出来了，罗洪建修改了几个词，输出一份，准备明天寄出。

— 8 —

"赞的，理事会收到一封信，我这眼睛不好使，很多字也认不得了，你给我看看说的什么事。"大梦坑邱氏河南堂理事会理事长邱敏中从口袋里掏出一封信递给邱加赞。

信封已经打开，邱加赞取出信函，是一张打印的纸，读了几行，他就笑了，说："这是举报我收取门票啊，谁写的？一个旅外的邱氏宗亲，不敢署名，一定是假冒的。"

"苏醒楼是你家的土楼，你收门票理事会也是支持的，这有什么好举报的？"邱敏中说。

邱加赞把信件还给邱敏中，对方没接手，说："扔了，这纸留着也不能擦屁股。"邱加赞就把信封对折一下，收进口袋里。

说了一些别的事后，邱敏中就走了，邱加赞又把那封信从口袋里掏出来，认真看了一遍。从遣词造句、行文风格来看，这是一个熟手所为。他一下想起了罗洪建，只能是他，因为自从收费以来，只和他发生过不愉快，那天他扬言要去举报，先是来了记者，又来了物价局，都撼动不了自己，所以他又写了这封信。只能是他，邱加赞越想越认定就是他，绝不会是别人。他想，既然你这么犟，我就陪你玩玩。不过，这人到底是什么身份，叫什么名字？他一无所知，只能在心里记住有这么一个对手。

这是一个什么对手，邱加赞每天都要把他想几遍。他没什么好想念的，父母过世多年，但他时常感觉他们还在苏醒楼里走着，无须想念，一个姐姐嫁到了高车村，偶尔打一下电话，也不用想念，还有那个曾经在马铺城里和他生活了6年的四川女人，他把她深深地埋在了心里，不想再想念了，唯有这个年纪和自己相仿的对手，那天傍晚见过一面，言辞交锋过几个来回，现在让他特别地想念，那人说话的时候拧着眉头满怀不屑和鄙视的样子，比以前他在城里遭遇到的训斥显得文明一些，却是更加的鄙夷。这个人到底是谁呢？

这天晚上，邱加赞坐在卧室的床上看电视，原来大梦坑人大多装铁锅接收电视信号，去年村里的铁锅被拆掉了，他没去交收视费，就只能收看一台反复播放的马铺频道。这会儿正在播放《马铺新闻》，一个宽大的会场坐着许多人，镜头摇过了台上许多领导不苟言笑的脸，然后是下面一排排做笔记的听众，这时镜头扫过一个没有做笔记、好像在发呆的人。就是他！邱加赞几乎从床上跳起来，这个全场唯一不做笔记的人就是那个要告他的人，果真是县里的干部。可是怎么才能知道他的姓名呢？邱加赞立即想起大姐的儿子前年大学毕业，考进马铺县政府，县里大大小小的领导他几乎全能认出来，先电话通知他过会儿看看重播的《马铺新闻》，那个不做笔记的人到底是谁？

10点多准备睡觉时，外甥的短信终于来了：

罗洪建，原水利局副局长，现为副主任科员。

邱加赞这下睡不着觉了，他把这个姓名反复读了几遍，心头竟有一种甜蜜的感觉。

第二天一早，邱加赞事先写好了一张纸条，掩上苏醒楼的大门，用一枚图钉把它和一只塑料袋子一起钉在门板上。纸条是这样写的：

今天楼主外出，参观无讲解，减半收费 5 元，请放袋子里。

邱加赞也曾一次外出，回来在塑料袋子里收到了 15 元。他走到公路边，搭上一辆过路班车来到了马铺城里。他曾经在马铺城里混迹了 10 多年，每个角落都是熟悉的。记得他第一次到马铺才刚刚 25 岁，那是 1994 年的夏天，他心里发誓，再也不要回到土楼，哪怕在城里捡破烂，但是去年他还是回来了，谁知道呢，土楼成了世界遗产，他在苏醒楼找到了适合自己的生存方式。汽车还没有到站，邱加赞就在荆北路下车，熟门熟路地直奔蜘蛛网吧。

上了网，输入"罗洪建"，邱加赞开始了搜索工作。他首先访问了马铺县水利网，最新的更新是半年前的，罗洪建还在领导栏里。打开，有他的标准照，还有他的简历，居然跟自己同年同月生，生日只差了几天，中专毕业，工作后读了电大，本科学历，想自己当年，因高考拉肚子，以三分之差而落榜，要是家里有钱，再补习一年，肯定能上个重点大学……"水利工作巡视"里还有几篇罗洪建副局长下乡视察、检查工作的简讯，还有一篇他的讲话稿，一篇学习中央文件的心得体会。邱加赞用纸笔做了一些摘录，又进入马铺县政府网，居然找到"关于罗洪建等人违纪违规处理情况的通报"的文件，原来罗洪建在去年元旦前以收取水利学会年费的名义，向马铺县9家私营、民营水电站收取1000至3000元的年费，用于个人接待外地朋友和同学，被马铺县纪委给予党内警告、行政免去副局长职务处分。邱加赞吁了口气，心里对罗洪建说，你自己乱收费，是我的几百倍，你居然还敢告我乱收费？再说，我收的是我家土楼的卫生维护等种种费用，收了也不是我个人独享。既然你要跟我较真，我就奉陪到底。

邱加赞又访问了马铺论坛，以前他在这里注册过几个账号，发表过不少有影响的帖子，好不容易想起一个常用的账号和密码，登录上去，发现有数百条站内短信，大多是垃圾广告，他也看不过来，以"罗洪建""水利局""水利学会""违规"为关键词进行搜索，果真找到一条账号"电头小二"发的帖子，说的正是罗洪建到水电站收取水利学会年费的事，帖子最后写道："这厮又来了，钱是不多，可是给的不爽，很不爽啊，我准备买个新卡，每天半夜骚扰他一下，大家原谅我的调皮，帮忙的可以记一下罗局的号码……"

邱加赞记下了罗洪建的手机号码，心想他这姓罗，应该就是罗岗村人，便以"家乡""罗岗村"为关键词进行搜索，找到了马铺一中网，上面有一篇"学生佳作"就叫作《我的家乡罗岗村》，是前两年发布的，作者是"马铺一中罗欣"，他的眼光在字里行间疾走，一下就被这几个字吸引住了，"我的爷爷罗茂生"，父亲告诉过他那个密报他梦游的罗岗村人也叫罗茂生，文章写到"我的爷爷罗茂生"参军离开了家乡，后来转业回到马铺工作，当"我"刚刚懂事不久，"爷爷"就带着"我"坐了两个多小时的车到罗岗村看望亲戚……邱加赞可以确定，这个罗茂生正是父亲记恨一辈子的人。他又以"罗洪建""罗茂生"两个名字并列进行搜索，找不到可以证明他们是父子的任何信息。不过他想，这个打电话问问外甥，到底是不是，一下子就知道了。

上网 2 小时 20 分钟，邱加赞基本查到了他想要的罗洪建的个人材料，他心里有一种隐秘的兴奋。走出网吧，他拨通了外甥的电话，但是外甥把它摁掉了，这家伙莫非在开会？过了几分钟，外甥把电话打回来了，他说："我刚才在领导办公室。"邱加赞说："也没什么事，就问你一下，那个水利局的罗洪建，他父亲是不是农业局退休干部罗茂生？"外甥说是，邱加赞心里"嗡"地响了一声，一阵狂喜。

邱加赞到路边卤面店吃了一碗 8 元的卤面，转身又回到蜘蛛网吧，登录马铺论坛，看到那个"电头小二"在线，便给他发了站内短信："兄弟，还有料吗？那厮乱收费的事，继续给他曝光。"他一边输入"罗洪建""马铺水利局""水利学会""乱收费"再度进行搜索，并未发现什么新信息。罗洪建在网上曝光过苏醒楼收门票的事，他用的应该是网名而不是实名，邱加赞输入"苏醒楼""收门票"，回车键一按，居然一溜都是相关网页。他想这样倒查一下，或许能倒查出罗洪建的个人博客或者微博什么的。第一页十来个链接都是市报的报道，第二页第一条便是"罗岗散仙的微博"，他一阵兴奋，连忙点开链接。这个罗岗散仙的微博头像正是罗洪建的侧面照，好像他乡遇故知一样，邱加赞真想上前和他打个照面，道声我们又见面了啊。微博的个人资料里地址写着马铺，职业是"散仙"，关注 64 人，粉丝 189 人，发表微博 247 条。邱加赞看到他新近关注的大多是摄影师和摄影网站，而他的粉丝多是无头像、无资料、无发表的账号。外围情况先摸清，邱加赞立即注册了一个新账号，取名"大梦坑人"，开始带着一种研究、挖掘的心态阅读他的微博。最新的正是几天前发的曝光苏醒楼收门票一事，还配了门票的照片，接着是一条"最近比较烦，比较烦……"，接下来连续几条都是土楼的照片，无文字说明，除了田螺坑土楼群，其他的也看不出是什么土楼，反正不是苏醒楼，再接着是几条转发的微博……

这个下午，邱加赞把罗洪建的微博全部截图、备份，点完最后一个，他感觉五根指头像是僵了，腰酸背痛，脖子木木地转动一下都有点困难。

— 9 —

罗洪建又来到了苏醒楼前，看见大门关着，走近一看，两扇门板只是虚掩着，上面钉着一张纸条和一个塑料袋。他走上前读了纸条，嘴角边浮起一层讥笑，这人哪，任何时候都不忘记收钱，果真是掉到钱眼里了！他用相机和手机分别把纸条和塑料袋拍下来。推开两扇大门门板，一声悠长的吱呃，这是所有土楼大门打开的序曲。但是这座苏醒楼在土楼里显得太袖珍了，每层楼环环相连只有 15 个房间，而且楼层也显得低。他从廊台上往天井走去，抬头望了望天，感觉自己是在一座很深的枯井里。坐井观天，大概就是这个意思。

苏醒楼的格局和其他土楼一样的，一楼灶间，二楼禾仓，三楼卧室，只是开间少，尺寸小了几号，难怪他所见到的大梦坑人块头都很小。住在这种逼仄、狭窄的土楼里，人的性格难免会受到影响。

罗洪建端起相机拍了几张照，从香火堂旁边的楼梯上了二楼。楼上通廊也比较狭窄，宽不及一米，好像伸手可触及对面，这楼内天井太小了，和那些著名的大土楼相比，几乎可以隔着天井交头接耳了。他又拍了几张照，上了三楼，卧室的门都关着，有的门锁已锈迹斑斑。有一间卧室门窗显得特别干净，罗洪建从窗棂往里面看了看，这应该就是那个收门票的邱加赞的房间，床上的被子叠得很整齐，墙上挂着一台液晶电视。他心里暗暗吃惊，这太不像一个土楼农民的卧室了。他每年都要陪父亲回罗岗村土楼几次，以前也常常下乡到过其他村的土楼，从没见过一个土楼农民把卧室收拾得这么整齐，这是一个可怕的家伙，他心里暗暗想。

从三楼通廊探身往下看，可以看到天井中间的水井旁边有一块鹅卵石铺成的八卦图形。罗洪建端起相机拍了几张，下到一楼拍了天井，又拍了屋梁上的雕刻，走到楼门厅拍了槌子，然后走出土楼，把两扇门板掩上。他没有按纸条上所说的给5元，心里有一种占了便宜的感觉。

罗洪建回头望了一眼苏醒楼，正准备离开，扭头看到面前站着一个人，个头差不多只到胸前，不知他是何时突然出现在面前的，活生生把他吓了一跳。

这个是邱学法，他昂起头看着罗洪建说："参观好了？也到我们升平楼参观一下。"

罗洪建皱着眉头说："你是不是在梦游啊？"

"你说什么？梦游？这是大白天好不好？"邱学法不满地说。

罗洪建懒得跟他多嘴，就从他身边走了过去，向前面走去。邱学法看着他走远，突然想起什么，大步走到苏醒楼大门前往那塑料袋子看了看，里面一分钱也没有，连忙冲着他的背影大声喊叫起来："哎，你还没交钱！你别跑了，你还没交钱！"

　　罗洪建刚走到车门边听到叫喊声，但他没理睬，坐进了车里。邱学法迈着两条短腿跑过来，他发动了汽车，像一头灵敏的小兽扭头向旁边跑了，正好卷起一股尘土留给气喘吁吁追上来的邱学法。

　　这大梦坑人，怎么都这副德行呢？罗洪建一边开着车一边想。经过几个村子，来到云水谣景区，前面落下了一根栏杆，罗洪建按了一声喇叭，站在那边的一个保安弯腰往车里看了一下，笑笑说："是你啊。"他挥了一下手，那栏杆就徐徐抬了起来。他到这些景区都可以不用门票，反而到什么苏醒楼要被收费，着实让他一想就不高兴。那些大梦坑人看来一直是在梦游中……

　　车停在了桥头停车场，罗洪建想了想，就用手机上传苏醒楼门上纸条的相片，然后写了一条微博：

　　我拍土楼，为土楼扬名，连鼎鼎大名的云水谣都不收我门票，这名不见经传的小土楼，想钱想疯了？

— 10 —

邱加赞正准备下线，又鬼使神差似的点开了"罗岗散仙"的微博，看到在 1 秒之前居然更新，而且图片就是自己在苏醒楼门上的纸条，他的心一下紧张地提起来，一眼扫过内容，又逐字逐句读了一遍，气呼呼地攥着拳头，心想，这姓罗的又跑到苏醒楼去，占了便宜还卖乖啊？邱加赞想了想，在罗洪建的微博里认真地发表了评论：

罗局长，你好！我就是收你钱的大梦坑人，顺便告诉你，我已将你的微博内容全部截图备份。

过了 1 分钟，刷新，没有回复，再过 2 分钟刷新，还是没有回复，邱加赞想一定要等到罗洪建回复再下线，他去了一趟洗手间回来，又刷新一下，这时显示屏上的奇迹出现了，他猛地一下呆住了。

罗洪建的微博全部删除了，头像没了，关注和粉丝清零，资料也全部空了，连原来的微博名字"罗岗散仙"也变成一串莫名其妙的字母和数字组成的 ID。邱加赞一下明白过来，他这是在消灭证据！这说明，他自己也意识到了微博里有很多危险的证据。惊诧之后，他笑了，因为他感觉到罗洪建在网络的那一头发抖，要在十几分钟之内删除全部微博，难为他这般动作利索。

罗洪建看到"大梦坑人"的评论,略为一惊,"我已将你的微博内容全部截图备份",他这什么意思?罗洪建心头凛然一惊,不禁一身冷汗。他坐在车里一动也不动,全神贯注地摁着手机,开始删微博。这微博不能主动注销,只能一条一条地删。删完全部微博,他的食指僵得像一根木头,直直的不能弯。

云水谣的美景就在车窗前方,古榕、古道、水车……但是罗洪建一点也没有下车去拍照的心情,他愣愣地坐了会儿,发动小车掉头往城里走了。

罗洪建一路上都在想,怎么跟那个土楼农民较上劲儿的?这值不值得?有没有必要?他想起那天傍晚他走进苏醒楼看了几眼,那家伙就过来冲着他要收门票,语气不够友好,当然也因为自己这些天来心情不好,所谓话不投机半句多。后面事情的发展几乎就是惯性的,举报,再举报,劲一点一点拧大,其实也就是要争一口气。罗洪建在心里叹了一声,罢了罢了,算你狠,我不跟你玩了,从此多跑一些其他的土楼拍照,好好提高自己的摄影技术,才是根本。

这天晚上,罗洪建做了一个噩梦,梦中很多凶神恶煞拉扯着他,把他的身子撕碎了。他醒来看到窗台外面的天还是黑的,但是再也无法入睡了。他想起很多事情,苏醒楼收门票起冲突、自己收年费被免职、跟老婆冷战、删除微博,这些事情交织在一起,像电影一样穿插。天渐渐亮了,他爬起床,决定今天还是到单位看看,他这一周都还没到过单位,今天是周五了。

原来罗洪建经常开着私家车上下班，今天他还是骑了一辆自行车。来到单位门口，大栅门关着，只开着边门，门岗里走出一个秃顶中年人，抬起头向罗洪建问道："你找谁？"

罗洪建差点尖叫起来，发现这是个新来的门卫，他也不认识，还是心平气和地说："你新来的，不认识我？我是原来的罗副。"

门卫哦了一声，连声说："不好意思，罗局长，不好意思。"

罗洪建骑车进了院子，发现车棚里空空的，没有汽车，也没有摩托车和自行车。自己竟然还是第一个来上班的。一楼办公室的门也全都关着，他走到了二楼，发现所有的办公室也都关着门。他原来的副局长办公室还保留着，只是上面的铭牌摘掉了。打开门，有一股霉味扑鼻而来，他忍不住打了一个喷嚏。看了一下手表，已经是 8 点 32 分，刚才从家里走是 8 点 12 分，这都过了上班时间，怎么一个人也没来上班？他抓起办公桌的电话就打到了门卫室："今天怎么回事？到现在还没人来上班？"

"今天 8 点半，全局干部职工到人民剧场听反腐倡廉报告，大家直接去听，上午就没上班了。"门卫说。

大家都去听，只有我被落下，没有人通知我，好像我不是这个单位的人了。罗洪建心里突然升起一种被抛弃的感觉，心里空落落的，办公室里那股霉味刺激得他又打了一个喷嚏。

－ 12 －

邱加赞一早接到一个陌生号码的来电，是一个男声操着马铺普通话说："我不跟你玩了，你怎么还不放手？得饶人处且饶人，别逼人太甚。"其实邱加赞已听出是谁，但他还是故意问道："你是谁？"手机里发出一阵咇咇声，他准备把手机换一只耳朵听，手机就在从左手换到右手的过程中，失手掉到了地上，砰的一声，手机电池都崩出来了。

虽然这是一部二手手机，但是跟随邱加赞也好多年，他心痛地从地上捡起手机和电池，把电池装上，按住开机，却怎么也开不了，心里骂了起来，你当真来求饶？早知如此何必当初呢？你不是求饶吧，你还不忘毁了我的手机，够狠啊你！

这天邱加赞一有空就把手机卸下、重装，然后开机，开不了，又放回口袋里。如是反复多次，傍晚又一次试着卸下、重装、开机，手机竟然可以开机了。这时，外甥的电话就打进来了："老舅，你知道吗？今天中午那个水利局的罗洪建被双规了，听说是你实名举报的。"

"好啊，好啊，他活该。"邱加赞连声地说。

晚上邱加赞做梦梦见父亲，父亲对他说了一些十分费解的话，他怔怔地想了好久，想得无法重新入睡，就从床上爬起来。

外面的月光很好，苏醒楼上空是一轮明月，散发出皎洁迷人的光亮，像细盐一样撒满了苏醒楼。邱加赞吸了几下鼻子，似乎在月光里嗅到了一股异样的味道。他迈着轻飘飘的脚步走下楼。从这个晚上开始，他在苏醒楼内外梦游了……他梦游的过程比较单纯，就是每天晚上从床上起来，走到苏醒楼大门口，把那想象中的一个或者几个客人引入土楼里，在一楼廊道走一圈，上楼梯走到二楼，又在二楼通廊走一圈，然后走到三楼，同样走一圈，便回到卧室床上继续睡觉。

这样日复一日，几年之后，邱加赞在某天晚上的梦游中突然清醒，觉得自己的梦游太没创意了，高祖是梦游建土楼，自己却只是楼上楼下走一遍，他为自己感到羞愧……

再后来有一天中午，邱加赞坐在苏醒楼门槛上迷迷糊糊打了个瞌睡，听到脚步声才睁开眼睛，看到面前走来一个人，瞌睡一下子全醒了。

这个人原来是罗洪建……

一 · 儿子去哪儿 ·

1979 年

— 1 —

"大头去哪儿?"

方大头听到一个奶声奶气的声音问他。他正推着一架咔嚓咔嚓响的脚踏车从春晖楼大门口经过，车架上驮着一大袋粗盐，因为车轮后胎破了，他只能推着走。春晖楼楼门前的空地上有几个小屁孩在玩打陀螺和弹珠子的游戏，楼门厅里冲出方豆粒，吸了几下鼻涕，很多舌地问：

"大头去哪儿?"

方大头本来就不喜欢这个挂鼻涕的方豆粒，今天又因为车胎破了，想到父亲前几天摔伤，家里三大桶的腌咸菜都要靠自己腌，心情就很沉重，根本就不想理他。但是方豆粒已经跑上来了，手在那包粗盐的袋子上摸了一下，两根指头往嘴里吮吸着，似乎吮出了一种很美好的味道。

"大头去哪儿？"方豆粒又抬起头问。

大头是叫大头没错，可这名字是他方豆粒一个小屁孩可以叫的吗？论起来，他要叫大头表哥，这壕坑村里两座土楼是方氏聚居地，除了外来媳妇全都姓方，家家户户都有各种各样错综复杂的曲里拐弯的亲戚关系。方大头瞪了方豆粒一眼，恶声恶气地说："别跟我，你这豆粒痞。"

豆粒是有大名的，叫作伟东，因为身材干瘦，又被人叫豆粒，他很不喜欢，豆粒后面再加个"痞"字，更带有蔑视的意思，他虽然只有8岁，却也是有自尊心的，便努起嘴往粗盐袋子上吐口水。

方大头抬起手要打他，他像一只小老鼠，"唰"地从方大头身子和脚踏车之间的缝隙钻过去，往前面的田地里跑了。方大头的手无奈地落了下来。

那前面是一片菜地，地上躺着砍下来的芥菜，一棵棵横七竖八地晒着太阳，晒得蔫蔫的、绵绵的，舒服地散发出一股清凉的气味，这都是经过霜冻的大叶芥菜。壕坑村人腌制咸菜的传统，可以上溯到开基祖拓荒垦殖壕坑的年代，少说也有800年了。每年9月份种下芥菜，一个多月后就可以收成了，砍下的芥菜放在地上晒一两天，晒得绵软后，放到撒了一层粗盐的大木桶里，一棵棵竖放，密密麻麻地插实，然后上面再撒上盐粒，光脚上去踩，狠狠地踩，把芥菜里的苦水全踩出来，直至把芥菜踩烂，踩成一种深绿色。所以，在壕坑村，腌咸菜又叫踩咸菜。第一层踩熟了，再逆方向竖放一层芥菜，挤挤挨挨放好，然后撒盐踩熟，这样一层层踩到木桶满了，撒上一层粗盐，上面压上几块大石头，几天后木桶里的芥菜如果下沉得厉害，可以再放芥菜补踩一层，那些踩出来的汁液慢慢涨上来，差不多能涨到淹浸过所有芥菜的样子。这样压上石头，铺盖一层稻草，一大桶咸菜就算是腌制好了。一个多月后，这咸菜就可以食用了，吃不完卖不完的话，两三年都不会坏。

清朝的时候，壕坑村的咸菜就很有名，方氏族谱记载，年产百余桶，每桶千把斤，远销漳州、泉州等地，民国时还有壕坑村人在漳州城里开咸菜铺。1949 年后，壕坑村人虽然还是每年踩咸菜，但基本上不用大木桶了，而是用土瓮子，一家腌制几瓮子，自家食用，不拿到圩场销售——事实上圩场被禁止好多年了，今年才慢慢开始恢复。方大头家的咸菜在土楼乡村一直颇有名声，他曾祖父就因踩咸菜发过财，在壕坑村置了不少田地，当然，到了他父亲手上就没了。现在他家还有半亩自留地，父亲 9 月份时全给它种上了芥菜，父亲说现在可以赶圩了，踩几桶咸菜来卖，明年正好给你娶老婆啊。这半亩地的芥菜收成 4000 多斤，他家有三只祖上传下来的咸菜桶，这几年一直闲置在田头的草寮里，正好可以腌满。前几天，父亲和方大头一起在草寮里清扫咸菜桶，那三只用木片箍起来的大木桶，每只都有两米来高，几年不用，桶底积了一些污水，桶沿也结满了蜘蛛网。父亲在清理时从木桶上面摔了下来，毕竟年纪大了不经摔，躺在床上起不了身，这三大桶的咸菜就只能全靠方大头的两只脚来踩了。

方大头推着脚踏车来到草寮前，把车架了起来，然后掏出钥匙打开草寮的木门。说是草寮，其实是一间木棚房子，上面盖的是茅草而已。方大头两手抓起整包粗盐，抱进草寮放在地上。他登上架在木桶上的小竹梯，往桶里看了看，里面已经清扫得很干净了，敲敲地壁，咚咚地响，说明木桶也很干燥了。腌菜一大忌是木桶里有水，甚至木桶潮湿都不行。方大头从竹梯上下来，出了草寮，把门锁上，又推着脚踏车往春晖楼走去。

这辆脚踏车他宝贝得很，在壕坑村没有几辆车，它还是前年大哥从部队回家探亲，弄了张内部票买的。方大头是家里的老小，大哥全家在部队，两个姐姐嫁到了外村，现在只有他和父母住在春晖楼里，当然，明年他就要娶媳妇了，未过门的媳妇叫郑海玉，家在金汤村，隔了一道山岭，也就十几公里吧，今年初他俩订婚了，吉日尚未择定，但明年这时候，她应该就在他身边了，他可以用车载着她在村子里风风光光地跑来跑去，还可以到圩上去玩。方大头推着车进了春晖楼，把它放在香火堂的墙边，锁上车锁。刚才从圩上买粗盐回来，快骑到村子时，他感觉后轮没气了，便跳下车检查，原来是车轮上钉着一枚图钉，他只好推着车一路走回来。这补胎要到圩上，而这两天他要踩咸菜走不开，心情一下变得很坏。

经过自家灶间门前，方大头看见母亲坐在灶洞前吹火做饭，他本想喝口水，却是没有进去，而是从楼梯走到二楼，到自家禾仓取了一个箩筐，从另一边楼梯下来，径直走出了春晖楼。

方世界拉着一辆空板车正好走到楼门前，抬头跟方大头打招呼说："踩咸菜啊？"

方大头嗯了一声，从他身边走过，又折了回来，说："界叔，板车能借我拉一下芥菜吗？"

方世界犹豫了一下，松开拉着车把的两只手，把板车放平，说："晚上给我收好。"

"你放心，界叔。"方大头说着，把箩筐放到了板车车斗上，然后拉起板车往田地那边走去。

刚上五十就有点驼背的方世界把两只手放在背后，看方大头走出十来米远，突然叫起来："轮胎气不饱，回来打点气。"

方大头站住，转身往回走。他知道方世界很宝贝这辆板车，就像他宝贝那辆脚踏车一样，一般人方世界是不肯借的，父亲和他算是五服内的兄弟，平时关系也比较亲密。方大头往回走到方世界面前，停下车说："我回家拿打气筒。"

"我喊豆粒去拿。"方世界转着身喊了几声，"豆粒，豆粒！"

方世界中年得子，豆粒是他的宝贝。周边有几个小孩跑来跑去，但没人应答，过了会儿才有个童声拖着腔调说："豆粒屙豆屎去了。"这明显是一种戏谑。方世界皱起眉头，要往土楼里走，方大头说："还是我回家拿比较快。"他大步跑进春晖楼，从自家灶间拿了打气筒又大步跑了出来。

给板车的轮胎打饱了气，它跑起来似乎欢快多了。傍晚日落时分，方大头把那些摊在田地上晒日头的芥菜全部运送到了草寮里的大木桶下，这效率要比用箩筐挑快多了。他把板车竖起来放在春晖楼后面方世界搭盖的木棚房里，然后肩扛着车轮走进土楼，走到方世界家的灶间门口，问："界叔，这车轮放在哪儿？"

"放香火堂。"方世界说，他手上拿着一只碗正在给豆粒喂饭，说着往外探了一下头。豆粒显然不想吃饭，头扭来扭去。方大头说："界叔，你也太惯着豆粒了。"方世界咧嘴嘿嘿了两声，满脸洋溢着幸福的红光，豆粒则冲着方大头瞪起眼。

吃过晚饭，方大头一路打着饱嗝走到草寮，撕开粗盐的袋子，倒满一畚箕端在腰间，登上架在大木桶上的竹梯，抖着畚箕把粗盐均匀地撒在桶底，然后跳下竹梯，开始往桶里扔芥菜。感觉扔得差不多了，便又登上竹梯下到桶里，把那些芥菜一棵棵竖起来，一棵挨一棵插好，像砌砖一样砌得严丝合缝。这时他又出了一趟木桶，装了半畚箕的粗盐回到桶里，抓一把撒在光脚下，两只大脚像是得到指令一样，一起一落，在芥菜上狠力地踩起来。那颗粒粗大的盐像沙子一样，刚踩在脚下还有点硌，但很快消融在芥菜里，踩烂的芥菜在脚下发出嗞嗞的声响，脚板也有了一丝微痒，感觉还是有点舒服的，他想起和郑海玉订婚不久，他第一次偷偷摸了她的脸，也是这种痒酥酥的感觉。这样想着，两只脚在芥菜上面就踩得更起劲儿了，起起落落的，啪嗒啪嗒，啪嗒啪嗒，越来越有节奏感，胯部偶尔一扭，便扭出了一种热烈，还有一种对未来日子的期待。

这个晚上方大头踩好了一桶咸菜。还有两桶，明天一个白天就可以踩好，这让他心里感觉轻松了许多。

— 2 —

"世界去哪儿？"

方豆粒一边喊着一边从春晖楼里追出来，对父亲他一直是喊名字的，他一边追还一边招着手。方世界在楼门前停住脚步，扭头对他说："我去大队做工，挖水渠啊，晚上就回来，晚上我给你捎点什么？你爱吃菜头馃还是油饼？"

方豆粒嘟着嘴转了几下眼珠，说："我要吃麦芽糖。"

"好好好，我看到一定给你买，给你买，"方世界一边连声说，一边伸手在豆粒头上摸了一下，"乖啊，儿子。"

在家里，在豆粒面前，方世界都是称呼他"儿子"的，这两个轻轻的音节里，是他一腔的父爱。方世界因为家庭情况和个人相貌的原因，一直到30多岁还打着光棍，40岁那年，几个姐姐凑钱给他从邻县买回来一个老婆。那女人年纪在30岁至40岁之间，长相正常，身体正常，就是脑子不大正常，说是小时候得过一场大病落下的，虽说能吃能睡能劳动，但是脑子总是不大好使。幸运的是她一年后总算给方世界生了一个女儿，但不幸的是这个女儿不久就得急病死了，方世界只能泪往心里流，所幸那女人后来又给他生下了一个儿子，大名起作伟东，但是因为他长得细身细骨，不知谁把他叫作豆粒，渐渐这个绰号就在春晖楼内外传开，反而大名没几个人叫。豆粒看起来细瘦，但还是比较好养的，从小也没什么病痛，就这么慢吞吞不肯长地长到了 8 岁，身体至今还是四五岁的样子。方世界看他的眼神就像一条饥饿的老狗看着他的小狗一样，充满无限的怜爱。

"儿子，乖啊。"方世界摸着儿子的头发，细细嫩嫩的，摸上去有一种毛绒绒的感觉。但是儿子把头扭开，又往春晖楼里面跑去。

春晖楼是一座始建于清康熙年间的圆土楼，相传壕坑村曾出过一个进士，他在外地为官，有一年回家探亲，父母亲说家族人丁兴旺，原有的一座老土楼都住不下了，是不是你发动全族合力再造一座新土楼？父母的言外之意是希望他多捐一点钱，只是他非常清廉，积蓄甚少，他捐出了所有积蓄，但族人包括父母亲都不大相信他只有这么点钱。他也不做解释，几年后，父母亲相继病逝，他回家丁忧，期满后想起仕途险恶，和自己的性情格格不入，索性就辞官不仕，从此待在壕坑村，那几年前动工兴建的土楼，因为财力不足，人心不齐，只挖了一个地基就停滞了，地基两旁都长出了杂草，这个还乡的进士爷在父母亲的墓前立下誓言，决心白手起家建土楼，报答父母大恩，他带领族人挖土、做土，还每天带头上墙夯墙、拍墙，历经 18 个春秋，终于建成了这座春晖楼，而他也因为积劳成疾，在春晖楼落成不久之后便过世了。现在，春晖楼住着 50 多户人家，全都是这个进士爷的后裔或者族亲。

方豆粒咚咚咚一口气跑上春晖楼的三楼，那里有一个瞭望哨，是从土楼墙往外挑出的一小块木台，可以望得很远。放眼看去，田园、村道、溪流、田埂纵横交错，其间点缀着一些草棚、树木，时令虽是冬天，但这闽西南的土楼小山村还是一片生机盎然。豆粒看到正穿过田埂的方世界只有一点点大，背影也驼得厉害，他不想多看，转身又往二楼跑去了，这时他看到方大头从一间禾仓走出来，跑上前说："大头，我帮你踩咸菜要不要？"

方大头推开他说："去去去，不要你帮。"

"你的脚很臭，我闻到臭味了。"豆粒大声地说。

"豆粒痞，你懂个屁，臭脚才能踩出好咸菜。"方大头做了一个要打他的假动作，拳头一晃，哈哈地笑了起来。

向前猛跑几步的豆粒刹住脚步，朝方大头的背影吐了口水，嘟嘟囔囔下到了一楼，他看到母亲提着一畚箕的地瓜走出灶间，那地瓜上面放着几件揉成一团的脏衣服。母亲表情木木的，看见他也像没看见一样，径直往天井里的水井边走去。他知道母亲是要把它们洗了，但是脏衣服怎么和地瓜混在一起，他也不大明白，母亲总是做一些匪夷所思的事情，有时他也觉得母亲有点可笑，但是他还是叫她"阿妈"，不敢像方世界和其他人一样叫她"客子婆"，她常常用眼睛直直地看着他，会让他感到一种恐惧，不过对这种恐惧他内心里还是喜欢的。

小伙伴都上学去了，壕坑村方氏宗祠这几年辟作了小学校，招收一、二、三年级学生（四、五年级学生则要翻过一座小山到高岗小学去读），前几个月，方世界带着豆粒到宗祠里的小学校，那个戴眼镜的老师看了豆粒直摇头，对方世界说，还是明年再来吧。方世界只好牵着儿子的手走回春晖楼，走到楼门前，豆粒突然猛地甩开方世界的手，说，明年我也不去读书。没有小伙伴一起玩的方豆粒，此时显得非常孤独，百无聊赖地从这边楼梯冲上二楼，又从另外一边的楼梯冲了下来。这时他看到了香火堂的车轮，那是他家板车的车轮，就放在墙角边，轮下还垫了一小块木片。他走上前，用脚踢掉了那小块木片，车轮就往前滚了几步，他稍微伏下身子，两手抓在车轴上，然后推着车轮沿着廊道跑起来。车轮滚滚向前，让豆粒感受到了一阵兴奋，他伏着身子抓紧车轴往前推，越跑越快，车轮也越滚越快。他嘴里呜呜呜叫起来，车轮滚动的声音有点像爆竹，噼里啪啦，炸得廊道上的鸡鸭四处逃窜，几个行走的老人也慌忙躲闪到一边。豆粒感觉自己和车轮连成了一体，像是庞然大物一样，轰轰烈烈地辗向前方，所到之处，连蚂蚁也要跳脚躲开。

在水井边洗一会儿衣服又洗一会儿地瓜的母亲抬起头看到豆粒推着车轮跑，在春晖楼环形的廊道上跑得兴高采烈，她也咧开嘴嘿嘿地笑，嘴角都流出了口水。

滚滚向前的车轮撞到一户人家堆放在灶间门前的杂物，豆粒的手没抓紧，它就脱手往天井里滚去了。豆粒急得哭叫起来，滚落天井的车轮越滚越快，向水井边滚去，眼看就要撞到正在蹲着洗衣服的母亲，只见母亲直起腰，抓着捶衣捧顶住车轮的一只轮胎，整个车轮就停住了。

豆粒哭哭啼啼跑下天井，说："坏车轮，坏车轮……"他跑到车轮边，抬起脚踢了车轮一脚，没把车轮踢动，反把自己的脚踢痛了，他"哇"地哭将起来。母亲连忙把他搂住，说："乖，乖，坏车轮，我来修理它。"

"我要让世界把它吊起来打。"豆粒抽泣着说。

"好，好，好，打它，打它。"母亲说着也抬起脚踢了车轮一脚，车轮又向前滚动了，滚到一块高低不平的地面上，像是打了个旋涡，车轮突然翻转过来，一只轮子躺在地上把另一只轮子举起，那只轮子就在空中不停打转。

看到这个情形，豆粒破涕为笑了。母亲的手在他的肩膀上轻轻推了一下，他便向前俯冲而去，扑向那竖起来的车轮，跳了几下，把那空轮子抓下来，按在地上，然后屁股坐在了车轴中间，两脚在地上蹬着蹬着，车轮载着他一圈一圈地向前滚。

一上午玩车轮玩累了，豆粒吃过午饭，趴在灶洞前的木凳上睡着了，像一只熟睡的小猫一动也不动。睡梦中，有一阵拨浪鼓的声音从土楼外面传到土楼里，豆粒猛地醒过来，果然听到拨浪鼓的声音，他知道货郎来了，像一只小狗一样迅速地冲了出去。

— 3 —

"儿子去哪儿？"

方世界脚还没跨进灶间的门槛，就冲着坐在灶洞前的客子婆问道，他手上提着用稻草系住的两根油条。客子婆抬起头，眼睛就给那黄澄澄的油条勾住了，眼珠子直直地转不了，嘴角边还渗出了涎水。

"儿子去哪儿？"方世界又问了一遍。

客子婆张开嘴，脑子突然坏了，像哑巴一样说不出话，只是咿咿呜呜比画着手。

方世界皱着眉头，把迈进灶间的脚收回来，往香火堂那边走去，他一边走一边喊："儿子，儿子，儿子，伟东，伟东，伟东，豆粒，豆粒，豆粒！"

他用不同的称呼喊着。全土楼的人都听到了他的喊声。这时天已经黑了，有的灶间亮起煤油灯，土楼里影影绰绰的都是回家吃饭的人。他就一边喊着一边走出土楼，他知道儿子贪玩，应该还在土楼外面玩着，他担心手上的油条冷了，那就不好吃了。今天收工还算早，他特地多走一里多路拐到圩场上，只看到一家炸油条的小摊，花一角钱买了两根油条，他想到儿子扑到怀里抢着把油条塞到嘴里，心里就像吃了蜜一样甜丝丝的。

"豆粒，伟东，儿子！"方世界绕春晖楼走了一圈，还到周围草垛、牛圈、木棚房察看了一下，都没看到儿子。儿子知道今天晚上有好吃的，应该一听到他的喊声就扑出来，怎么躲起来似的不见人影？他心里生出一丝疑惑，赶忙向方氏宗祠跑去。那里挂着小学校的牌子，黑乎乎的，他知道儿子怕黑，肯定不会在这儿，但还是喊了两声，马上折过身子走向村子的另一座土楼春和楼。

从春和楼走回春晖楼，方世界脑子里嗡嗡地响，脚步踉跄，手上那两根用稻草系住的油条掉在了地上，他捡起来吹了一口气，身子都有些站不稳了。

这时方大头牵着脚踏车从春晖楼走出来，头低低的，看到方世界时还把头扭向了一边。

"哎，大头，看到我儿子没有？"方世界劈头问道。

方大头推着车整个人顿了一下，摇了摇头，然后从方世界身边走过去，走了几步，又回头说："我没看见，一整天都没看见。"

方世界走进土楼里，灶间还是没有儿子，跑上三楼，卧室里也没有儿子。他站在栏板前冲着夜空喊了一声："儿子！——"

全土楼的人都听到了方世界这母狼一样咆哮的声音。他手上的两根油条从三楼缓缓掉落下来。

这个晚上，方世界发现他的儿子不知去了哪儿，他的整个世界一下塌陷了。

方大头推着破胎的脚踏车走到了村外的公路上，突然觉得自己匪夷所思，这连夜牵着脚踏车到圩上，补胎店关门了吧，本来是计划明天白天到圩上的，怎么突然起了这个念头？天断黑前，总算把剩下的两桶咸菜全腌好了，压上最后一颗石头，他几乎没有力气从竹梯上走下来，整个人像是散架一样从竹梯上滑下，然后一屁股坐在地上。一个人，连续两天，踩好了三桶咸菜，他心里丝毫没有成就感，反而像坠上一块石头一样沉重。他从地上爬起来，拍了几下屁股，把草寮的门锁上，一步一步慢慢地走回春晖楼。这条熟得不能再熟的土路，他闭着眼睛也能走，但是今天真是见鬼了，走了几步居然崴了一下脚，痛得差点哭出来。

这会儿，方大头牵着车停在路中间，像木桩戳在那儿，许久才动了动，提线木偶一样转过车头往回走。

还没走进春晖楼，方大头就听到方世界撕心裂肺的哭声，像尖锐的土铳，一声比一声高。一个老男人哭得这般惊天动地、惊心动魄，方大头还是第一次听到，他的心也一下揪紧了。他在楼门前犹豫了一会儿，还是推着车走进了土楼。

脚踏车的前轮刚刚抬进石门槛，方大头就看到正对着大门的香火堂围着一群人，方世仁、方春生搀扶着方世界从地上站起身，刚站直，方世界两只脚又像面条一样软了下去，整个人又一团泥似的瘫坐在地上，扶他的人松开手，有一个人还不悦地拂袖而去，但空出的缝隙很快被其他人补上，大家七嘴八舌地劝着方世界。方世界大概也哭得没力气了，喉咙里发出的干号，像是竹管破裂声一样，有点瘆人。

方大头的脚踏车原来大多放在香火堂的，这时他走到自家灶间附近，把它靠墙架了起来，眼睛看了看香火堂，又往方世界家的灶间看了看。他们两家的灶间就相隔一间，方大头看到那客子婆坐在灶间发呆，煤油灯照出她的影子像泥塑一样。

"儿子去哪儿？儿子去哪儿……"方世界停住了干号，他抬起头，轮转着眼珠看着周围的人，表情怔怔的，像是自言自语地说。

方大头走了过来，站在其他人身侧，方世界的眼光轮转过来，正好停留在他脸上，他感到喉咙一阵发痒，咳了一声，又一声，开口对方世界说："界叔，豆粒去哪儿，你哭也没用，还是发动大家连夜帮你找吧，是不是在林子里迷路了，或者被人拐走了？你还要到派出所报案，不能光是哭。"

是啊，是啊，大家纷纷点头赞同，方大头说得在理，豆粒去哪儿？发动全土楼人去找嘛，那么大的一个人，又不是一根针，在哪儿总是能找出来的，同时报告公安，就不信找不到。这时方世仁站了出来，对大家说："这豆粒可是世界的心头肉啊，我看，大家分作四路，三路往土楼后面三面山的林子里去找，一路往圩场找去，大家看怎么样？"

"这样好，我带一路人往石壁庵林子里去找。"方大头第一个响应。

"你们帮我找到儿子，我给你们叩头，认你们做阿公。"方世界说着，就往地上磕了几个响头。

方大头从地上扶起方世界，说："你就在家等着吧，不要想太多，要想也多往好里想，等着我们的好消息。"

方世界含着眼泪使劲儿地点了点头，转过身子面对香火堂上的香案，那上面是祖宗的神牌位，他双手合十拜了三拜，说："祖先啊，你们显显灵，保佑我马上找到儿子！"

这个晚上，壕坑村的成年男子，包括很多十五六岁的少年郎都被发动起来了，大家分成几路，各自打着火把，上山走到林子里进行搜寻。还有一路人徒步走到圩场寻找，孩子可能藏身、坠落或者卡住的地方都找遍了，一无所获，领头的方世仁便敲开派出所大门报案。

— 5 —

"儿子去哪儿？"

方世界发着呆，眼里布满红血丝，凌乱的头发一夜间苍白了许多，他歪着嘴，像是中风一样，一遍遍发出含混不清的声音：

"儿子去哪儿？儿子去哪儿？儿子去哪儿……"

大家不知该怎么安慰方世界。豆粒确实是找不到了，那么大的一个人，似乎像一粒尘埃，飘散了，再也找不到了。有人回忆说，那天有个货郎来到壕坑村，豆粒好像围在他的担子边转来转去，这个货郎常常到壕坑村来，人看起来很老实，但大家还是表示怀疑，会不会是他把豆粒拐走了？派出所接到这条线索，也立即派人到邻近公社的货郎家里进行调查摸排，发现货郎不可能拐走小孩。大家经过认真的、综合的分析和讨论，认为豆粒落水的可能性比较大。有一个在菜地浇粪的春和楼人反映，当天下午曾看到豆粒在河边玩水。前些天下过一场雨，溪流水量丰沛，也流得比较急，早些年春晖楼也有个孩子玩水落入溪流，几天后才在几十公里外、差不多快到马铺城的河道边的杂草地里找到他的尸体。全村的人再次紧急动员，沿着溪流的走向，在河道两边仔细搜索，一直搜到天黑，走到马铺城的河堤下，仍然一无所获。

方世界几乎要疯了，他蓬头垢面地坐在春晖楼的石门槛上，眼睛直直地望着面前的路，好几次他看到儿子走在路上，蹦蹦跳跳地走回家，但是倏地就不见了，路上走着的是那些帮他寻找儿子的同楼族人，每个人都是沉着脸，脸上像是挂霜一样。他们没有给他带来好消息，只能用好言好语来慰藉他。

这些安慰人的话进不了方世界的耳朵，全被挡住了，咿咿呀呀掉在他的脚下，他不停地想，使劲儿地想：儿子去哪儿？怎么好好的就不见了呢？还给他买了油条回来啊，可是儿子去哪儿？

方世界几天不吃不喝，白天坐在春晖楼的石门槛上，晚上就坐在香火堂的一个石墩上，或者干脆就坐在地上，神情恍惚，已变得不像个人样。他那客子婆则好像消失了，几天后重新出现在春晖楼的时候，两只眼睛红肿得像烂熟的桃子，裤脚上全是泥土，谁也不知道她跑哪儿去了，她突然比画着手，说："天公保佑，祖先保佑，观音保佑，妈祖保佑，城隍爷保佑，关帝爷保佑，祖师公保佑，豆粒回来！豆粒回来！"

方大头看到方世界和客子婆一夜变成这样，心里暗想，豆粒这个讨人嫌的小屁孩，原来在他们的心中就是一切。失去亲人的痛楚，大家都是能够感同身受的，但方世界和客子婆这般，还是超出了他的想象。这天晚上，方大头没有麻烦母亲，而是自己动手，煮了一小锅肉粥，他把刚起锅的稀粥端到香火堂的香案上，一股热气腾腾的香气飘满了香火堂，但是方世界坐在石墩上，身子歪斜地靠着墙壁，眼睛直望着土楼上面的夜空。方大头转身回到自家灶间，取了两副碗筷，先走进方世界家的灶间，对坐在灶洞前打盹儿的客子婆喊了一声："来，吃点热的。"他又走回香火堂，盛了一碗稀粥端到方世界面前，说："界叔，界叔，界叔……"他连叫了三声，方世界还是像木雕一样纹丝不动。

"界叔，界叔，"方大头又连叫了两声。

方世界终于转过眼珠子，定定地看了方大头一眼。

"界叔，人不是铁打的，是铁打的也要抹油，我煮了一锅稀粥，你吃一点吧？"方大头说着把手上的稀粥往方世界的方向递。

"儿子去哪儿？"方世界说。

"你吃一点，吃饱了才有力气去找他。"方大头说。

"找不到了……"方世界说。

这暗哑的淡淡的话声令方大头心头一颤，碗里的稀粥抖落了一坨在地上。

方世界的鼻子突然抽搐了一下，忍不住打了一个喷嚏，他用手揩了一下鼻涕，从方大头手里接过稀粥，先用筷子扒了一小口，然后就大口吃了起来。方大头心里有了一种欣慰，他转身盛了一碗端到方世界家的灶间，对客子婆说："你也吃点。"他回到香火堂时，发现那锅稀粥已经被方世界吃得精光。方世界用眼望着他，微微喘着气，脸上呈现一种饱食后的呆滞。

"界叔，你这样就对了，不管怎么样，活着的人要好好活……"方大头说着，声音突然有点发抖，"以后有什么困难，我会照顾你们二老，我们同个祖宗，你又是我叔，你就把我当儿子看好了，我也会像儿子一样孝顺你……"

方世界不自在地扭着头，摆着手说不出话，眼里又噙满了眼泪。

"真的，我会做到，"方大头用手指着香案上供奉的祖先牌位，"祖先们都在这儿，他们做证。"

"你们相信我。"方大头又用手指了指自己的心窝。

方世界低下头，嘴里一遍遍地念叨着：

"儿子去哪儿？儿子去哪儿？儿子去哪儿？……"

1989 年

— 1 —

又到踩咸菜时节。壕坑村种植芥菜的面积越来越大，踩咸菜的人家也多了，出现了一些卖咸菜的专业户。方大头家算是其中之一，这几年间他家的腌菜大桶又做了好几个，田头的草寮也扩建了一间，上面盖的茅草都换成了石棉瓦。除了砍芥菜，把晒好的芥菜运送到草寮，有妻子郑海玉的帮忙外，其他踩咸菜的活儿全都方大头一个人包了。

"你回家去，你做你的事去，我自己踩就行了，"方大头半开玩笑半严肃地推开郑海玉，一直把她推出草寮，他笑笑说，"你的脚能有多大力？我踩的咸菜质量好，你就算了吧。"

"踩咸菜又没什么秘方，你还怕我偷艺不成？"郑海玉出于好心，想为丈夫分担一点活，其实家里好多家务，还要照顾孩子，既然他不让帮忙，她也乐得清闲一会儿，但还是不忘调侃他几句，"其实，你的脚最臭，一脱鞋子，整座春晖楼都被你熏死了。"

"这你就不懂了，为什么壕坑咸菜我们家卖得最好？就是我的脚最臭。"方大头又自豪又自嘲地说。

父亲要来帮忙，也被方大头拒绝了。这几年父亲的身体是一年不如一年，腿脚有时痛得都走不了路，他其实也踩不了咸菜，只想在木桶下面打个下手，但还是被方大头请回到春晖楼门前和其他一帮老货子一起晒太阳。方世界有一天下午突然从天而降似的出现在草寮，方大头刚刚从木桶里爬上来，猛吃一惊，差点从木桶上面掉下来。

"我来帮你踩咸菜。"方世界说。

"不不不不、不用，不用了，"方大头不知怎么突然变得结巴，连忙从竹梯走下来，走到方世界面前，做了一个搀扶他的动作，说："踩咸菜也是体力活，你、还是算了吧，多谢了。"

"你嫌我踩不熟，可我可以在下面帮你递芥菜啊。"方世界说着举起手，弯弯曲曲的，像他的背一样直不了。

方大头笑了一下，抓着他的手放了下来，说："多谢你了，我一个人更顺手，你看我都不用海玉帮忙，我自己踩，踩习惯了。"

方世界的眼睛在草寮里的几只咸菜桶之间转来转去，他一边心算着总的有多少桶，一边说："大头，人说你的咸菜是壕坑最好吃的。"

"就是嘛，我不是也给你送过吗？你说呢？"

"要我说，咸菜都一种味道，就是咸嘛。"

方大头几乎是扳着方世界的肩膀转过身子，半推半送地把他推出草寮，说："你就歇歇吧，顾好身体才要紧。"

"我这身骨，挑水浇菜什么的，还行。"方世界说。

看着他蹒跚离去的背影，方大头发现他到底还是老了，十年前儿子的失踪对他来说是一个致命的重创，他虽然渐渐走出了悲痛，但是心上的伤口却是无法愈合的。他的脚步有点摇摆，刮来的风吹得他的裤管抖抖索索的，他的背驼得越发厉害了。方大头看着方世界差不多走到春晖楼才回过身子，这长达几分钟的注视，对他来说是休息，也是一种回忆。当然他不敢让思绪飘得太远，赶紧从地上抱起大把的芥菜，跃着身子扔进木桶里。只有在桶里不停地踩着咸菜，他的心才能平静下来了。

回家吃晚饭时，儿子嚷嚷着晚上要帮父亲踩咸菜。方大头看着8岁的儿子还是瘦骨嶙峋，吃饭磨磨蹭蹭，把碗里的青菜扒拉到一边，有的则直接挑到桌上，他阴着脸，凶声地说："你这样不吃青菜，怎么长大？你以为踩咸菜不用力气？把这些菜给我吃下去。"他把桌上儿子挑下的菜又夹起来，放到儿子的碗里。儿子嘟起嘴，看了父亲一眼，又扭头向背后的母亲望去。

郑海玉从锅里盛了一碗汤端上桌，用手摸了一下儿子的头，说："快点吃，吃饱点，别挑食，不然长不大，楼里人都叫你豆粒。"

"豆粒就豆粒。"儿子嘟着嘴说。

方大头啪地放下碗筷，瞪着眼说："叫什么也别给我叫豆粒。"

儿子哇地大哭，郑海玉不解地问方大头："你怎么了？是别人给他取外号，你管得住别人的嘴？"

"谁给他取的？就是取作狗屎，也不能给我取作豆粒。"方大头说。

郑海玉拍着儿子的肩膀，哄他说："乖乖，别哭了，人家不叫豆粒，人家叫作方华志。"

方大头走出灶间，看了一眼春晖楼上面的天空，出了土楼往草寮走去。他的心情突然变得很烦躁，走在路上踢踢踏踏的，恨不得把路上的碎石、草皮都踢飞了。走到草寮前，掏锁匙开门时，他知道自己对豆粒这名字太敏感了，但他觉得这是个不祥的名字，他很不喜欢。打开门，他拉了一下门后的灯绳，草寮里就亮起一片黄昏昏的光，空气中弥漫着一股微酸的咸味。还剩下最后半桶，今年的咸菜就全部踩好了，他心里有一种很复杂的感觉，这又过了一年。这几年土楼里不少人到城里打工，郑海玉也和他说过，是不是可以换一种活法，两个人趁年轻到城里打拼一下？他叹了一声说，我哪儿也不去，就守着咸菜桶吧。郑海玉不大高兴，说你守咸菜桶能守几年？他说，一年又一年，能守几年算几年吧。这不，又一年了……

— 2 —

方大头被一泡尿憋醒，下床随便披起外衣，大步走出卧室，在栏板前的尿桶里叮叮咚咚狂泄一通，他看到春晖楼的上空一圈蒙蒙亮，呼吸了一口新鲜空气，正准备回卧室，惊乍地看到方世界像幽灵一样站在他身后，全身一抖，尿又出来了。

"界叔，你吓我一跳……"

"大头，我睡不着，我做了个梦。"方世界说。

"我刚才也做梦呢，做梦找厕所。"方大头说着就走进卧室，穿起外长裤，又脱下外衣，穿上一件纱衣再把外衣穿上。

方世界一直佝偻着身子站在门边，静静地看着方大头穿衣，等他穿好走过来，才缓缓开口说："我梦见儿子伟东豆粒了。"

"豆粒？"方大头不由打了一个哆嗦。

"我梦见豆粒还在，他当年被人拐骗了，今年他18岁了……"方世界回忆着梦境说。

"唉，梦到底是梦啊，界叔……"

"不，梦很真的，我都拉住了他的手，我问他你现在在哪里，他说泉州……"

“泉水的泉，漳州过去还要好远。”

“再远我也要去找他啊。”

方大头沉默了。他想了想，从口袋掏出几张钞票，有一张100元，还有一张10元几张5元的，一起塞到方世界手里，说：“界叔，我走不开，不能帮你去找，这点钱给你做路费。”

“大头，你真是好心，以后有钱我会还你。”

“看你说哪儿去了？界叔，我说过你要把我当儿子看嘛，你一个人出门一定要小心，该吃要吃，别饿着自己。”

“嗯，我等会儿就搭班车到马铺，然后到漳州，再往泉州。”

方大头抬起手擦了擦眼睛，用上牙齿咬着下唇，突然从牙里吸了一口气，说：“界叔，要是豆粒还在，那、那就真的太好了……”

方世界咧开嘴，掉了几颗牙的嘴洞里冒出一丝丝热气，整张脸笑得更皱了，说：“我在梦里看见他长高了，但是，我一下就认出他……”

吃早饭时，方大头看到儿子两手端着装满稀饭的碗，吹一口喝一口，三下五下把一碗稀饭喝完了，表扬他说：“这星期天我奖励你，扶你学车。”儿子兴奋地大叫起来，从墙上摘下书包，提在手上就朝春晖楼外面跑去。方大头吃过早饭，走到方世界家的灶间里，方世界也吃过早了，而且已经把行装背在身上，是一只不知从哪儿弄来的军用旧挎包，看样子没装什么东西，瘦瘪瘪的，而他的两腮都鼓起来了，因为他的脸充满笑容，使他看起来像是一个准备出征的坚定的老战士。

“界叔，等会儿我正好要到乡里，把你载到乡里搭车。”方大头说。

客子婆从灶洞前走过来，挤在方大头和方世界中间，拉住方大头的手，说：“大头，找到我们家豆粒，我请你食酒。”

"那要啊，春晖楼里好好摆几桌，闹热一下。"方大头突然想起一件事，对方世界说，"你在灶间等着，我过会儿再来叫你。"

方大头回到自家灶间，看到父亲在吃饭，郑海玉喂猪还没回来，便抬脚往土楼外的猪圈走去。郑海玉刚把最后一点泔水全都倒进猪槽里，正要往回走，方大头急急地迎上来，压低声音说："身上有多少钱？给我100，我到乡里还粗盐的钱。"

"你都没钱了？前几天给你洗衣服，还从口袋掏了100多块。"

"我都给、借给世界叔了。"

"你干吗都借给他？"

"他不是要到外面寻儿子吗？我一听就全给他、全借给他了……"

郑海玉提着泔桶往前走，说："大头，我嫁过来这么多年，发现你对世界特别上心，特别好，你对你爸也没这么好吧？"

"这……还不是看他可怜嘛，好不容易生个儿子，8岁那年却失踪了……"

郑海玉突然站住，回头看了方大头一眼，说："他儿子失踪跟你有什么关系？"

"没、关系，"方大头愣了一下，脸上是一种要哭出来的表情，"能有什么关系嘛？我这不是同情他嘛？"

"大头，你果真是好心人。"郑海玉带着讥讽的口气说。

方大头无语了，心里暗想，从今往后，要藏点私房钱了。

— 3 —

午饭后起风，刮来一阵咸菜发臭的气味。方大头正和几个人在楼门厅的槌子上和长凳子上闲聊，大家都闻到了这股粪便一样的味道。有人对方大头说，这是不是你家的咸菜发臭了？方大头跳起来说，怎么会？！但他心里还是凛然一惊，抬脚往田头的草寮走去。走到草寮门前，他吸了几下鼻子，确定不是自己家的咸菜发臭。怎么会呢，踩了这么多年的咸菜，而且他家草寮里的咸菜桶雨淋不到，也泼不着。这腌在桶里的咸菜是最怕雨水的，若是雨水进了桶里就会发臭。方明清家的三只咸菜桶，上面只搭盖了雨披，应该是他家咸菜桶里泼进雨水发臭了。方大头看见方明清走过来，说："明清，是你家咸菜发臭了。"

方明清像狗一样吸着鼻子，走到自己的咸菜桶下面，蹬着桶上的竹箍，往上探头看了看，跳到地上说："没臭呀，闻起来也正常。"

方大头走到他家的咸菜桶下，也没闻到什么臭味，他便估计是往前几米远的方志敏家的咸菜出了问题。回到春晖楼，方大头正好遇到方志敏，就对他说你咸菜臭了，方志敏以为是挖苦，反唇相讥说，你家咸菜才臭了！

这股飘荡在村子上空的异味困扰着人们，大家明明都闻到了臭味，而且断定就是咸菜发臭的味道，但是谁家也没发现哪只咸菜桶发臭了。

方大头一晚上睡不踏实，翻来覆去的，眼睛一闭上就做梦，一做梦就惊醒。天快亮时，他做梦梦见方世界在泉州找到了儿子，这才迷糊睡了一会儿。醒来后，方大头从床上一跃而起，走到廊道上吸了几下鼻子，那股臭味闻不到了，空气中是一股清洌的寒气。他下了楼，走到土楼大门口，又吸了几下鼻子，那股臭味果真是没有了，一夜之间它就消失了，或者被深深地掩藏起来，总之鼻子闻不到了，呼吸间都是清新的空气。

这天方大头帮客子婆的猪圈修瓦，忙了一整天。前几天客子婆独自站在灶间里不停地唠叨说，猪圈瓦片又破了，茅草盖也盖不住，猪崽淋雨感冒了，方大头恰好路过听到，当即表示一等天晴就帮她修。他早饭后骑车到隔壁村一个烧窑作坊买瓦片，谁知那老板不在，托人去找来，然后买了瓦片再用车驮回来，这就耗去一个上午了。方大头干完活，天已擦黑，他抓着一只畚箕和一把抹泥刀，走回到春晖楼门前，站住歇了一口气，眼睛往村口望去，看到一个佝偻的身影，不由定睛细看，原来这是方世界，他回来了，就站在村口失神呆立着。方大头连忙跑上去。

"界叔，界叔，你回来了？"

方世界头发又长又乱，胡子像疯长的杂草遮住了半个嘴巴，身上还是出门时的那身衣服，一块块油污闪闪发腻，散发出一股酸臭味，出门时瘦瘪瘪的挎包倒是奇怪地鼓了起来。他愣愣地看了方大头一眼，嘴上的胡子像虫子一样在蠕动。

"界叔，你差不多去了 24 天啊。"方大头伸出一只手，在方世界的手臂上拍了一下，"走吧，回家。"

"儿子去哪儿，没找到……"方世界的声音从胡子后面哆嗦着传出来，细弱、苍凉，拉长的尾音被晚风一下吹散了。

方大头抬起那只没拿东西的手，没有往方世界的肩膀按下去，而是从旁边滑落，拉起方世界的一只手。这手骨节粗糙，密布的老茧传给他一阵微微的触痛。他想了想，说："界叔，你肚子也饿了吧？我们回家。"他拉着方世界的手，慢慢向春晖楼走去。

"没找到，儿子去哪儿，我做梦遇到一个神仙，说不在泉州，回壕坑村找吧，我就回来了……"

方世界说着话，杂乱的胡子一耸一耸，他走一步，顿一下，再往前迈出一步，全身颤颤巍巍。方大头感觉他这趟出去20多天，好像不是20多天而是好多年，本来就糟糕的身体变得更加衰老和虚弱。

"嗯，回家，界叔，有机会再出去找。"方大头说。

"现在我年纪也大了，心里就只有一个念想，儿子去哪儿，说什么也要把他找出来……"方世界说。

"嗯，界叔，只要心里有这么个念想，我想，总有一天，我相信，能找出来。"方大头说。

走到土楼大门前，方世界咳了几声，从方大头手里抽出手来，在身上摸了一阵，不知从哪儿摸出一团纸钞塞到方大头的手里，说："这钱我没怎么用，还给你。"

方大头推托了一下，也不知说什么，还是收起了那团带着方世界汗馊味的纸钞。这时儿子方华志从土楼里跑出来，方大头喊住他，把手上的畚箕和抹泥刀交给他，让他带回家收好。儿子瞪着奇怪的眼睛看看父亲，又看了看方世界。方世界突然对他咧嘴一笑，他竟然吓了一跳，转身就跑。

"豆粒，也有这么大了……"方世界说。

"华志，喊一声叔公！这孩子……"

"豆粒、总是喊我世界、世界……"

方大头嗯嗯应了两声，扶着方世界走上土楼的石阶，跨过石门槛，顺着廊道往自家的灶间走去。

"你该饿坏了，晚上先在我家吃饭，等会儿烧水洗个澡，明天我叫人来给你理个发。"方大头一路上在方世界耳边说着，把他扶进了自家的灶间。

正在刷锅的郑海玉看到他俩进来，灶间里弥漫开一股臭味，本来对方大头不种地，帮客子婆修了一天瓦，她心里就很不满了，这会儿更是怒气直往脑门上冲，啪地摔掉手里的竹刷，眼睛余光在方大头脸上剜了一刀，鼻子里哼出一声，转身就走出了灶间。

方大头知道老婆在给他使性子，他也不便发作，好在方世界神情恍惚，没有感知到眼前的情形。方大头扶他在板凳上坐好，倒了半碗开水，在碗沿上吹了几口，端到方世界手边，说："界叔，你先喝口水。我马上装饭给你吃。"

"豆粒不知吃饭没有……"

"界叔，别想那么多，你要顾好自己才要紧。"

"大头，你真是好心人。"

"应该的啊，界叔。"

"大头，你这么好心，让我心不安……"

"界叔，吃饭啊，别说话，吃吧。"

1999 年

— 1 —

土楼乡简乡长亲自带着马铺报社和市电视台的 4 个记者到春晖楼采访方大头，但是方大头不知去哪儿了，在三楼方世界的床前，一个啤酒盖里还摁着一小截烟头，床上的方世界昏迷不醒，只有鼻翼微微动着。那个在床边侍候他侍候了整整 10 年的方大头不见了。陪同乡长的壕坑村长方春生一个劲儿地解释说，你打电话给我，我就立即来通知大头，今天不能外出，其实他也很少外出啊，除了种菜砍菜踩咸菜，他每天都会在这床前，早上我还看见他，这家伙跑哪儿去了？

"大头！大头！大头！"方春生走到通廊上，用粗锣嗓子大喊了五六声。可是谁也没看到大头去了哪儿。

简乡长皱着眉头，那几个记者也有点扫兴。一行人对病床上的方世界并无兴趣，他们感兴趣的是方大头，因为他们要做新闻，他们预感到这新闻做出来会非常感人，你想想啊，一个人，只是同宗的远房亲戚，从二十几岁到现在四十几岁，20 年如一日地关心照顾方世界和客子婆老两口，特别是 10 年前，方世界突然中风，从此倒在床上不能起来，生活无法自理，完全是方大头一个人照料他，这是很多亲生儿子都做不到的事情，可是方大头做到了。

"这个大头，真是的，"简乡长扭头对记者们说，"我们先采访一下他的家人和楼里人。"

方春生带着简乡长和记者们下楼来到方世界家的灶间门前，记者扛在肩上的摄像机其实并没有开，但是镜头往灶间里一晃，就把客子婆吓得全身颤抖，慌乱地摆着手，急促地发出几个含混的音节。一个记者问道："阿婆，你丈夫生病这么多年，都是谁照顾啊？"客子婆比画着莫名其妙的手势，终于吐出一个清晰的词："好。"

"她脑子不好使，好的时候还好，可以做饭养猪，坏掉的时候连自己是谁都不知道。"方春生告诉简乡长说。

"那我们还是先采访一下方大头的家人。"简乡长说。

方春生两步走到方大头家的灶间，探头看了一下，里面没人，便回到简乡长面前汇报说："大头的父母亲前几年相继过世了，他妻子是个勤力的主妇，可以采访一下她，我去把她找回来。"话音刚落，方春生就看到郑海玉提着一小筐刚挖的麻笋走进土楼，连忙大声喊起来："郑海玉，你要出名了，记者来采访你了！"

　　郑海玉沉着脸一路走过来，把麻笋放在灶间门口，眼睛瞥了简乡长等人一眼，转身就闪进了灶间里。

　　"这是我们简乡长，其他的都是报社电视台的大记者。"方春生介绍说。

　　那摄像记者走了过来，镜头对准了灶间，另一个记者手持话筒，走进灶间，把话筒伸到了郑海玉面前。郑海玉着实吓了一跳，伸出手像打苍蝇一样打了一下话筒，用本地话说："别来问我，我不会说话。"

　　"你是方大头的妻子，你对方大头 20 年来关心照顾隔壁邻居的老夫妻，特别是近 10 年来，无微不至地照料瘫痪老人，你是怎么对待的？很支持他吗？"记者用普通话问。

　　"他有病。"郑海玉尖着嗓子说。

　　"是呀，他中风起不了床……"记者忽然明白过来，也用本地话问道，"你说谁有病？"

　　"方大头呀，我还能说谁？"郑海玉又伸手打了一下话筒，埋藏在心里的怨恨和委屈像雨后春笋一样拱出地面，她呼着气，却扭过头盯着墙壁，气呼呼地说着，"我没见过他这种人，我又不是说不能对老人好，他总是说老人无儿无女很可怜，是可怜啊，帮他一点也是应该，可他只要听到老人有什么要求，再小的事也当作天大的事，自己家的事都可以先放下，然后去帮他，那老货子中风瘫痪 10 年了，他侍候得像祖宗一样，我爸也生病住院几个月，在家也卧床几个月，他就去看过几次，尿盆一次也没端过，也没给他擦过身子，可那老货子的尿盆他每天都端，我太生气了，他这算什么好人？他自己亲爸亲妈生病，他也没这么上心，我感觉他脑子有病，不然怎么会这样？"

郑海玉愤怒控诉方大头的声音，每一句都传到了他的耳朵里。其实他就躲在自家灶间上面的禾仓里，刚才他在三楼看到简乡长带着一群记者涌进春晖楼，好像不是要来采访他而是准备抓捕他似的，慌忙中他便躲到了二楼。郑海玉的话像锤子一样敲打在他的心上，他第一次知道妻子对他的怨恨有这么深。可是他能辩解什么呢？他紧紧咬着嘴唇，嘴唇上渗出了一丝丝的血，这血的腥味似乎让他心里平静了一些，他舔着血咽进了嘴里。

— 2 —

虽然记者们没有采访到方大头本人，但文字记者还是挥动生花妙笔，在《马铺报》上发表了一篇通讯，题目叫作《不是儿子胜似儿子，廿年照顾见深情》，洋洋洒洒千把字，当然他们没有采纳方大头妻子郑海玉的片言只语，而以方春生和两个春晖楼邻居的讲述为主。文章最后还加了个编者按，对方大头这种默默无闻的奉献精神大加赞赏。方大头是许多天之后才看到报纸的。那天他到村里的杂货店买东西，那里坐了几个闲人，有人冲着他喊"胜似儿子"，他觉得莫名其妙，开店的老板说你上报纸了，递给他一张旧报纸，他一看才明白，心想，这写的是我吗？他有些疑惑，又有些惊慌，好像是自己什么见不得人的事被公开了。从此，壕坑村里有人调侃方头，就叫他"胜似儿子"，他心里非常生气，但表面上只是冷冷一笑，没有发作，他也不敢发作。

又到踩咸菜时节，方大头真有些忙不过来。地里齐刷刷一片芥菜，从芥菜到咸菜，这需要方大头无数次的脚踩。方大头家的咸菜公认是最好吃的，到圩场上零售，总是很快就卖完，还有些贩子专门到壕坑村把他家的咸菜批发到马铺城里，村里不少人都扩大了腌制产量，自家种的芥菜不够，还到邻村去买，也有些亲戚朋友鼓动方大头多踩几桶咸菜，他总是笑笑说，我只有两只脚。所以这几年来，别人家都在发展，只有方大头还是踩那么几桶。事实上，因为还要照料方世界，踩这几桶咸菜已经够他忙得焦头烂额了。郑海玉心里对他的怨气一直没有消除，反而在不断郁积，再说方大头一开始就不喜欢她帮忙，所以她就更加冷漠地熟视无睹。

这天早上，方大头嘴里的饭还没咽进肚子里，就咚咚咚跑上三楼，他大步走进方世界的卧室，意外地看到客子婆也在里面，这种情形并不多见。方大头说："界叔要吃早饭了吧？"客子婆说："我煮了地瓜。"方大头走到床前，看见床上的方世界欲醒未醒，被子下面的身子像一张掉落在地上的树叶，随时可能被风吹走，他转头对客子婆说："这两天你多照看他一些，我得把几桶咸菜踩好。"

壕坑村的田地上都是躺着晒太阳的芥菜。方大头用板车把自家的芥菜一车车运进草寮里，顺便说一下，这是方世界的板车，但这几年一直归他使用，不过他花钱换过一次轮胎。中午回家吃过饭，方大头到方世界的卧室看了他一下，听客子婆说给他喂过饭，他吃饱又睡过去了，方大头没时间逗留，又来到田间地头继续搬运芥菜。最后一板车的芥菜运进草寮，还没卸下来，方大头摸出烟，准备歇口气提点精神，方春生骑着脚踏车跑到草寮门前，冲着方大头喊了一声："大头，别踩咸菜了，快找你儿子去！"

方大头刚叼到嘴上的香烟抖了一下，掉到了地上。

儿子今年高考落榜，他想到厦门打工，但是方大头坚决不同意，硬逼着他到马铺一中补习。这补习可是需要不少钱啊，方大头还是借了钱才凑齐的，上个月儿子回了一次家，嘀咕着不想补习，方大头凶着脸把他训斥了一顿，他连夜跑回了学校。

"学校老师刚给村里打电话，说你儿子跑了。"方春生说。

"跑了？去哪儿？"方大头脑子里轰地响了一声，身子都有些站不稳了。

"老师说你儿子留了张纸条，不想补习，要出去打工。"

方大头骂了一声。儿子去哪儿？这可是头等大事。他来不及多想，急匆匆走出草寮，走了几步又转身回来把草寮的门锁上。方春生调转车头，对他说："还是找人去，咸菜晚一天踩也一样。"方春生踩着车子往春晖楼跑去，方大头也跑起来，他感觉到事态有点严重，屏气甩着双臂，两只脚越蹬越快，一下把骑车的方春生都超过了。他跑到春晖楼门前，顿住喘了几口气，没有进楼，而是扭头朝村外的公路跑去。

方大头气喘吁吁地跑到乡里，圩场上一辆开往马铺的班车刚要开走，他一个箭步跳上车，抚着激烈跳动的胸口，像是摁住一个往上蹿的浮球，久久平静不下来。傍晚时分，方大头总算来到马铺一中，找到儿子补习班的班主任夏老师的宿舍。夏老师沉着脸，把儿子留下的纸条递给方大头，叹了一声说："你这个儿子啊……"

纸条上只有几个字，没有称呼，也没有落款，是同宿舍的同学发现后交给夏老师的。"我要去打工，不补了，再见马铺一中。"方大头的眼睛在这几个字上面扫过一遍又一遍，似乎没有勇气抬起头面对夏老师。

"补习这种事，他自己不想补，做父母的逼他也没办法。"夏老师说。

"我、我去把他找回来……"方大头嗫嚅着说了一句，转身出了夏老师的宿舍。

这时天已经黑了，方大头站在路边发呆，有三三两两的学生从他身边走过，他的心头沉重得和他抬不动的大腿一样，整个人直往下坠。儿子去哪儿？心像是被一只拳头紧紧攥住了，这种揪心的感觉他体会得特别深。

摸黑来到小舅子家里，方大头看到儿子正和他小舅一起吃饭，全身一下松弛下来，差点瘫软在地上。这个小舅子郑海扬大学毕业后，分配在马铺县政府工作，然后在城里安了家，方大头一向拿他来激励儿子，谁知儿子不争气，只想着打工，村里人到厦门、漳州甚至深圳打工的还少吗？儿子看到父亲，似乎没有任何反应，正常如故地吃着饭，只是加快了吃饭的速度，把最后一口饭扒进嘴里，然后起身走到水槽边放下碗筷，闪进了卫生间，嘀嗒一声，把门反锁上。

郑海扬对方大头的出现也表现得很冷淡，招呼他说："吃了？"仍旧吃着自己的饭。方大头走到卫生间紧闭的门前说："我内急，你能不能快点？"

儿子磨磨蹭蹭地从卫生间走出来，方大头一把冲到他面前，伸手就要抓他的衣领，被他头一歪闪过了，方大头的手又在空中横扫了一下，什么也没打到，他几乎有些气急败坏了，说："你、你、你给我回去补习！"

郑海扬走了过来，把父子俩隔开，用眼光示意方华志进了房间，然后不客气地训起方大头说："你平时不跟孩子沟通交流，用你的意志来强迫他，这样有效果吗？他会听你的话吗？"

"我、我不是文化低嘛，希望他考个大学，以后谋个铁饭碗啊……"方大头苦着脸说。

"那你平时要跟他多沟通啊，跟别人有时间有耐心，对自己的孩子反而没时间没耐心，这怎么行？"

这话明显是责备，方大头听出来了，郑海玉一定跟她弟弟说过自己的坏话，他也不知怎么辩解，只是发出一声叹息。

"华志下午来找我，说他要出去打工，我给他做了一通思想工作，他答应我回补习班继续上课，认真拼一拼，明年考不上再去打工。"

"这、这太好了，太感谢你了，太感谢了。"方大头激动得声音有点哆嗦，双手拉起小舅子的手，好像拉着大救星的手一样，左右一直晃。

郑海扬打掉方大头的手说："以后你注意点。我没多做饭，给你煮一包方便面吧？"

"不用，不用。"方大头连声说着，走进卫生间，门也没关，就撒了一泡长尿，然后又一边提着裤子一边走出来，"不了，不了，我要赶回去，土楼里的事情很多。"

"现在哪有班车？"

"我在路边拦车，晚上运煤车很多的。华志要回去补习，这我就放心了，拜托你多跟他做思想（工作），我走了，拜托你了。"方大头说着就往外走，显得很忙的样子，郑海扬也不挽留他，连礼节性的挽留也免了，送他走出门就把门关上。

方大头虽然又饥又累，但想到儿子并没去哪儿，而且被他舅舅做通了思想工作，身上就有了劲儿，大步往溪边桥走去。

— 3 —

拦过路的运煤车回到土楼乡，方大头到饭店吃了一盘炒面，还觉得饿，又吃了一碗牛肉粉，这才摸着肚子一路走回壕坑村。

夜色清凉，走到春晖楼前面，方大头停下来歇了口气，他牵挂起方世界，不知他晚上吃了没有，今天还是那样昏睡不醒吗？他也想到那些刚刚运进草寮的芥菜，都还没开始踩，自己一个人至少得踩三天多呢。他想到草寮踩个把钟头的咸菜，但还是转身往土楼里走去。自家灶间黑乎乎的，而方世界家的灶间却亮着灯，他走到门前看见客子婆正在吃饭，也不知是吃正餐还是吃宵夜，便问她，晚上方世界吃了吗？客子婆说："他吃得比我还多。"方大头点着头，还是打起精神走上三楼，到卧室里看了一眼方世界，发现他睡得好好的，便又下了楼。刚才站在方世界卧室门前，他看到自己的卧室里亮着灯，郑海玉的影子映照在窗棂上，他想，这会儿累是累了，但到卧室也睡不成觉，说不定郑海玉挑起儿子或者方世界的话题，两人又会吵起嘴来，他还是回避为好。方大头扶着楼梯又下到了一楼，从香火堂推起那辆老旧的脚踏车，推出土楼，骑上车往草寮跑去。

方大头踩了一层咸菜，爬到大桶外面，本想回家睡觉，人累了，夜也深了，但却是惯性一样从地上抱起一把把芥菜，踮起脚尖像投篮一样投进桶里，然后又登上竹梯跳到桶里，把芥菜再竖起一层，抬起脚一上一下地踩起来，盐粒刺激得脚底麻麻的，有一种兴奋感传遍全身。就这样，他踩完了一层又一层，不知外面天色已渐渐发亮。他的脚抬起抬落，没有了节奏感和力度，背靠在桶壁上，左脚抬不起来，右脚也抬不起来，两只脚夹在了一起，相依偎着歪斜到一边，竟然站着睡了过去。

这一觉睡得好沉。方大头醒来之后，揉着眼睛走进方世界的卧室，看到方世界从床上坐起来，这时有一个十八九岁的少年家也走进了卧室，似乎有点羞怯地叫了一声"老爸"，方世界满脸笑成了一朵黄菊花，方大头说，界叔，你好命啊，儿子这么大了。方世界双脚站到地上，兴奋地踩着地板，发出一阵嘭嘭嘭的响声。那嘭嘭嘭的响声越来越响亮，方大头猛地醒过来，这才知道自己做了个梦，不过这嘭嘭嘭的响声却是现实的，响得很急，有人在拍咸菜桶。他揉了几下眼睛，从咸菜桶里爬上来，看到客子婆像拍门一样两手拍着咸菜桶。

"我就知道你在这儿。"客子婆说。

"你找我有事？"方大头骑在桶上说，"我踩了一夜咸菜呢。"

"世界找你，他醒了，他找你有事，不是我找你。"客子婆瘪着嘴说。

方大头心里嘀咕了一下，世界找我有什么事？他从竹梯上走了下来，在地上找到两只鞋子，但两只袜子不知去了哪儿，便光脚穿进鞋子里，对客子婆说："走吧。"

客子婆从这只咸菜桶下面走到那只下面，似乎对咸菜桶产生了兴趣，自个儿点着头又嗫着嘴，嘟嘟囔囔的。方大头走上前拉起她一只胳膊说："走呀。"

走进春晖楼，方大头的脚步慢了下来，上楼梯时更慢了，他心里有一种异样的感觉。弥漫在壕坑村上空的是一股芥菜微凉的辛辣气息，他闻到的却是一种咸菜发臭的腐味。走到方世界卧室门前，方大头顿了一下，他抽搐着鼻子，忍不住打了个喷嚏。

这声响亮的喷嚏在清早的春晖楼显得不同凡响，床上的方世界也睁开了眼睛。方大头走到床前，说："界叔，醒得好早啊。"

方世界的脸瘦得没有肉了，他咧开嘴做一个笑的表情，却像哭一样难看，他细麻秆一样的手从被子里抖抖索索伸出来，骨节突出，青筋暴露，没有力气抬起来，只是下垂着颤动。方大头连忙走上前，抓起他的手，冰凉冰凉的，而且细瘦无肉。他突然回想起许多年前，方世界儿子豆粒的手抓在他的手里，也是冰凉冰凉的，他感觉到一股寒气从脚底往上升，想要放掉方世界的手，却是把它抓得更紧了。

"大头，辛苦你了，这么多年来……"

"界叔，别见外。"

"真的，大头，我感觉……差不多了，我该走了……"

"你、你去哪儿？"

"儿子去哪儿，我去哪儿……"

"界叔，你好好的，别这么说。"

"我知道，我有预感，没关系，我早该走了，儿子那年我本就该跟着儿子走了，我贪生又多活了这么多年……"

"界叔，你别乱说。"

"我没乱，我脑子清楚啊，大头，我想问你一句话……"

方大头心里咚地震了一下，看到方世界两只眼睛木木地轮转过来，像龙眼核一样没有神采，那眼光似乎散射出一种死亡的阴影，他全身不由得抖了一下。

"界叔，你问吧……"

"你、你、你怎么对我这么好？我都没什么可报答你……"

"界叔，我在祖先牌位前发过誓的，这也是我应该做的，你别说太多话，好好躺着休息，我去看早饭有没有做好，我给你送早饭来。"

"不饿，大头，我死后给你做牛做马。"

"界叔，看你说什么啊。"

"我死后给你做牛做马，大头。"

"界叔……"

方大头轻轻放下方世界的手，把它收进被子里，然后背转过身子，眼泪不争气地流了下来。

2011 年

— 1 —

"老爸去哪儿？"

方华志一脚跨进灶间门槛，向母亲问道。

郑海玉坐在灶洞前，手上正剥着冬笋，头也没抬，说："鬼知道他去哪儿。"

"打他手机都关机了。"方华志说着，转身又出了灶间，走出春晖楼。他的小车就停在楼门前，他坐进车里，开动车掉了个头，往父亲的咸菜草寮跑去。

那年方华志补习一年，总算考上了一所大专学校，毕业后分配到马铺农场，无所事事混了几年，就辞职下海到了厦门，和几个同学一起干，开过好几家小公司，也算赚了一点钱。2008 年，土楼成为世界文化遗产，大家原来拼命想要离开的地方变成了收门票的旅游景区，方华志从中看到了巨大的商机，就回到土楼乡办了一家公司，既做旅游业务也做广告策划。去年，他注册了一个"大头咸菜"的商标，父亲知道后很不高兴，但是也阻止不了他。他定制了一些简易的塑料包装，装上家里的咸菜，以翻一番的价格卖给城里来的游客，父亲踩的咸菜不够，他就收购别人家的咸菜。

这不值钱的咸菜居然被他卖出了好价钱，父亲也不得不佩服他的脑子，父亲曾在他面前感叹说，儿子，还是你脑子好使，不过你也得感谢我当年逼着你去补习。

汽车开到草寮前，方华志看到那木门半掩着，看来父亲去不了哪儿，就这草寮几桶咸菜，他一辈子都在侍弄这个。方华志几次建议父亲多承包一些地来种芥菜，或者收购别人家种的芥菜，总之是扩大腌咸菜的产量，到踩咸菜时节，多请几个人来踩。方华志说，只有上规模，才能高效益。但是父亲表示听不懂他的话，父亲说我就踩这几桶，这世人就这样了。

方华志推开草寮的门，看见父亲坐在一只咸菜桶下面吸烟，开门见山地说："老爸，我给你带来了一单生意。你下周什么时候开始踩咸菜？我有一个团队的游客，想要体验一下踩咸菜。"

方大头看了儿子一眼，把烟头扔到地上用脚踩了一下，说："踩咸菜要怎么体验？"

"简单一点说吧，就是来帮你踩咸菜，还给你钱。"方华志说。

"世间哪有这么傻的人？"

"哈，这你就不懂了，这叫体验式旅游，人家是城里人，有的小时候干过类似的活，现在愿意出钱来体验一下，重温旧梦。"

"不用了，我的咸菜我自己踩，我从来都是自己踩，你老妈我都不用她帮忙，那些人会踩吗？"

"老爸，你管他们会不会踩，人家就是图个高兴嘛，到时候，他们踩得不烂不熟，你再补踩几下，不是照样能腌一桶好咸菜？"

"算了，我自己踩就好。"

"老爸，我这团有8人，你就提供两个桶给他们踩，他们最多也就踩一小时，每人收费 50 元，这 400 元我全给你啊。"

"我不赚这个钱。"

方华志生气地转过身，走了几步又回头说："壕坑村有的是咸菜桶，我找别人家去。"

方大头没接儿子的话茬，看着他出门驾车而去，默默爬到大桶里，用干布把里面淤积的汤汁吸干净。

又到踩咸菜时节了。年年踩咸菜，如果从五六岁帮父母踩咸菜开始算起，方大头这都踩了 50 多年了，他知道，活到老，踩到老，直到一天踩不动，这就是一生的宿命。

把几只咸菜桶里淤积的汤汁全都擦吸干净后，方大头骑在一个桶上，突然感到一阵眩晕，整座草寮都在旋转着，那几个咸菜桶也倒翻了过来。他紧张地抓住桶，缩着身子吸附在桶上，害怕咸菜桶会把他抛出去。草寮和咸菜桶旋转了几圈，慢慢停下来，方大头松了口气，却从桶上面滑下来，一屁股跌坐在地上。

— 2 —

方大头一脚跨进灶间门槛，只看到郑海玉一个人在吃饭，随即把脚收了回来，转身正要走，这时，郑海玉说了一声："她吃过了。"他心里咚地响了一声，她多了解自己的心思啊，脚只好又迈出去，不作声地走进灶间，从壁橱里取了碗筷，装了一碗饭，坐在桌前一边吃一边问："她今天吃这么快？"

"我怎知道？她没定性的人，你又不是不知。"

他们说的是客子婆。自从 12 年前方世界过世后，她孤苦伶仃一个人，生活几乎全靠方大头接济，大米、猪肉、衣服，还要带她到乡里医院看病拿药。这几年，她出现了间歇性的老年痴呆症，有一次煮饭，刚把米泡在水里，就抓起来往嘴里塞。方大头从此就让她一日三餐在自己家里吃，反正是多放一把米，多一副碗筷。这让郑海玉很不高兴，因为方大头并没有事先和她商量过。对方大头几十年来如此这般照料客子婆俩老货子，她本来就心存不悦，方世界死时，方大头居然以"半个儿子"的身份穿了一只袖子的麻衣，又跪又拜，把她气得脸色发青，当场摔过碗，还差点离婚。冷战几年，关系虽然有些修复，但她还是非常反感方大头对客子婆的过分关心。

方大头大口吃完了饭，郑海玉盯着他说："你知道外人说得多难听吗？"

"说、说什么？"

"说你对方世界对客子婆那么好，不是无缘无故的，是有目的。"

方大头心里一惊，猛地站起身，一急又结巴了，说："什么目的？我、我、我能有什么目的？"

"说你想在客子婆死后继承她家的房间。"

方大头哈哈大笑起来，老婆的回答太出乎他的意料，他越笑越放肆，他很久没有这样笑过了，眼泪都笑了出来。

"这有什么好笑？"郑海玉绷紧了脸，"到底是不是？"

方大头好不容易止住笑，用一只手掩着嘴说："外人说是就是吧，嘴巴长在他们鼻子下面，随他们说去。"

郑海玉叹了一声，说："方大头，我跟你做了这么多年的夫妻，说真的，我摸不到你的心，你心里一定有什么瞒着我。"

方大头把手放到嘴里咬了一下，收起桌上的碗筷，说："我、我能有什么瞒你？难道你怀疑我在外面养女人？"

"不是这个。"

"那、那还能有什么？"

"我不知道，你自己心里知道。"

方大头转身把碗筷丢进水槽里，水花溅到脸上，他伸手抹了一把脸，对郑海玉说："别胡乱猜疑。"

"儿子要带游客帮你踩咸菜，还给你钱，你怎么不肯？"郑海玉说。

谢天谢地，她换了一个话题。方大头心里一松，说："他不是给我注册了'大头咸菜'？让几个城里人帮忙踩，踩出来的咸菜砸了牌子怎么办？你这个儿子呀，你给我说说他，让他赶紧找一个女朋友结婚，其他事你就不要掺和了。"

方大头一边剔着牙一边走出春晖楼，面前的田地上长着一片片绿油油的芥菜，每棵都有半米来高，密密麻麻站在一起，风吹来，肥硕的叶子笨拙地摇摆着，哗啦啦响成一片。方大头恍然看到芥菜地里走出一个人，像芥菜那么高的细瘦个儿，从几棵芥菜缝隙中间走出来，但是一晃又不见了。

"大头，你儿子都给你打出品牌啦。"方春生从后面走上来说，他不当村长已有几年，也专业腌起了咸菜。

方大头笑了笑，没有答话。

"你儿子这周末要带游客到我家踩咸菜，这活儿能赚钱，你怎么就不接呢？"方春生说。

"我还是自己踩就好。"方大头说。

"你这个大头啊……"方春生在方大头肩膀上拍了一下，往前走去。

方大头愣了会儿，也抬起脚往草寮走去。他所能去的地方不多，除了草寮就是村里新近修复的方氏祖祠正学堂，当然，草寮去的次数多，待的时间也长，毕竟，这里是他的谋生所在。走到草寮门前，他掏出钥匙打开门，一眼看见两个咸菜桶之间有一道影子闪过，心里一下揪紧，连忙大步走过去。

　　那道身影又一闪，消失在一个咸菜桶后面。

　　这时他差不多知道了，那个人是客子婆，不由松了口气。

　　"客子婆，你中午吃了没有？"他喊了一声。

　　客子婆从一个咸菜桶后面走出来，说："大头，你又要踩咸菜了？"

　　"芥菜还没砍，再过几天吧。"方大头看到客子婆肩膀的衣服上有一道挤擦的痕迹，便知道这草寮某处的木板松动了，客子婆是缩着身子钻进来的。

　　"大头，你家咸菜桶好高。"

　　"客子婆，你来这儿做什么？"

　　"大头，我闻到你这草寮里、咸菜桶里有一种味道。"客子婆走到方大头面前，神秘地压低声音说。

　　"当然有味道啊，咸菜的酸味。"方大头笑了一下说。他看着面前这个鸡皮鹤发、细骨枯瘦的老妪，突然感觉一股寒气徐徐吹来，不由也缩起身子，脸上的笑被冻僵挂在了嘴角。

　　"大头，不对啊……"

　　"有什么不对？客子婆，你脑子发癫了吧？"

　　"大头，我脑子是不好使，可我这会儿好使得很呢。"

　　"客子婆，你……"

"大头，别叫我客子婆，我儿子豆粒就从来不叫我客子婆……"

豆粒？方大头身子微微颤了一下，好像有一只跳蚤在他脖子上叮了一口。

"你们都爱叫我客子婆，我也是有名有姓的人。"

"哦？那你姓什么，叫什么？"

"我姓杨，名字叫玉环。"

杨玉环？方大头差点笑出来，他用牙齿咬住下嘴唇，说："好吧，以后我叫你杨婆，或者玉环婶。"

"大头，你别看我脑子不好使，又老又呆，其实我心里明白着呢。"

"你明白什么？杨婆，玉环婶……"

"我心里明白着呢。"客子婆抬起头看着方大头，定定地看了几秒，看得他心慌意乱地转过头去，她好像故意使了个眼色，然后转过身，颠着小碎步出了草寮，沿着土沙路往春晖楼走去了。

方大头像是做了一场噩梦醒来，心里怦怦直跳。这个客子婆原来有一个如此惊艳的姓名，别看她年轻时时而癫傻时而正常，其实她心里灵秀着呢，难道她早已知道……

— 3 —

方大头突然病倒了。

昨天上午，他到田地里砍芥菜。一手抓着芥菜中部，另一手握着砍刀往它的根部砍去，噗的一声，手一松，芥菜应声倒在地上。不一会儿，身子后面已是一片倒伏的芥菜，他直起身呼了口气，又弯下腰继续砍。面前的几棵芥菜奇怪地摇动起来，客子婆从两棵芥菜中间缓缓站起身子，方大头吓得往后倒退了几步，差点一屁股跌坐在芥菜上。客子婆像木偶一样从他身边走过，回头说了一句，别以为我傻，其实我心里明白着呢。午饭时分，郑海玉发现方大头迟迟没有回来吃饭，打他手机没人接，就走到田地里来，发现只砍了一片不多的芥菜，也不见个人影，走到草寮一看门是锁着的，只好回到土楼，心生预感，走到三楼的卧室里一看，方大头果然躺倒在床上，一摸额头，烫得吓人，但他嘴里却哆哆嗦嗦地叫着冷。

吃下郑海玉从村里小诊所买回来的几片西药，方大头告诉她说没事，可能是太累了，受凉感冒，睡一觉就会好。

"你好好睡一觉，"郑海玉说，"要不，叫儿子回来，让他带你到乡里看下医生？"

"不用了，没事，又没什么大事，睡睡就好了。"方大头说。

郑海玉没再说什么，倒了一杯热水放在床头的桌上，然后出去，把门轻轻带上。方大头躺在被子里，听着老婆的脚步声砰砰砰从这边楼梯下去了，那边楼梯咚咚咚有人上来了，他的脑子里交响着各种脚步声，这春晖楼现在住着百把人，还不时会有外地的游客来参观，但他从来没有留意过别人的脚步声，现在却好像有许多不同的脚步声向他包围过来，对他慢慢缩小了包围圈，他的耳朵听出了每个脚步声的轻重和清浊。方大头恐惧地把头包进被子里，脚步声渐渐就消失了，耳边响起的是踩咸菜的啪嗒啪嗒的声音，一下一下，富有节奏。

啪嗒啪嗒，啪嗒啪嗒，卧室里飘满了踩咸菜的声响，一下一下，不绝于耳。方大头的双脚动了起来，啪嗒啪嗒，一起一落，绿油油的芥菜在他脚下踩烂、踩熟了，踩出了黏糊糊的汤汁。这桶咸菜踩了半桶，方大头爬出大桶，下到地面上，走到草寮门后撒了一泡尿，拍了拍手，又爬到大桶上面，惊讶地看见豆粒站在桶里扭着屁股，像是踩咸菜，又像是跳舞。这小屁孩不知从哪儿冒出来，趁他一泡尿工夫，就爬到他桶里来，一个人蹦跶得这么兴高采烈，这么得意扬扬，居然没发现自己就悬在他的头上，随时可以踢他一脚。这时，豆粒嘴里哼哼着谁也听不明白的曲子，从裤裆里掏出小鸡鸡，往脚下的半成品咸菜哆啦啦地撒着尿。这踩咸菜脚再臭都不用洗，最怕的是水，那道划着小弧线的尿水几乎就是射在方大头的脸上，方大头的眼睛猛地瞪大，还没来得及喊出声，荡在桶壁上的一只脚就先踢了过去，"你这个豆粒痞！"他的脚踢到了豆粒的后脑勺，豆粒吭了一声，往前扑倒了，脸趴在了他刚刚撒过尿的咸菜上面。这个讨人嫌的小屁孩，他一直就不喜欢。其实昨天晚上脚踏车的轮胎被钉上一枚图钉，就是这个豆粒干的，早上楼里有个小孩向他告了密，当时他就想找豆粒算账，只是没看到他。"给我起来，别趴在那里装死。"方大头喊了一句。他感觉烟瘾上来了，就从口袋里掏出一包烟，取出一根叼到嘴上，却摸不到火柴，原来在咸菜桶爬上爬下时，那盒火柴掉到了地上。他又看了一眼趴在桶里的豆粒，说："不起来，等会儿我把你腌了。"方大头从竹梯爬到地面，从地上捡起火柴，点燃烟，很享受地吸了一口，又一口，然后走到草寮外面，和路过的方世仁搭起话。方世仁说起前些天到公社开会的见闻，他扔掉手里的烟头，掏出烟请了方世仁一根，自己索性又吸了一根。方大头带着过足烟瘾的舒爽走回草寮，脱下鞋袜爬上竹梯，看到豆粒还趴在咸菜上面，说："快起来，别装死了。"方大头跳到咸菜上面，用脚拨了一下豆粒的身子，绵软软没有动静，他不由弯下身，把豆粒的身子翻过来，大吃一惊……方大头看到自己骑在桶上发呆，目光呆滞，口水都滴了下来，然后他又看到自己提了几畚箕的粗盐倒在豆粒的身上，灰白色粗盐把他细瘦的身体掩埋起来，接着他又看到自己从另一只已踩好的咸菜桶里提起一畚箕一畚箕的咸菜，在豆粒身上竖立起来……做好这桶咸菜，在上面压上最后一颗大石头，方大头一屁股坐在地上，半天才呼出一口长气……

啪嗒啪嗒的踩咸菜声音，渐渐又变成了上下楼梯的脚步声，方大头听到郑海玉的脚步声从那边楼梯升起，一路往卧室响来，门被推开了，他用力地想睁开眼睛，但是眼皮像是被针线缝住，整个人身上仿佛压着一块巨石，他急促地呼吸着，两腮鼓了起来，终于有一口气从嘴里噗地冲出来，眼睛也勉强睁开了一条小缝。

"怎么了？有没有好点儿？"郑海玉问。

"好、好、好……"方大头嚅动着嘴唇说，满头大汗直冒出来，像是撒了许多盐巴一样，一粒一粒的晶莹闪亮。

"你要吃什么？我给你煮点线面……"

"海玉，我、我……"

"客子婆吃过了，你不用担心。"

"不是这个，我确实……"

"我给你煮一碗面线。"郑海玉说着，转身走出卧室，走过廊道从那边楼梯下去了。

方大头到了嘴边的话又咽了回去，经过咽喉，咕噜一声沉落到肚子里。这个秘密他已经在肚子里烂了三十几年，腌了三十几年，难道就这么继续烂下去、腌下去？其实，他早就应该告诉郑海玉……其实郑海玉是个多好的女人，虽然差不多跟他怄了三十几年的气，但这能怪她吗？那个晚上他本想站出来说出真相，可是想到明年就要跟郑海玉结婚，就要过上好日子了，他最后还是退缩缄默了。这三十几年和郑海玉过的日子并没有他想象的那么好，但这能怪她吗？其实她是个多好的女人啊……他好像又看到了客子婆——不，杨婆或者玉环婶那张诡异的苍老的脸，她的声音像巫婆的咒语一样飘满房间，你别以为我傻，其实我心里什么都明白。这么多年来，他无时不在一种莫名的恐惧中，举头三尺有神明，天上时时有什么在盯着他……

卧室里又响起一片踩咸菜的声音，渐渐又转换为脚步声。儿子推门走了进来，问："老爸，听说你病了？哪里不舒服？"

躺在床上的方大头抬起眼睛，从下往上仰视着儿子，儿子的身体像是悬在他的头上，他那厚实的下巴像一块生铁，随时会掉下来一样。

"儿子……"方大头想抬起一只手，但是手臂像是一根木棍一样，不听他的使唤，他的声音也微弱到像一束快要燃尽的灯火。

"老爸，我刚才到草寮去，我发现有木板把一只咸菜桶围了起来，这只咸菜桶估计好多年没开封了，这是怎么回事？不让人发现，是不是祖传的百年老咸菜啊？"

方大头脑子里嗡嗡直响，很多话从肚子里升起来，滑向咽喉，他张开了嘴巴，却发不出声音……

"老爸，你可真会藏啊，我来给你炒作一下，大头咸菜，祖传百年老咸菜……"儿子的嘴巴一张一合，话沫子纷纷往下洒落，掉到了他的脸上。

"……"方大头眼光发直，嘴巴却拧弯了。

"百年老咸菜，秘而不宣，今天开封！"儿子做着手势，像演讲一样。这时，儿子口袋里的手机响起彩铃《酒干倘卖无》，一首很老的闽南语歌，他掏出手机看了下号码，一边喂喂喂地接听一边往外面走去。

方大头使着劲儿，手还是没能抬起来，但是冲着儿子的背影，他的喉咙里终于发出一声急切的喊叫：

"儿子去哪儿？"

── · 父亲的永生楼 · ──

― 1 ―

父亲年轻的时候曾经有一次可以很体面、很光荣地离开永生楼的机会。那是一次冬季征兵，大队推荐、公社同意，体检通过，政审初审也通过了，报送马铺县武装部复审，据说也通过了，准备第二天正式公布，但是前一天晚上，有个武装部领导又把各人的政审资料档案翻了一遍，这就有了重大的发现。父亲的政审资料里有一笔小小的描述涉及父亲的父亲在民国三十七年"被推举担任十天左右的保长"。这还了得，当过国民党的保长，虽然只有十天左右，性质也是相当严重了。于是，父亲的姓名就被红铅笔毫不留情地圈掉了。

这件事情的后果就是导致父亲继续在土楼乡村待了20多年。如果那一年父亲顺利地当兵离开永生楼，那么后来也不会有我，更不会有我像他年轻的时候那样渴望着走出永生楼。抬头看着永生楼围起来的圆圆的一圈天空，我总是想，要是父亲那一年就离开了永生楼，现在的我就不会被圈在永生楼了。

　　在闽西南莽莽苍苍的崇山峻岭之间，永生楼只不过是我们华坑村一座平常的圆土楼而已。后来土楼慢慢出名，甚至成为世界文化遗产之后，我才知道像永生楼这样的土楼有成百上千座，虽然只有少数土楼被列为世界文化遗产，但许多土楼都开发成了旅游区，这是后话。当年父亲待在永生楼里，满心满腹都是怨气和伤感。粗糙而坚硬的土墙，杂乱无序的天井、楼门厅和走马廊，狭窄阴暗的公共楼梯，环环相连的小房屋，圆圆一圈的天空，每天面对的都是相同的景象。从面前走过的每一张脸也都是相同的忧愁和沉重，如果有笑容也是苦涩的。父亲获知他的当兵梦想破灭之后，独自躲在小房间里哭了一天一夜。自知连累了儿子的爷爷羞愧难当，若不是顾及家庭，他就到永生楼后面的山林里找一棵树把自己挂上去了。据说爷爷当年是在不在场的情况下被推举为"保长"的，他实际上一天也没干过，大概十天后另外一个人正式上任，他就自动免职了，但是这在档案里留下了一个污点，这个看似无足轻重的污点实际上彻底改变了父亲的命运。

　　父亲在田地里干活挣了几年工分，村里办起小学，他就被推为民办教师，因为他初中毕业，而这个学历的全村也不过三五个，而永生楼再也筛不出第二个了。于是父亲光脚上岸吃起了粉笔灰，虽然也是挣工分，但是在祖祠里教学生们认认字识识数，风吹不到雨淋不着，比起田地里干不完的活，差不多算是享受了。在那个年代，"教书先生"很受人尊敬的。父亲的好日子随之而来，邻村有人介绍了一个对象，几个堂伯上门察看门风，这是一个很好的姑娘，而且彩礼要求很少。这样父亲就结婚了，然后就有了我两个姐姐，再然后有了我。事实上，大姐出生后不久，父亲的好日子就结束了，因为爷爷奶奶相继得了重病，家里又添了一张吃饭的嘴，而且代课教师的工分又被新上台的大队书记打了八折。我出生时,爷爷奶奶都过世了,父亲因此欠下一屁股债,而且母亲的身体也不大好,我们家沦为永生楼里最穷的人家,我初懂人事便从父亲的脸上看到了人世的艰难。那时父亲还在当民办代课教师,工分改为工资,只有9元6角,后来提到了12元、15元,又提到21元。我记得父亲的月薪提到28元的那年,我刚刚考上乡里的初级中学,他给了我2元8角的报名费和学费,还另外给我3角钱,让我在乡圩上随便买点零食吃,他说:"你爱吃啥货就买啥货。"说得我心头热乎乎的,鼻子都发酸了。这是我平生第一次拥有1角钱以上的零花巨款。

"好好读书,拼搏考个中专,端上铁饭碗,你这世人就不用待在永生楼了。"那天晚上父亲为了庆祝我明天到乡里中学报到还让母亲专门炒了一盘五花肉,他给我夹了一块肥硕的肉,眼里的期待也泛出了油腻腻的光芒。

我咬了一口五花肉,绵软香嫩的肉质令我的信心嗞嗞地猛增,我说:"我以后要到城里去工作。"

"好,有志气,离开永生楼,到城里做公家人。"父亲不住地点头,又给我夹了一块肉。那盘肉几乎被我吃光,我发现二姐的目光都拉直了。

但是那年我没有考上中专,城里的高中也只是刚刚到线。那个年代初中考中专,男生只有一所师范学校可以考,女生多了一所卫生学校,要读五年,比考高中难多了,然而一旦考上就意味着跳出农门,吃谷变吃米,布鞋换皮鞋,都有稳稳当当的铁饭碗。

父亲得知我中专落榜的消息,内心的痛苦和煎熬比我更甚,他独自一人坐在永生楼楼门厅的槌子上,用报纸卷着晒烟丝,一根接一根地抽得干咳不已。等我从外面低着头走进永生楼,他突然从槌子上跳起来,冲着我就是一阵臭骂："你怎不给我加把劲儿？这下没戏唱了，这世人你就给我死在永生楼好了！看来，你也是没那个命，唉！"

我在黄昏的幽暗里看到父亲的脸变形得一塌糊涂，他还朝我不停地挥着拳头，大意是，从此你就自生自灭吧，我顾不上你了。实际上，那几年父亲自己也顾不上自己，学校连续几年都有民办教师转正名额，但是每年都轮不上他，他的忍耐越来越有限，他的脾气越来越暴躁，课堂上学生小声说句话，他也会气得把粉笔拗断，在家里吃饭，只要母亲做的菜不大合意，淡了一点或者稍微咸一点，他都要大发雷霆，甚至把吃了一半的饭碗狠狠砸烂在地上。其实那时母亲已病入膏肓，只是没有去医院检查，永生楼里很多人都看出来了，她脸色蜡黄得像一张土纸，她是硬撑着身子给父亲做饭、养猪种菜以及料理其他家务。父亲没来由的发作，总是让她恐惧，缩着身子在门边发抖，一句话也不敢回。

"要是那年我去当兵，我就离开了永生楼……"有一天我要进卧室睡觉，突然听到父亲的声音从黑暗中响起。原来父亲一直站在我卧室前的通廊上，身子往栏板外探出了一小截，眼睛望着头上一圈幽蓝的夜空。他是对着夜空说的，却是要把话说给我听。

我想了想，顶了他一句说："要是那时你离开永生楼，我现在也不用在这里了。"

父亲明显愣怔了一下，但是他没有生气，向我走了过来，把一只手搭在我的肩膀上说："还是要拼搏。"他的手无力地从我的肩膀上抽走，踩着有些飘忽的脚步往前面走去。

1987年对我来说是一个泪水和笑声交织在一起的年份，那年3月，母亲病逝；8月，我收到了泉州供销学校的录取通知书。父亲也在这一年的9

月离开了学校，因为转正无望，他把学区校长和乡文教助理揍了一顿，被公安局拘留了 15 天。当父亲坐着警车离开土楼乡的时候，他望着不断往后退去的连绵的群山，心里打定了主意，从拘留所出来就留在城里了，不再回土楼，别了，永生楼。

1989 年 7 月，我中专毕业分配在马铺县土特产公司，单位给我和另一个新分配的大学生安排了一间宿舍。那是原仓库改成的房间，约 30 平方米，看到自己的床摆在墙角下，虽然只是比较简陋的马铺话所说的"卫生床"，我的眼泪也几乎要掉下来了，我终于在马铺城里拥有了属于自己的一张床！那天晚上，父亲不知从哪里得到消息，居然问到了我的宿舍里来。我已经两年没看见他了，开学不久他给我寄了一封信，里面夹着 20 块钱，信只写了半页纸，字迹凌乱狂草，感觉他很忙，没时间静下心来写字，大意是他不回永生楼了，就在马铺城里生活，只要有一双手，哪里也饿不着人。1987 年春节我回到永生楼，父亲没有回来也联系不上，我只好和从厦门打工回来的二姐在嫁到邻村的大姐家过了年。1988 年春节我就没回家了，留守在学校过年。这两年的学费和生活费，除了我自己打工赚一点，大多是大姐和二姐资助的。记得临近毕业时，我却意外地收到了父亲的一封信，里面又夹着钱，这回是 50 元，他在信上问我何时毕业，让我一定要分配在城里。我没有给他回信，他没有留地址也没办法回。

而今父亲就在面前，两年不见的父亲，精神气色看起来比在永生楼还要好，上身穿着一件印着 ×× 猪饲料的广告衫，腰间扎着一条新皮带，裤子也是新的。父亲拍着我的肩膀，连声叫好，说我没有辜负他的期望，然后他就大致说了一下这两年他在马铺城里的经历，搬过十多次家、擦过鞋、踩过三轮车、卖过狗皮膏药、摆过地摊卖过各种杂货、在丧乐队当过吹鼓手、到河里淘过金……他用一种夸张的语气说："除了杀人放火，我什么都干过啦。"父亲在我的宿舍里不停地转着身子，显得非常激动和高亢，然后又突然神秘兮兮地放低声音对我说："我攒了一笔钱，准备在城里买一间房子。"他蓦地拔高声音，像一下拧大音量一样，"你是城里人，我也是城里人，我们都不用回永生楼啦——"他故意拉长着声调，好像要唱出来一样，我看他的脸红扑扑的，像是酒醉红脸似的满脸写着兴奋。

1990年春节前几天的一个晚上，我刚睡下不久，听到门外有敲门声，以为是舍友回来忘记带钥匙了，打开门，却是父亲一头闯了进来，他劈头盖脸就指着我说："你有多少钱？"像是打劫一样。我工作才几个月，能有多少钱呢？不等我回答，父亲就说了："把你的钱统统给我，有多少算多少，我要买圩尾街的一座房子，明天中午12点前就要先付一半钱，正月初九再全部付清。"

原来不知是谁给父亲介绍了圩尾街的一座房子，其实也就是一间两进式平房，外加右侧搭建的一间厢房做厨房兼饭厅。父亲找到业主谈好了价格和交割时间，立即回到租住房里，把藏在床脚下和天花板上的现金和储蓄存单全部取出来，摆在床上合计了一下，如果再向三个子女分别派款一部分——他心里转了一下，摊派数字就出来了：大姐1000元，二姐2000元，我500元。这样交了一半的钱还略剩一点，留到过年再一起凑齐另一半的钱。

面对父亲伸过来的摊开的手掌，我的眼睛刺痛般移开，从抽屉里抓出几张大钞和一把零票，全都塞到父亲手里。父亲迅速表现出算术代课教师的才能，眨眼间就算出这些钱的总数：460元。我又从口袋里掏出40元给他，说："明天吃饭我都要向人家借钱了。"500元正暗合父亲摊派给我的数额，他高兴地收起钱，说："我们就要有城里的房子了！"

父亲把买房的一半钱交给业主，业主同意父亲先搬进来过年，然后等正月初九交清另外一半的钱，再正式签合同，一起到房管局办理过户手续。父亲一个人在新买的房子里走来走去，踱步、跺脚、跳跃，东看看西摸摸，几乎把每一块砖都抚摸过一遍。整整一个晚上，他就在房屋里不停地走呀走，越走心里越踏实，脚不酸，人不累，这不是做梦，这是活生生的现实，脚下踩的就是自己的房子啊。

"这是华坑村华岩公第 25 世孙华胜明在马铺城里买的房子。"父亲正色地端着酒杯说，语气正式得像是新闻联播一样。华胜明就是他的名字，他在嘴里念着自己的名字，显得特别庄重，特别神圣，"华胜明有生以来第一次在城里自己的房子过年，来，列祖列宗，受华胜明祭酒一杯。"父亲把手中的酒杯举过头顶，然后往地上一洒，这一系列动作行云流水般流畅，充满了一种动人的仪式感。这年春节我和二姐陪父亲在新买的房子里过年，他居然做了 12 碗菜，虽然有几样基本上是重复的，他说晚上越迟睡父亲越长寿，可是年夜饭吃完不久，春晚的节目才看几个，我就哈欠连天了。二姐帮父亲收拾了碗筷，到后进的房间睡觉去了。我和父亲坐在前进的厅里看着那台旧货市场买来的旧彩电，上面演着小品，父亲笑得鼻涕都淌出来了。最后我还是趁他看春晚看得入迷，偷偷溜回了自己的宿舍。

父亲正月初五独自回了一趟永生楼。他已经两年多没回到永生楼了，这趟行程的最大举动就是把我们家在永生楼的一间灶间、两间禾仓和两间卧室卖给了他堂哥华胜谷，我们家在楼外还有一间猪圈和一间早已废弃的茅厕，则卖给他表姐夫华正冬，而我们家的自留地和责任田因为不能买卖，便无限期租给了小姑丈江长山。对于卖掉在永生楼的房间，父亲原先也动过几次念头，因为卖价太低，又只得作罢；但这一回，父亲是打定了主意，无论如何要卖掉，因为手上太需要钱了，而且现在城里买了房子，不用再回到永生楼那伤心之地了。若不卖掉，只能锁上门空在那里关蚊子，这多不划算啊。永生楼有什么好呢？圆圆的一圈厚墙，几十户人家住在一起，虽说都是同一个祖宗的亲戚，但磕磕碰碰的总是有扯不完的矛盾，楼里又嘈杂又肮脏，走几步就能踩到一泡热气腾腾的鸡屎，最重要的，父亲觉得在永生楼生活了几十年，日子似乎没有顺畅过几天，父母早逝，妻子也早逝，自己一直无法转正，这座土楼里里外外充满了太多苦难的回忆——所以，他下定决心卖掉在永生楼的房间以及楼外的猪圈等。

其实，永生楼是祖先建造，然后一代一代传下来的，各家各户所占有的房间并不平等，有人住不完，有人不够住，父亲的堂哥华胜谷家就属于不够住的状况，所以父亲一提出卖房，他立即就有了兴趣，在族中长辈的见证下，他们说定了价格并正式签订了买卖文书。这文书是父亲亲自起草的，他还在上面特别强调了4个字：永不反悔。

— 2 —

永生楼，中型圆土楼，为华坑村华氏所建，始建于1548年，历经5年竣工，原址为4层，1663年间烧毁。华氏村民请来风水先生，发现永生楼大门正对着一座山峰，其峰峦形如火焰，所以一把火将永生楼化为乌有，重建时必须把原有的4层降为3层，才能避开火舌，不然100年就要烧一次。华氏村民采纳风水先生的建议，于1680年重建永生楼，便只建了3层，楼高12.3米，楼底墙厚1.66米，楼外径长45.7米，宽34.5米，内径长28.3米，宽 17.1 米，每层有 32 个房间，共有 96 个房间，全楼有一口水井，两部公共楼梯。最高峰时永生楼住有二十几户人家，100 人左右。永生楼从 2000 年起开始经营家庭旅馆，后来整体改建为"永生楼客栈"，土楼成为世界遗产后，永生楼客栈被评为最受欢迎的十大土楼旅馆之一。

以上这段文字来自马铺县政府网站的土楼介绍专题。实际上，你现在随便到网上搜索一下，就可以找到许多介绍永生楼的相关网页。当然，这一切都是因为土楼在 2008 年被联合国教科文组织列入了世界文化遗产。永生楼虽然不在世界文化遗产的名单里，但毕竟也是土楼家族一员，一荣俱荣，永生楼所在的华坑村早在申遗前就被辟为旅游景区，门票更从 10 元一路提到了 30 元、50 元，而我堂哥华栋才投资经营的永生楼客栈，一个房间标价 180 元一天，周末和黄金周则涨到 280 元，仍然一房难求。

当父亲了解到这些情况后，他内心的惊讶和痛苦可想而知。1990 年春节期间，他将我们家在永生楼的 5 个房间，以每个房间 280 元的价格卖给了他的堂哥华胜谷也就是我堂哥华栋才的父亲。一个房间 280 元，卖了，世世代代卖了，现在还是这个房间（当然有重新装修过），让人住一个晚上，就是 280 元，世世代代可以收这个钱。这之间巨大的落差，令父亲痛不欲生。当年永生楼是父亲的伤心地，在他看来，就像狗屎堆一样臭不可闻，越早离开越好，谁知道十几年之后它居然变成了聚宝盆。实际上也不能责备父亲的短视，当年父亲虽然没有跟我商量卖房的事，我也是认为那破破烂烂的土楼毫无价值，要是我 80 元一间也不想买，心里还嘲笑我堂伯父太傻。谁知道呢，土楼后来成了世界级的宝贝！这里用得着一个词：世事难料。

1990 年正月初九，父亲如期把另外一半的房款交清，大概两个月后，写着他名字的房产证和土地证也办下来了。他把两证用报纸包起来，外面再包一层塑料，然后用透明胶粘在内衣上，一天24小时用体温捂热着它们。直到5月份天气转热，父亲才把紧贴心窝的两证解下来，收藏在一个不为人知的地方。

圩尾街位于马铺旧城区，是一条纵横交错的老街，父亲所买的房子差不多就在中间地带，四通八达，有几条小巷连通着外面的大街。父亲有了自己的房子，他感觉自己就像一根楔子深深地钉进了马铺城里，彻底告别永生楼这一天，终于从遥远的梦想变成了触手可及的现实。他不能再像前两年那样到处打零工了，他要有一项比较稳定的谋生之路，以尽快还清因买房而欠下的债务，同时他也考虑到了我将来结婚需要一笔钱。他到外面走了一圈，又在房间里估算了好久，决定摆卤料摊。

说干就干，父亲从邻居那里低价买来了一辆搁了几年没用的平板车，一边请来木匠师傅改造成上下两层加笼箱的手推车，一边到农贸市场和药铺采购做卤汁的原料。花椒、八角、桂皮、甘草、砂仁、丁香、杜仲、香叶还有黑糖、酱油、料酒、鱼露、白醋、葱蒜姜等，还有一堆猪下水、鸭脖子、鸡爪子等，父亲一手提着一个大竹篮，篮子里满满当当的，他的笑也挤满了脸，对正在钉钉子的木匠说："晚上你就可以吃到我做的卤料了。"

父亲在厨房里的煤灶上烧起一锅水，他像作法一样搓了搓手，又像是拜神似的双手合十，然后操起菜刀，开始在案板上大显身手。桂皮用刀背敲成小块，生姜用刀拍松，甘草切成厚片，刀起刀落，轻重缓急，在案板上发出的声音高低起伏，和外面木匠刨花钉钉的响声相互呼应，形成了一个多声部的交响曲。

到了中午，父亲的一锅卤水已经烧开，正用小火慢慢熬，房间内外飘满了一种浓烈的香气。木匠回家吃饭回来，不由吸了几下鼻子。父亲连午饭也顾不上吃，把猪下水、鸭脖子、鸡爪子洗净，分门别类，放入几个冷水锅里慢慢地烧。

"想吃你一点卤料，还要有耐心啊。"木匠说。

父亲说："这当然，就像你的木工一样，慢工出细活，我这卤水也要慢慢熬才能出味儿。"

傍晚时分，那辆之前几乎报废的平板车被木匠成功改造成适宜卖卤料、粉条、四果汤等一应吃食的手推车，大功告成的木匠喊着父亲的名字，父亲应声从厨房里小跑着出来，手上端着一个盆子，就往木匠眼前一伸。木匠猛地连打三个喷嚏，手往裤腿上一擦，便伸手从盆子里抓起一个热气腾腾的卤鸡爪，放到嘴里一边啃一边说："香啊，香，香。"

"你算有口福了，这可是我的处女卤啊。"父亲说。

木匠又连打两个喷嚏，差点被卤鸡爪的碎骨头呛住了，一边点头一边说："你这什么风味？有点咸，特别香，是不是内山那什么土楼风味？"

父亲脸上的笑容立即就僵住了，因为他不喜欢人家说他来自内山，更别提那土楼，他突然想起二女儿在厦门打工，便有了底气似的尖着嗓子说："我这是厦门风味，你不懂了吧？这叫作特区风味。"

父亲当天第一次出锅的卤料，装盆放到手推车的笼箱里，推到圩尾街靠近城隍庙的小巷口，一个多小时就卖完了。回到家里，他找到一块纸板和一瓶钢笔水，但找不到毛笔，就用筷子蘸着钢笔水，在纸板上写了4个大字：特区风味，后面再写两个小字：卤料。

我是有一天晚上偶然经过东风街闻到卤料香味才发现父亲的卤料摊已经是马铺城里小有名气的品牌了。此前几次舍友买卤料回来配啤酒，说是在圩尾街和东风街交叉路口买的，还说是什么厦门特区风味，原来就出自父亲的手艺。

"你要来点什么？"父亲也看见了我，像招呼其他顾客一样地说，"你看，所剩也不多了。"

"生意很好嘛，都供不应求了。"我略带讥诮地说，对父亲没有告诉我自己做卤料生意这件事表示不满。

父亲咧嘴笑了笑，说："有女朋友要带来给我看看。"说话间给我装了一小袋子的卤料，卤鸭脖子和卤豆腐若干，然后递到我的手上。

这一年有两个女孩出现在我身边，令我摇摆不定。一个叫钟春曼，是一次我给舍友当电灯泡时认识的，她是舍友女朋友的初中同学，中专毕业在马铺医院做财务，家也在内山的土楼里，实际上和我老家华坑村就一山之隔。另一个叫吕炜炜，是马铺统计局办公室科员，我在一次全县开的会上认识的，我们都是坐在会场最后一排，我正在开小差，她叫我"哎"，并用手推了推我的肩膀，向我借自行车用一用，因为她的车来时胎破了，她想回办公室一下，等会儿再来继续开会。我当然非常乐意，但是，"你认得我的车吗？"她摇头，这样我便和她一起溜出会场，我用车把她送到了办公室，到了之后我才知道，她父亲是这个局的局长，她是高中毕业招干进来的。

钟春曼高挑健硕，身材饱满，这方面比较符合我的审美，而且她为人朴实，脾气温顺，手脚勤快，似乎什么都好，只是家在乡下，父母亲还有一个弟弟生活在一座破旧的土楼里。和钟春曼相比，吕炜炜属于娇小型，很有小姐脾气，擅于指使人干这干那，但是她的优势同样明显，具体先不说了。我不认为我是脚踩两只船，我和钟春曼、吕炜炜同时交往，虽然是朝着恋爱的方向走去，但彼此都没有说破，心照不宣地保持着一种默契。说实在的，我乐于享受这种状态。有一天，钟春曼刚刚离开我的宿舍，吕炜炜从天而降似的出现在我面前，用手指着我的鼻子说："你不是说跟那个医院小财务只是一般认识的，怎么三天两头来找你？"我噎住了。吕炜炜瞪了我一眼，从鼻孔里重重地哼出了一声，然后转过身子，散开的头发从我面前拂过，踩着高跟鞋咯噔咯噔地走了。她抛给我一把发梢和香气，我知道自己必须做出选择了。

这天晚上，舍友和女朋友在宿舍里缠缠绵绵，我只好默不作声地掩门而去。到荆江边走了一圈，那里黑灯瞎火，只有波光水影映照着我的孤单，黑暗的树丛下晃动着一些可疑的身影。在钟春曼和吕炜炜之间，我差不多心中有数了。我从荆江边穿过几条街走到圩尾街口，父亲摆摊的位置已经空了，那地上只有一小堆垃圾。父亲收摊回家了，我想了想，还是往他家里走去。

父亲正在他的家里看电视泡茶——我以前曾无数次看到他在永生楼的灶间里泡茶，总是心事重重地洗杯、斟茶，然后端着茶杯到嘴边，不像是喝茶，倒像是喝草药，而此时，他是神清气定，悠然自得。父亲在永生楼的场景隐去了，虽然永生楼的房间是祖上传下来的，也是属于他的，但那毕竟是他做梦都想逃离的土楼，现在这是他自己在城里的家。一种情景，两种状态。

看到我这个不速之客，父亲一只眼睛还停在电视上，另一只眼睛瞄了我一下，只是淡淡地招呼我坐下。

"老爸，你明确发个指示，我选女朋友要选哪一样的？"我开门见山地说。

父亲把两只眼睛全部转移到我脸上，郑重其事地看了我几秒。我不得不佩服他的智慧，他这一眼就好像把什么都看透了，而且也明白我处于一种两难的抉择中。他幽默地说："当然，第一个条件，选女的。"这是正确的废话，不选女的，还选男的不成？他接着说："第二个条件，选家在城里的，必须是城里人，乡下内山就不要了。"

父亲的"指示"其实暗合我内心的决定。当我徘徊在荆江边的时候，我一遍遍想起深山里的土楼，无数座土楼化身成永生楼，高高耸起的土墙，围成一座圆圆的巨堡，坚硬的外墙，苍凉的屋顶，破败的楼内景象——这不仅是父亲也是我一直想要逃离的地方，内心里真不愿和它再有任何联系了。我对父亲说："我知道了。"

"哪天带来我看一看啊，除了刚才说的那两个条件，其他我是不会干涉你的，你老爸也是开明人士。"父亲说。

我没多说什么，想起从此就要告别钟春曼，心里有一种隐隐的痛。但是，为了永远告别土楼，这点痛又算什么呢？

— 3 —

吕炜炜第一次正式带我见她父亲的时候，吕局长坚持把手上的报纸看完才抬起眼睛看我一下，事实上他早已知道我的存在，此时的眼神意味深长。他坐在办公桌后面的大班椅上，颇有些居高临下地审视着坐在对面茶几前沙发上的我。

"你老家是土楼里面的？"吕局长带着庭审法官的语气问道。

"嗯。"我的双脚很不自然地并拢起来。

"土楼我去过，那东西太脏了，我的新皮鞋都踩到鸡粪。"吕局长皱着眉头说，"那么大一座楼，连个卫生间都没有。"

吕局长对土楼的鄙夷，同时也让我觉得很惭愧，好像那鸡粪是我家的鸡故意拉下来害他的，我连忙说："我父亲把在土楼的房间卖掉了，已经在城里买了房子，嗯，旧房子，有三间房。"

"那土楼越来越少人住了，我看以后说不定要炸掉。"吕局长像是思想家一样深谋远虑地沉吟着，"那么一大坨，炸掉可以整出多少地建洋楼啊。"

若干年之后，吕局长声称要炸掉的土楼开始声名远扬，并最终成为世界文化遗产，他虽然已退休，却参与了马铺县土楼文化学会的发起，担任了副会长一职，他心里或许早已忘记当年曾经说过的话。当然，这是后话。当年我在吕局长面前，因为土楼而感到底气不足，幸亏父亲在圩尾街的那间平房给了我一点面子。

而这回见吕局长，其实最大的目的是想请他跟我们土特产公司的经理说一说，公司改制在即，办公楼下的商场准备承包出去，按吕炜炜的设想，我把它承包下来，然后努力做生意，早日成为先富起来的那一部分人。我知道，吕炜炜已经事先跟她父亲打过招呼，所以用不着我多说，吕局长什么都明白了，他像领导又像长辈一样拖着腔调说："年轻人想打拼，求上进，这是好事啊，我很支持，现在国家政策放开了，鼓励大家去闯，搞活经济，这很好嘛，我很拥护，这个明天县政府开会，我碰到你们杨经理，再专门跟他说说这个事。"

显然吕局长的话起了相当大的作用，不久我就顺利承包到了土特产公司的商场，公司的工资照领，我的精力全部投入了商场的经营，首先把原来的老营业员辞退了几个，然后由吕炜炜负责从社会上新招了几个年轻漂亮的姑娘，全面拓展进货渠道，直接和晋江、石狮几家服装鞋帽品牌工厂建立了业务联系。记得那年《马铺消息报》报道了我，题目是很标准的宣传体，"小伙子勇挑大梁"，还配了一张我故作深沉的相片。

父亲是在卤料摊上意外看到我上报纸了，那可能是某个顾客无意中落下的一张报纸，父亲留下它用它赶了几天的苍蝇，这天无聊中翻开报纸，一眼就看见我在上面做眺望状，他心想，这小子，有出息啦。当天晚上，父亲提了一包卤料来到我的宿舍，但是没找到我，其实我已基本上不在那里住了。吕炜炜家给了她一套房子，是她在交通局工作的母亲早几年分的，虽然只有60多平方米，但是我们两个人起居已经很阔绰了。那天晚上，我的舍友也不在，所以父亲在门口逗留了一会儿，又提着卤料回家了。父亲从香港街抄近路回家，这街上一间连着一间的发廊，浓妆艳抹的女子倚在门边，一个个袒胸露乳，热烈地向父亲招手，有的甚至出手来拉父亲。父亲几次心旌摇动，差点就被拉进那幽暗发黄的发廊了，关键时刻他还是有了定力，说："不用了，我家里有。"然后加快脚步跑了。

回到家里，父亲的心情一时难以平复，他想这总算在城里站稳了脚跟，儿子同在一座城，可是想见也见不着，这家里也没个女主人，显得多空寂。其实，这段时间以来，父亲也不是没考虑过续弦的事，同永生楼的一个表姐夫到城里帮儿子带孩子，前些天还专门跑到他的卤料摊前，说是同村祥瑞楼华哲青前年车祸死了，他老婆想改嫁，问父亲中意不中意，他愿意牵成，父亲立即摇头，表姐夫说人家今年才42岁，父亲还是摇头。表姐夫无功而返，他是不懂得父亲的心思，内山土楼里的，即便是黄花闺女，父亲也不想要，父亲想的是在城里找一个城里女人，现在他在城里有房子，他有资格找个城里女人了。实际上，父亲的卤料摊前每天人来人往，信息来源广泛，他已经注意到一个孀居多年的女人。这个女人叫方淑丽，就住在圩尾街斜向的橄榄街，年纪在 50 岁左右，穿着很朴素，但是身上有一种气质，显然是乡下人所没有的。她从马铺味精厂内退了，据说一个儿子中专毕业在厦门工作。她来买卤料，父亲总是特别的笑眉笑脸，给的分量也特别足，甚至有一次父亲还推开了她递过来的钱，说："不用了，不用了。"她说："这怎么行？"父亲接过她的钱，顺便和她的手触碰了一下，那是一种久违的感觉，像一股暖流流过全身。

父亲这种类似年轻人的暗恋已经有一段时间了，如何表白成为最迫切的问题。这个晚上他辗转反侧也没理出个头绪。天快亮时迷迷糊糊睡着了，6 点时猛地醒来，生物钟在他身体里上了发条，一到点便睁开眼。他起床刷了牙，简单抹了一把脸，便提上两只竹篮子，挂在自行车车把的两边，骑上车往安美路的农贸市场跑去。

早上把原料采购回来，做早饭，有时米多放一点，做成干饭，连午饭也一起做了，然后开始清洗那些原料，分门别类地在卤水里进行卤制，4 点左右全部卤好，吃一下点心，把卤料摊用手推车推向街头，卖完回家再吃宵夜，看看电视，然后上床睡觉。这基本上就是父亲一天的生活流程。这天他一边清洗原料，一边想，其实他很需要一个帮手的，至少他在清洗时可以有人陪着说说话，现在他要么自言自语，要么对着猪下水和鸭脖子说话，身边没有一个活人真的不行了。父亲对猪下水说："我洗你一小时，人家吃你几分钟。"父亲想起在永生楼，要是他在灶间门口或天井的水井边这么清洗猪下水，肯定会有一群孩子围观，还会有大人过来探个究竟说上几句，那是完全没有私密空间的公共场所，他并不喜欢，但此时只有自己一个人面对无穷无尽的卤料，他又感觉到了说不出的孤寂。

这一天，方淑丽没有来买卤料。父亲想，也是，谁也不会天天买卤料吃，再说她一个妇道人家，那么节俭，来买卤料肯定是家里来客人或者儿子回来了。收摊回家，时间还早，父亲准备煮一碗面线，看到橱柜里有半只卤鸭，猛然想起，这是下午去摆摊前切下来的，当时也不知是出于什么想法，就这么留下半只卤鸭，他的心思跳到方淑丽身上，何不提着这半只卤鸭登门去看望她？父亲被自己这一大胆的想法吓了一跳，似乎有一股热血呼呼地往脑门冲，他想，这有什么呢？难道连这么点勇气都没有？他把半只卤鸭装进塑料袋里，提在手上就走出了家门。

走进橄榄街，这是一条和圩尾街差不多的老街，两头尖中间大，方淑丽家住尾尖那地方，也是一座一间两进的老厝。走到方家门前，父亲听到虚掩的木门里传出电视人物说话的声音，他心里突然发虚了，这是不是太唐突了，要是不被理睬，或者被赶出来怎么办？他愣了一会儿，又做了个深呼吸，决定冒险试一试，大不了被当作猪八戒一样赶出来。

父亲上前敲了两下门，一轻一重，同时喊了一声："方淑丽在吗？"

"谁呀？"传出来的正是方淑丽的声音。父亲连忙说："我是卖卤料的老华。"柴门吱吜从里面拉开，方淑丽探出半个身子，看到父亲时颇为意外地一怔，但还是把门开得更开一些，问道："你有什么事吗？"

"没事，路过讨杯茶喝行不行？"父亲说。

方淑丽哦了一声，开门让父亲进来。方家这前厅的格局和面积都跟父亲的家相差无几，但是布置要雅致许多。父亲双脚踩进这充满女人阴柔气息的房间里，身子竟微微颤抖了一下。

"坐嘛。"方淑丽指着沙发请父亲入座。父亲有些拘谨地坐下来，又朝房间望了一圈，然后把眼睛转向电视上的连续剧，心想，自己这出戏怎么开场？方淑丽坐在他对面，神情镇静，好像父亲不是一个陌生人，而是一个多年的老朋友，她提起热水壶倒了一些热水烫洗杯子，动作慢悠悠的，不像是思考什么问题，而是她的性格所致。

"你孩子多大了？听说是个儿子，很优秀，在厦门工作。"父亲脑子里迸出灵感，谈孩子，这是最好的开场白，再说他也有一个令他觉得有面子的儿子值得一谈。

"一般啦，"方淑丽脸上因为儿子受到表扬而露出了谦逊的笑容，"今年25岁了。"

"哦，那跟我二女儿同岁，她也是25岁了，也在厦门工作。"父亲说。

"你真好命，有几个孩子？"方淑丽饶有兴趣地问。

"两个女儿一个儿子，儿子是最小的，今年也23岁了，土特产公司那商场，现在就是我儿子在承包经营的。"

"哦，这么厉害，真是太厉害了。"方淑丽由衷地赞叹了一声。

"一般吧，"父亲笑了笑说，"你就一个儿子吗？"其实他早已清楚对方只有一个儿子，他这是明知故问。

方淑丽点点头说："我叫他回来马铺工作，他偏偏就不回来，说厦门好。"

"孩子求前途，都顾不上父母，这也是没办法的事。"父亲说，"你一个人在家，是比较孤单。"

方淑丽淡淡地说："习惯了。"终于泡出第一杯茶，端了一杯到父亲面前的桌上，父亲的手指头往桌上叩了叩，然后端起茶杯小饮了一口。他把那半只卤鸭放在大腿边侧，一只巴掌遮掩着，心里在寻找一个恰当的时机把它公开地亮出来。方淑丽还是发现了他腿侧的异样，但只是瞄一眼，并没有说什么。父亲突然感觉第一次登门不宜拖拉，不可一次把话说完，留一些话慢慢说，这样更好。他猛地把半只卤鸭端到茶几上，说："卖剩的，我自己吃过了，给你尝一尝。"然后迅速站起身，也不顾及对方的错愕，便往门口退去。

"哎，这……"方淑丽喊了一声。父亲回头摆了一下手，做贼似的匆匆走了。

第二天，父亲刚在街头推出卤料摊不久，远远看见方淑丽走过来，心里竟有一种怦怦跳的感觉。方淑丽还是像往常一样走到摊前，脸上带着微微的笑意，掏出20元放在卤料的笼箱上，说："昨天那卤鸭的钱。"父亲叫了一声"哎呀"，就抓起钱塞到方淑丽的手里，方淑丽又把钱推回来，两人这么来了两个回合。父亲说："这么推来推去不好看，快收起来吧，自家做的一点卤鸭，尝尝鲜就是了，客气什么？"有人走过来了，方淑丽终于把钱收了起来，她呼了口气，看了父亲一眼，显得意味深长，然后抬脚离去。

令父亲窃喜的是，他从方淑丽的眼神里看出了那么点意思，虽然大家都一把年纪了，但这种心照不宣的暧昧好像又让他回到了年轻时代。不久，父亲又一次登门拜访了方淑丽，方淑丽让父亲帮他换了一个水龙头和一个灯泡，在这一过程中，父亲感觉正在融入方淑丽的生活。过了两天，方淑丽提着一包马铺特产"山城米香"登门回访父亲，她虽然只在父亲家里停留了短暂的五六分钟，但已经让父亲欣喜异常，他胸有成竹地有了一种水到渠成的感觉。

就在父亲每天乐滋滋地做着美梦的时候，厄运突然降临。那天晚上他正要收摊，对面走来两个身材高大的男子，后来他才知道年轻的是方淑丽已故丈夫的大哥的儿子，年纪大的是已故丈夫的小弟，他们还没走到父亲跟前，父亲就感觉到一股不怀好意的汹汹气势。他们围住父亲，年轻的开口骂了一声"内山猴"，年纪大的说："你真敢死啊，才进城几天还没褪掉内山猴毛，就敢做美梦啦？"那年轻的突然伸出一只手就抓住父亲的脖子领，另一只手就往父亲胸前擂了一拳，那年纪大的夺过父亲手里的手推车，推着车往旁边的电线杆撞去，砰的一声巨响，手推车撞翻在地，笼箱撞破了，车上的盘子、秤和刀滚落下来，这时父亲也被他们推倒在地，几秒的懵懂之后，他立即明白了来人的意图，他大叫一声说："我有犯法吗？你们要打死人了？"旁边有人围了过来，那两个人骂骂咧咧地扬长而去。

有熟人从地上扶起父亲问道："不要紧吧，这是怎么回事？"

父亲说："不要紧……他们说我抢了他们的生意……"

隐瞒了真相的父亲谢绝熟人的帮助，独自从地上拖起手推车，收拾了掉在地上的各种物件，然后推着破损的手推车走回家，这时他的心里也是受伤了，他在想，方淑丽的家人怎么这样蛮不讲理？莫非方淑丽向他们透露了心思，遭到了他们的强烈反对？原来以为不大要紧的父亲回到家里，腰骨以下和左腿膝盖痛得厉害，痛了一晚上没睡好，第二天虽然还是6点醒来，但他感觉起床很吃力，全身痛得没有力气，便只好躺到天亮，躺到近8点才挣扎着爬起来，雇了一辆三轮车到马铺县医院检查。这一检查就查出膝盖骨折了，医生给开了一大包外敷药和西药，嘱咐父亲好好卧床休息。

在父亲卧床休息的前几天，他还幻想方淑丽会来探望他，恍惚间，方淑丽走到了他的床前，弯下腰关切地询问他怎么了，但是眼睛眨了两下，方淑丽就消失得无影无踪，只有疼痛在身上丝丝入肉地站栗着。几天后，一个前来探望父亲的熟人给他带来了一个令他伤心又失望的消息。熟人是无意中当作谈资说起来的。他说："你不知道吧，橄榄街那个方淑丽前天嫁给了一个台湾老货子，那老货子听说是她儿子的老板，都70岁了，给她儿子在厦门买了一套大房子。"父亲的嘴巴张成一个大洞，发不出一点声响，他听到心里哐当一声，什么东西破碎了。熟人又说起了别的事情，父亲只觉得脑子里嗡嗡直响，什么也听不清。

这天夜里，父亲摸下床，一路走走停停，不时扶在人家的墙壁上歇一会儿，走了好久才走到橄榄街方淑丽家门前。房门紧闭，门上新贴了一张红双喜。父亲缓缓转过身子，又一路走走停停走回家。回到家后，父亲把自己小心翼翼地放倒在床上，昏睡了一夜一天。

— 4 —

父亲在受苦的时候，适逢我在商场和情场双双得意。所谓春风得意马蹄疾，天天忙忙碌碌，一连几个月没去看他，甚至几乎把他忘记了。这时，吕炜炜从马铺统计局调到经贸局当了综合科科长，她肚子里有了我的孩子，但是我对结婚一点也不上心，我早已享受了已婚的待遇。倒是吕炜炜半年前就开始在添置结婚用品，布置我们的婚房——也就是她母亲分的那套小房子。有一次我逗她说："你不想等我们买了大房子再结婚吗？"她说："我是等得起，可是你儿子等不及了。"她认定肚子里的就是儿子，甚至给他取了个名字叫吕部。第一次听说这名字引起我的强烈不满，我说："怎么不是姓我的华？"吕炜炜把脸凑到我鼻尖说："住谁家的房子就姓谁姓。"她接着说："不然我们回你家那永生楼去住，就姓你的华。"后来她多少松了口，说："等你买了大房子，就姓你的华，叫华吕部。"我冷哼一声，吕炜炜看着我眯眯地笑，露出一脸慈母样的笑容。

1992 年元旦，我和吕炜炜的婚礼在当时马铺最豪华的金马大酒店举行，宾客如云，笑声阵阵，觥筹交错，推杯换盏。坐在主桌位置的父亲突然把我拉到一边，指着婚宴背景墙的红布条上的字对我说："怎么能这样？女的姓名写在男的前面？"其实我早已注意到，那红布条上写着"吕炜炜小姐、华栋梁先生新婚大喜"，吕炜炜爱怎么写随她的便，我觉得父亲有点小题大做了，便对他说："这又不是在永生楼，计较这干什么？"他一下哑了，是啊，这是在马铺，不是在永生楼，他的话语权一下丧失了。而实际上父亲的永生楼也已经没有他的份额了，永生楼变成了一个老家的符号。

这一年的春夏之交，我的儿子呱呱出世。大姐从土楼带了一只老母鸡来，和从厦门请假回来的二姐相约来看呱呱。那只老母鸡受到了热烈的欢迎，二姐的红包则被我偷偷塞回她的包里。父亲第一时间赶来看他的孙子，不过他并没有想象中的那么兴奋，我甚至在他的眉眼间看到一种失落和忧郁，因为孙子被我岳母全方位地照料着，他完全帮不上忙，想看一眼、抱一把都必须经过我岳母的同意。他对我感叹道："你妈死得早，不然她可以帮你带孩子。"我说："现在有炜炜她妈带就行了。"父亲很不满地盯我一眼，满脸愠色。

父亲的红包是当着我岳母的面塞到孙子的襁褓里的。我岳母其实根本就不在乎。我偷偷把红包取出来，看了一下，有 6 张大钞。过了几天父亲又来，送他下楼梯时，我把红包还给他——其实是把红包纸留下，把 6 张大钞塞到他口袋里。

"你这是干什么？我给我孙子。"父亲从口袋里掏出钱来。

"有了，收了，这算我给你的吧，你买那房子还欠着钱呢。"我说。

"好吧，你给我，我也不客气了，我的目标是 5 年内还清债务，现在估计能提前一年。"父亲说。

看着父亲离去的背影，肩膀略向左斜，外八字的脚步已显得蹒跚，不像几年前那么稳健了。父亲四十几岁的时候毅然离开土楼来到城里，把永生楼的一切全部舍弃，在城里置业谋生，他这一路走来确实非同寻常。相比之下，我在马铺城里扎下根来，就轻松多了，对我儿子来说，就更简单了。

父亲在经历"方淑丽事件"之后，黯然神伤了大半年，才慢慢收拾好心情，开始日复一日的卤料生意。

时间过得好快。1994年的五一劳动节，二姐也终于要结婚了，她嫁的是厦门同家工厂打工的一个中层经理，是一个外地人，马铺话所说的"阿北佬"，据说已在厦门买了一套房子。二姐出嫁按礼俗是要从永生楼出门的，并在永生楼请客，但我们家在永生楼已无片瓦，父亲决定就在马铺把二姐的婚宴办了，并在圩尾街家里把二姐送出门。这一决定引起永生楼许多长辈的不满，父亲心里也很不满，对我说："是我嫁女儿呢，还是他们嫁女儿？"

二姐在结婚前一天和她丈夫回到马铺，父亲在溪边饭店订了8桌酒席，但是永生楼出来赴宴的亲戚比父亲预计的还要少得多，甚至原来表示要出来的几个比较亲的亲戚也不来了，他们说吃好喜宴没车回土楼了，城里又没地方可以投宿，总不能住旅社。我的三个舅舅来了两个，大姐和大姐夫来了，小姑和小姑丈来了，我的堂哥华栋才来了，他是正好在城里办事，关键时刻还是吕炜炜这边的亲戚力挺了一下，差不多来了4桌的人，我再临时通知一些关系比较好的朋友、同事、同学和生意伙伴来捧场，总算把8桌酒席坐满。五一清早，二姐夫的朋友从厦门开来了两辆车，在我的指引下，倒车开到了圩尾街家门口，衣着一新的二姐由父亲背着过了家门槛，便自己走着上了新娘车。我发现父亲只是背着二姐过了个很低的门槛，呼吸就变得急促了。那两辆厦门来的车在鞭炮声中缓缓驶出圩尾街，我看见父亲眼睛里噙满了泪水，有一颗特别大的就挂在眼角边，晶莹闪烁，许久掉不下来。

"我们家除了你妈留在土楼，你大姐留在土楼，其他人都走出来了。"这天晚上，父亲带着总结的语气对我说。

就在父亲准备把最后一笔债务还清的时候，他的阑尾炎发作了，那天晚上他还没卖完卤料，剧烈的腹痛令他大汗淋漓，他嘱人用公用电话给我打了电话。我刚刚和一个汕头客户吃完饭回到家里，吕炜炜用炫耀的口吻向我控诉儿子在她身上拉屎拉尿的经过，我一边听她的一边听电话，挂下电话说："你照顾好儿子，我得去当儿子了。"

我赶到父亲的卤料摊前，他已经一屁股坐在地上，两只手按着腹部，咬紧牙根嘶嘶地叫着。把父亲送到医院检查后，医生说是急性阑尾炎，并且已经穿孔，必须尽快手术。办理住院手续时，小窗口里看不到面目的收费员只传出一个好听的声音："先交 2000 元。"

这好听的声音像锤子一样在我心上叮当敲了两声，我的钱包里虽然有五六张银行卡，但只有我知道它们全部的金额不会超过两位数，实际上我最近的经营遭遇到了前所未有的资金困境，我是表面风光，后面的资金链岌岌可危。我为难地看了父亲一眼，父亲坐在长条椅上满脸痛苦，他明白了我的意思，说："你先垫一下，我家里有 2500 元，准备还给你姑丈……"

"我……"我一时不知怎么说，转头又向小窗口里说，"可以先欠一下吗？明天上午就交。"

"不行。"里面又传出好听的声音。

父亲抖抖索索从皮带上摘下一串钥匙，伸手递给我，说："你回家取……"我上前接过钥匙，父亲指给我看一把小钥匙，低声说这就是开抽屉的，钱放在里面一个纸包里。

我手里紧紧攥着钥匙，一路狂奔跑回圩尾街的家里。取了钱，跑出圩尾街，差不多要断气的感觉，看到一辆三轮车，连忙招手叫停，挪着屁股坐上去，喘着气说："到马铺医院。"

交费办好住院手续，扶着父亲到病房里安顿好，已将近12点。不一会儿，护士过来给父亲输液。我突然想起钟春曼就在医院工作，便套近乎地问护士认不认识钟春曼，护士说她前些天刚调到土楼乡卫生院当副院长了。我惊讶地哦了一声。

第二天上午，父亲走进了手术室，他自己也明白，这是个很小很小的手术，他说早年在永生楼，他就陪他一个堂哥到当时的公社卫生院割过阑尾，当时只要1块9角钱。虽然只是小手术，但是昨天夜里我回家取些住院必备的毛巾、水杯等日用品，跟吕炜炜说起父亲做手术的事，她嘱我要给主刀医生和麻醉师送红包，万一他们不上心怎么办？说的也是，我只好用我钱包里仅剩的400元包了两只红包。刚才这两只红包已经被我分别送了出去，他们一边笑纳一边说，你太客气了。我心里踏实了许多，在手术室外面走来走去，这里还有其他手术患者的家属，和他们满脸忧愁的形象相比，我显得镇静多了。

大约两个小时，手术室门开了，护士探头喊着父亲的名字，我连忙走进手术室，把父亲从手术台移到担架车上，此时父亲像是睡了一觉醒来，配合着我挪动屁股，不然我一个人可能搬不动他。我问他："痛吗？很痛吗？"他说："麻药还麻着呢。"

回到病房不久，护士又来给父亲输液。一瓶药液输了一半，麻药劲儿过了，父亲开始感觉到疼痛，他说那里的刀口好像要裂开了。我让他静静躺着别动。他咬着牙问我："这一刀花了多少钱？"我刚才到护士站看过账单，如实告诉他说："手术是 1600 多，加上床位费、输液费、护理费等，2000 花完了，我刚才又交了 1000，你放心。"

父亲叹了一声说："同是阑尾，那时我堂哥割一刀才 1 块 9，现在都要 1600 多，加上住院，3000 都不止了。"

我说："时代不同了啊。"

父亲说："时代不同，但阑尾还是阑尾啊，阑尾又没变成肾脏。"

我说："好了，割掉就好，永远不再复发。"

父亲说："要是我知道今年会痛，当年就把它割掉，反正也是没用的东西，当年割才一块多钱，这可以省多少钱啊？"

我听出父亲叹息里的幽默，还有苦涩。我也只能在一边无关痛痒地安慰一下。

"我真应该在永生楼时也割掉它，这没用的东西真不应该带到城里来啊。"父亲忍着痛说，"跟永生楼一刀两断，就少了这么一刀。"

"这说明，永生楼长的东西到城里就没有用了。"我故作高深地说。

中午时分，大姐从土楼乡赶到了父亲病房，我这才得空离开医院，到我先前承包后来买下的商场去处理一些事务。

— 5 —

我和吕炜炜商量，把我们住的这房子的两证拿出来贷款。我的话还没说完，她就冷笑一声说，你别痴心妄想，这房子两证写的都是我妈的名字。

我说我知道，可以征得她同意，让她来签字。没想到这句话把吕炜炜激怒了，她几乎暴跳如雷地说："没门，这是我母亲的财产，借给你住就不错了，你怎么不把你家土楼拿来抵押？"

"土楼不值钱，再说我家也没土楼了。"我说。

其实当初正是在吕炜炜的鼓励和支持下，我先是承包，继而买下了土特产公司的商场。开头还是赚了一些钱的，但后来扩张为贸易公司之后，几单业务都亏损了，而且马铺城里相继建起几家大中型超市，商场的利润也在不停下滑。这时我感觉到吕炜炜对我的态度开始改变了，有一次她嘲笑我说，男人有钱就变坏，你这变坏的节奏也太慢了吧。她甚至希望我把公司关了，把商场卖掉，看能不能有机会调到某个单位去上班，殊不知我们土特产公司早已改制，除了当时经理、书记和一个副经理调动之外，其他人全都买断工龄，自谋出路，像我这样再回到体制内进行调动，应该是没有可能性了，但是吕炜炜说，如果她父亲肯帮忙，说不定还有可能。不过我自己还是希望在生意上再努力一把。

我也曾打过父亲圩尾街房子两证的主意，他似乎早就洞察了我的阴谋，我的话头刚涉及两证，他就把话题引开了，不给我任何机会。父亲对两证的保管一直是绝密级别的。有一天上午他在厨房里做卤料，外面有人喊了一声，便有两个人走进来，走到厨房门前，一个是见过面的居委会干部，另一个是警察，一看就像是个新警察，警服显得紧了，不时要把下摆扯一下。

"你是哪儿来的？"新警察两手抱在胸前，故作老练地问父亲。

父亲托起盘子，把刚做好的卤豆腐送到他们面前，说："来，尝一块。"

居委会干部和新警察也不客气，各自用手抓了一块卤豆腐到嘴里，大口咀嚼起来，新警察嘴里还没吞咽下去，手上又抓了一块，然后又问了一遍："你是哪儿来的？"

"土楼乡。"父亲说。

"有办暂住证吗？拿出来给我检查一下，"新警察把嘴里的卤豆腐咽下去，又把手上的卤豆腐塞到嘴里，"味道还不错。"

"暂住证？没有。"父亲说。

"怎么可以没有呢？这是不对的，这一段要开始检查了，下午赶快来所里办。"新警察说。

"可是这是我买的房子，我不是暂住，我就住这儿了，长住。"父亲说。

"你买的房子？"新警察翻了一下白眼，嗓子差点被卤豆腐噎住。

"嗯，我买了，我住我买的房子，还要暂住证？"父亲说。

居委会干部在一旁插话说："我有听说老华是个能人，从土楼出来的，还真买了这房子啊，不是租的？厉害。"

"是你买的房子，可你户口不在这里吧？户口不在本地的，就要办暂住证。"新警察说。

"可是，我住的是自己的房子啊。"父亲说。

"可是，你户口不在这里。"新警察说。

"可是，我在这里买了房子。"父亲说。

新警察业务不精，挠了挠头，因为吃了人家的卤豆腐，也不宜大声发作，便说："我回去问问我们所长，该办的话，你就赶紧来办。"

这两个人走了之后，父亲接着卤鸭翅膀，他心里越想越觉得可笑，我明明住在自己的房子里，却要办什么暂住证，虽然我是从土楼出来的，可是我在土楼已经没有房子了，我在这马铺城圩尾街有了房子！我为什么要暂住在自己的房子里呢？父亲越想越觉得不是滋味，捞起最后几块卤鸭翅膀，他没心思往下卤别的了，起身走到厅堂上，把家门闩上，然后从床铺底下的一块红砖下面翻出一包塑料纸包着的东西。这就是他细心收藏的两证。他走到外面大街上的复印店，把两证分别复印3份。

回到家里，父亲把复印的一份4张纸的两证贴在厅堂最显眼的墙壁上。有一天我来到父亲家里看到这墙壁上的张贴，说："你这是干什么？很高调的嘛。"

"我不高调，我只想证明这房子就是我买的。"父亲说。

后来我听说那个新警察又一次来到父亲家里，单枪匹马的新警察看到墙壁上的两证复印件，没再说起暂住证的事，而是夸父亲卤料做得好，说这有内山土楼风味，父亲纠正他说这不是土楼风味，是特区风味，他顺口编造说这是从厦门特区学回来的手艺。新警察临走前买了一些卤鸭翅膀，父亲先是给他打了8折，最后一高兴也就不收他的钱了，新警察乐呵呵地走了。

— 6 —

我第一次在电视上看到土楼的风光片，感觉很诧异，那是父亲和我逃离的地方，总是觉得它萧瑟、破败，墙壁坚硬得过于狰狞，此时从电视屏幕上看来，却显得那么雄伟、壮观。就在我准备用遥控器转换频道时，吕炜炜喝住了我："哎，别转，那不是你老家吗？土楼还很好看嘛。"

"好看，你有空去住住就知道了。"我带着讥讽的口气说，"一楼是灶间，二楼是仓库，三楼才是卧室，每个房间放了一张床，两个胖子就转不过身了，楼里都没有卫生间，撒尿就在卧室门口的尿桶前，就不知你是否能习惯？"

吕炜炜眼睛直盯着电视上的土楼，并没听出我的讥讽，说："有空我要去看看，听说那里要开始搞旅游了。"

这几年我的生意总算有了起色，虽然还是住结婚时的房子，但把儿子送进了马铺最贵的私立幼儿园，我有了手机，还有了一辆二手的桑塔纳。有一次我去看望父亲，不知怎么说起土楼，我说最近突然在报纸上、杂志上看到很多土楼的照片，还有介绍土楼的文章，电视上也有了专题片，父亲淡淡地说，那有什么好看的？少见多怪。我说，听说有的土楼开始收门票了，外地人来看，每人收5块钱。父亲从鼻子里哼出一声，说疯了。夜里我做了个梦，梦见父亲和我，还有一家人都在永生楼，在一楼的灶间里，我和父亲两人坐在桌前吃饭，母亲在灶洞前烧火，大姐挥动着大煎匙从锅里盛出一盘菜，二姐端到了父亲和我面前。平常得不能再平常的生活场景，醒来后我却感到一阵怅然若失。

这天在办公室，我接到一个客户电话，聊完了相关业务，他竟然向我打听起土楼，说他前几天刚看电视介绍我们马铺的土楼，我笑了笑说，就那样啊，是有点像城堡，几十户甚至上百户人家聚族而居。放下电话不久，我堂哥华栋才进来了，这让我有点惊讶，因为他从未到办公室找过我。

华栋才大我半岁，初中毕业后就一直待在村里，据我所知，他干过泥水工，包过茶园和柚子园，还开过养猪场，前几年在永生楼开了一间杂货店，在土楼里他算是一个很勤力，又比较有脑子的人。一进来，华栋才就连声赞叹我的办公室十分阔气，很有大老板的派头。我请他在沙发上入座，准备泡茶，就顺便问起他土楼收门票的事，他说收门票是有的，不过我们华坑村还没有，主要是田螺坑、河坑那里，土楼里的老人以老人会的名义印了一些小票，外地人要进村看土楼，就要花5块钱买一张票，乡政府来制止过，便又改成以收卫生费的名义收钱。喝了一杯茶之后，华栋才便开门见山要向我借钱，他想把永生楼里几个空闲的房间重新装修一下，做家庭客栈，村里偶尔会有一些外地人来旅游，以及画画、拍照什么的。

"开旅馆？"我有点意外。

"算是吧，前些天有个深圳人到永生楼拍照，我安排他在我房间住了几天，就那条件，你也知道的，他建议我可以搞几间好点的房间。"华栋才说。

我笑了笑，在永生楼里开旅馆，这多少有点天方夜谭。我直截了当地告诉华栋才说："我看不到什么前景，这个我无法支持你，我不能看着你赔钱——你这是把钱扔水里听水声，我建议你还是算了吧。"

华栋才愣了一下，用一种空洞而迷茫的神情看着我，嚅动的嘴里好久说不出话。他似乎感觉到羞愧，把头低下了。

若干年后当我回想起这一幕时，感到羞愧的人变成了我。我只能说，我真没想到，真是没想到啊。

其实华栋才被我拒绝不久之后，我就发现土楼在各种媒体上以及马铺人的嘴里，似乎一夜之间变成一个出现频率特别高的词。有人知道我老家原来是在土楼之后，向我打听起土楼的生活状况，这本来不是三言两语可以说清的，而且这还是我一直在回避的现实，此时我不得不用一些似是而非的话来敷衍大家。我也在心里想过，土楼真的有他们说的那么好吗？他们带着猎奇的心理，远距离地观看，或许是真的看出了一种美，如果让他们也像父亲和我一样在土楼出生、在土楼长大，看看他们会有什么样的体验和感受？说实在的，在我内心深处，似乎有一个念头顽固地抗拒着土楼，不愿意看到它的好。

父亲也是一夜之间惊讶地感受到土楼的某种魔力。那天晚上他刚摆摊不久，卤料摊右前方的一家旅馆里陆续走出几个人，他们都是一伙，操着相同的方言，父亲听出这是厦门腔的闽南话，他们原来是一起结伴到土楼玩的，想住在土楼的旅馆，没想到今天是周末，土楼旅馆都住满了，他们只好出来马铺投宿。他们中间的一个人看到父亲卤料摊的纸牌上写着"特区风味"，便提议说等会买点儿卤料，大家在房间喝啤酒。他们走到父亲的摊前，东看看西望望，有个人说我们就从厦门来，什么特区风味吃腻了，要吃就吃土楼风味。大家附和着，继续往前走。这时，父亲突然开口说话："我老家就是土楼的。"

有两个人停住，转过头来，似乎颇有兴趣地看了父亲一眼。

父亲说："我老家在华坑村，距离田螺坑不远，你们没去过吧？那里也有好多座土楼。"

有个戴眼镜的中年人说："土楼很有意思，下回再到那里住几天。"

这伙人闲走半个多小时回旅馆时，再次经过父亲的卤料摊，这个戴眼镜的中年人向父亲买了好几样卤料，他说你这是土楼风味吧，父亲笑而不语。

我有一天告诉父亲说，县里准备把土楼申报世界文化遗产，据说已经上报到省里了。父亲沉默了好久，其实他早已知道这个消息，因为马铺电视台的《马铺新闻》每天都在播报县里的这个重大决策。他突然说："无毛鸡就要变成凤凰了？"过了一会儿，他又说："莫非原来就是凤凰？只是我们瞎了眼看不出？"

父亲的问题我无法回答。后来我才恍然明白，或许这就是因为我们生存于其间的缘故，尽管永生楼的房子早已被父亲卖掉，但是我们所有的一切都和土楼密切联系着，没有任何的缝隙让我们可以喘气，可以比较从容地来打量它、欣赏它。

父亲的卤料接连几个晚上没有卖完。时节已进入深秋，夜风带着凉意，吹得父亲的裤管肥来瘦去，他推着卤料车回圩尾街，身体不禁微微哆嗦。回到家里打开电视，本地新闻说的几乎全都是土楼，联合国专家到土楼考察，某个省领导到土楼调研申遗工作，马铺通往土楼的公路改造项目正式批准，某村民在土楼办起了家庭旅馆。父亲心里已经接受了"土楼正在出名"这个现实，对他来说，这是个痛苦的过程，因为这意味着对自己的重新认识和评价。当年不断寻找机会离开土楼，最后几乎是不顾一切地逃了出来，就是不愿意继续在土楼里生活下去，想要换一种活法，现在却有无数人从城里涌向土楼，政府还要把土楼申报为世界文化遗产，这是为什么呢？

父亲的生意越来越难做了，一是做的人多了，二是他一直没有推出新菜品。有一天上街前，父亲把卤料摊上那个"特区风味"的纸牌扔掉，重新找了一块纸牌，写上"土楼风味"4个字，这个晚上的卤料意外地全部卖完。

这年冬天，我惨淡经营的生意突遭滑铁卢，一个骗子骗走了我200多万元的货物，还有一车货在晋江被工商局查获，认定为假冒伪劣商品，全部没收并罚款9万元。在家里吕炜炜对我下了驱逐令："这是我妈的房子。"我暂时赖着不走，因为我还没有找到好的去处，有一天我在抽屉里无意翻到我们的户口本，发现儿子的姓名"华吕部"被她用涂改液涂掉了一个"华"字，这种小孩子的行径令我发笑，又感到一种难过和失望。

我的二手桑塔纳被人开走抵债了，每天出行走路或者骑自行车。这天我急匆匆地走路要到地税局办事，后面一辆小车开上来，缓缓减了速，车窗摇下，我看到开车的正是钟春曼，对我微微一笑。

"到哪儿？我送你去。"钟春曼说。

想起来我已经好久没看见她了，前不久听说她当上了土楼卫生院的院长。我发现她比过去更显得圆润，有一种诱人的富态。我犹豫了一下，还是坐上了副驾驶的位置。

"华大老板，最近好吧？"钟春曼瞟了我一眼，把眼睛转向了车窗前。

我笑了一下，内心的苦涩只有我自己知道，只是淡淡地说："一般吧，还好。"

"你都没回老家吗？怎么也不到卫生院来看我？"

"都没回，我家在土楼的房子都卖掉了。"

"你可能想不到吧，现在土楼好热门，我几乎每个星期都要陪客人去看土楼，最多的一天陪三拨客人。"

说到土楼，我无语了。好在地税局就到了，我对钟春曼说："我到了，谢谢。"我下了车，看着她的车向前驶去，心里有一种很复杂的感觉。要是我当初选择的是她，现在又会怎么样？看来，生活是无法假设的，它只有种种的想不到。

我在年前把公司关掉了，而商场被法院贴了封条，准备春节后拍卖。父亲年前摔了一跤，开头他还不在意，又坚持做了一天卤料，卖了两天卖完。我带他到医院检查，虽然无大碍，但毕竟年纪大了，经不起摔了。扶着父亲坐上三轮车，我这才真切地感受到父亲老了，还不老吗？我都满心是苍老的感觉了。想想父亲到马铺城里已经 20 年了，他满打满算 66 岁了，这个年纪的城里人，早就领着退休金，含饴弄孙，过着悠闲、幸福的晚年生活，而他却还必须每天起早摸黑，为了生计忙碌奔波，说到底，他还不是城里人，虽然在城里买了房子，他只不过把土楼老人的晚境从乡村搬到城里。

2008 年的除夕，是父亲和我两个人一起过的，我们在圩尾街的家里一边吃着年夜饭一边闲聊。父亲竟然说起在永生楼过年的情形，那是多么欢乐的景象，家家户户都在一楼的灶间围炉，拿到红包的小孩子早已不安心吃饭，从这家跑到那家，相互炫耀着，并热烈地讨论到哪儿买鞭炮或者买零食。大人的祝酒声、小孩的欢叫声响成一片，整座土楼就像一个热闹的酒席。土楼的往事都在记忆里，现在城里这个窄小的房间里，只有我们父子俩吃几口菜喝一杯酒，然后说几句话。我告诉父亲过年就安心休息，刚摔伤要好好恢复，以后就不要做卤料去摆摊了。

"不卖卤料，我吃什么？"父亲说。

"我和二姐每个月给你一点钱。"我说。

"算了吧，你们也赚不多，好看而已。听说你的商场要被卖来抵银行贷款？"父亲说。

"生意嘛，总是起起落落。"我说。

"你能顶住就好，我们土楼人能到城里站稳脚跟不容易。"父亲说。

我一时不知说什么，忽然想，要是父亲没有离开永生楼，他会是什么样的一种生活状态？像其他土楼老人一样，种一些菜，养一些鸡鸭，然后闲坐、发呆、晒太阳。他会开心吗？或许他早已麻木了，或许他看到土楼一点一点被开发成旅游区，他的心也会随之兴奋起来。

"听说你堂哥在永生楼开的那个什么家庭客栈，生意很好。"父亲忽然说。

我说："是呀，我也听说了。"

这下轮到父亲不知说什么了，他手上的筷子在空中停了一会儿，还是放回到桌上。莫非他想起当年卖掉永生楼房间？那时他生怕对方反悔，还特意在买卖文书上加了"永不反悔"4个字。现在反悔的人是谁呢？我听到了父亲的一声叹息。

吃过年夜饭，我帮父亲简单收拾了碗筷。他递给我一个红包说："快点回家吧，帮我把这红包给华吕部。"他知道我跟吕炜炜在冷战，不知道最近冷战升级，昨天我已被吕炜炜赶出了家门，事实上我已经无家可回了。前些天我和钟春曼有过几乎一整夜的网上聊天，她告诉我她离婚一年多了，今年春节一个人过，并且半正经半开玩笑地问我，要不要陪她过除夕，初一她就要到土楼卫生院值班了。但是刚才我给她发了个拜年短信，她回复说临时回娘家了，在娘家吃过年夜饭才要回到城里。我想了很久，还是决定不去找她。我对父亲说："晚上我就住你这里，陪你守岁。"

父亲似乎并不意外，说："守什么岁？老规矩，早不时兴了。"

电视上是欢天喜地的春晚，我并不喜欢，转到本地频道，却是马铺县委书记在宣讲土楼申遗的意义，只好又转回到春晚。父亲说："就看这个吧。"我烧了壶水，把茶盘、茶杯烫洗了一遍，说："把最好的茶拿出来。"父亲从角落小圆桌上抱起一只锡罐，从里面取出一包茶来，说："喝来喝去，我还是爱喝这土楼老茶。"

我看那只锡罐很熟悉，从小就在永生楼的家里看过它，据说是曾祖父传下来的，这是父亲从永生楼带出来的东西，看来父亲并没有从生活中完全排除土楼。

喝了几杯茶，看了一两个春晚节目，我竟迷迷糊糊地在沙发上睡了过去。猛一惊醒，发现父亲裹紧身上的衣服，双手抱在胸前，半眯着眼，还有滋有味地看着电视。马铺这几年春节期间禁炮，除夕都是静悄悄的，像圩尾街这样的老街更是沉寂如山。其实这样的除夕适宜睡觉，但我想还是应该坚持陪着父亲守岁，这毕竟是永生楼里的习俗。前些年都在自己的小家过，没有来陪他，今年也算是因缘际会，有了这么一个机会。

我擦了擦眼睛，对父亲不好意思地笑了一笑。父亲说："你睡得好沉，叫你不醒，你到里屋睡吧。"我说："现在有精神了，晚上我睡这沙发就行，你给我一床棉被。"

— 8 —

没想到我陪父亲在圩尾街守岁是第一次，也是最后一次了。正月初六我来到泉州一个朋友家里，他准备介绍我到一家公司就职，第二天我就接到了父亲的电话。

"圩尾街要拆了。"父亲在电话里带着哭腔说。

"拆？什么拆了？"

"拆迁，公告今天贴出来了，要卖给开发商，建商品房，这怎么办？"父亲的声音里带着震惊、不满和无助。

这怎么办？我也说不上来，要拆迁，谁也挡不住。我好像看到父亲满脸忧愁地站在圩尾街的家门前，眼神涣散，六神无主。当初他毅然决然地卖掉永生楼的房子，进城置业，就是为了做一个永远的城里人，没想到城里的房子也要被拆迁了，这城里人也快做不成了。我想了想，对父亲说："不是有补偿吗？还可以……"话未说完，就被父亲愤怒地打断了，父亲像是冲着敌人吼道："补偿款一平方米3000元，我这才48平方米，你知道现在马铺的商品房多少钱吗？最低的也4000元，好点的都上6000了！"父亲最后用永生楼的粗话骂了一声。我哑住了，手机里传来一阵噪声，父亲的电话挂断了，我的心开始悬在异乡的空中荡来荡去。

2008年5月，圩尾街拆迁正式开始，几台推土机像巨兽一样开进来，前头几座低矮的平房在轰隆声里化为平地。也就一天，圩尾街拆掉了将近一半，父亲和十来户人家还没签订拆迁协议，但是两三天下来，周围一片残墙断壁，满地瓦砾，父亲的房子像江中一座孤零零的小岛，水电都被断了，父亲坐在门槛上失神发呆。拆迁办和开发公司几个人又上门来了，他们告诉父亲说，若今天把协议签了，他们还可以提供东方红小学旧校舍的一间平房给他做安置房，免费住半年，若不签，明天还是照拆，免费安置房就没有了。

"我签……"父亲哽咽着说。

"这就对了。"拆迁办的人欣喜地说。

"我签、签你们老姆臭×……"父亲用永生楼粗话骂了一声，低下头，像一个委屈的孩子哭个不停。

开发公司的人沉着脸，克制着没发怒，有个人说："老货子，你不是土楼人吗？可以回土楼去嘛，现在土楼多风光，成旅游区了。"

"土楼的房子早就卖掉了，你叫我怎么回去？"父亲抹了一把眼泪，愤怒地盯着面前的那些人，好像是他们逼着他卖掉了永生楼的房子。

拆迁办的人拿出协议书，不耐烦地说："卖掉，买新的，拆掉，建新的，好了好了，快签吧。"

父亲知道，这是命，拗不过的。从土楼净身出户，来到城里，最终城里失去立锥之地，生活却无法兜满一个圈，从城里又回到土楼，因为土楼早已没有他的寸瓦寸地，他只能悬挂在空中，两边不着落，无处归依……这是他从没想过的结局，但结局竟然如此，他也无话可说了。

"我签。"父亲说。

父亲在拆迁协议上一笔一画用力地签下自己的姓名。

被安置到旧校舍的第一个晚上，父亲无法入睡。拆迁办的小卡车把他圩尾街家里的家私物品一股脑地卸在安置房门口，他像蚂蚁一样一件一件地搬进房间里，从早上搬到天黑。父亲发现这房里只有一盏灯，不知是没电还是灯泡坏了，总之是不亮了。各种舍不得扔掉的物品堆满房间，形成一条峡谷般的狭窄通道，他就坐在谷底的沙发上，嘴里发出的喘息声有一下没一下地触碰着这房间里又浓又重的黑暗。天快亮时，父亲走出这黑暗的安置房，走到大街上，在一间小旅社前台用公用电话拨通了我的手机。

"我想回永生楼……"父亲的声音像是从遥远的地方传来，苍凉幽远。流落异乡的我还没有完全从睡梦中清醒，听到电话里传出唰唰唰的清扫大街的响声，父亲的声音断断续续又响起，"我想回去……"

父亲想回永生楼？可是永生楼早已没有他的房子，他又将如何回去呢？我想对父亲说几句，可是电话里是一阵嘟嘟嘟的忙音。

父亲在茫然向前走的时候经过了马铺汽车站。有几辆中巴车就停在站外的街上，售票员轮流用普通话和闽南话向行人吆喝着："土楼，土楼，马上走，马上走。"父亲不知道现在每天有数十趟上百趟的班车开往土楼，原来每天只有一趟的，想起来那都是上个世纪的事了，自从那次他回去把永生楼的房子卖掉后，他就再也没有回过土楼。现在的班车不仅有到土楼镇上，还有到田螺坑、河坑、华坑等村庄。父亲看到一趟班车上的牌子写着华坑，便上了车，车上几乎坐满了，满车都是陌生的面孔。售票员把最后一排一个占着位置的行李拿开，让他坐了下来，用普通话问他："你是到镇上还是村里？"

"我回家。"父亲用着永生楼腔调的闽南话说。

售票员是个年轻女子，有点惊讶地看了父亲一眼，因为华坑村的老人，不管在家的还是在外的，她几乎都认识，只有面前这个老人十分陌生。

父亲微微闭上眼睛。班车开动了，驶出城区后，车速越来越快。父亲睁开眼睛，此时天已大亮，他看到公路拓宽了许多，汽车接连穿越了两个山洞，这都是原来没有的隧道，以前汽车总像是哮喘一样爬着爬不完的坡。他记得那时从土楼圩上到马铺城里，汽车最快也要3个小时。现在从马铺到土楼镇上，1小时10分钟就到了，再20分钟，就到华坑村了。父亲回想起来，自己走出土楼，逃离永生楼，几乎用了大半辈子的人生，现在汽车一个多小时就把他送回来了。

汽车停在华坑村村口的一块空地上，那里有一个停车场，已经停了好几辆小车，还建了一幢三层高的楼房。这都是父亲所不知道的，他最后一个下了车，往村子里走去。那楼房里走出两个穿保安制服的人，其中一个喊道："买票，买票。"前面有人走向楼房那里的售票处。父亲心想，果真是旅游区，果真要买票了。但他并没有拐弯走向售票处，而是继续往前走。

"哎。"一个保安拦住了父亲。

"我也要买票吗？"父亲抬起头问保安。

"当然要，进村看土楼，人人都要买票。"保安说。

"我出生在永生楼时，你都还不知道在哪里呢，你却要我买票？你老爸叫什么名字？"父亲对保安说。

另一个保安走过来，认出了父亲，叫了一声"胜明伯"。父亲想说什么，却没说出来，背着手往村子里走去。脚下的水泥路看样子刚修建不久，父亲的脚踩在这硬实的村道上，心里涌起一种惶然的感觉，虽然这里是他的家乡，却早已没有他的房子，甚至进来都被要求买票。父亲心想，让我买票回家？这都什么世道啊？

父亲看到永生楼了，那土墙上挂着 5 个传统竹筛，每个竹筛上写着一个大字，组成"永生楼客栈"。他的心被刺痛了，刺成了筛子一样，往下滴着血。

永生楼的住户早几年陆续搬出去了，他们把房子租给华栋才改造成客栈房间，到了去年年底，永生楼里已经没有住户了，变成了一座完整的客栈。华栋才请了 3 个村里姑娘（其实都是亲戚）当服务员，还建了私人网站，开通永生楼客栈的博客、QQ 群，生意越做越大，到了周末、黄金周节假日，客栈的房间涨价之后还是供不应求。回来之后父亲才知道，除了他把房子卖给华栋才的父亲（前年已过世），其他人都是出租的，租期最短的 20 年，一般是 30 年，至于租金多少，则没人愿意具体地告诉父亲，但父亲隐约地猜到，一间房子的一年租金就比他当年的卖价要高出几倍。父亲在村子里转了一圈，出入其他几座土楼见了一些人，这才鼓起勇气向永生楼走去。

话说父亲时隔十多年之后第一次跨过永生楼的石门槛，内心的情感非常复杂。左脚提起要迈过门槛时，他不由顿了一下，换成右脚先迈了过去，全身都在微微颤抖。楼门厅已改造成服务台，像所有的宾馆一样，墙上挂着几个时钟以及价格表。服务台里的人抬起头，正是华栋才，他看到父亲时还是略微吃了一惊。

"胜明叔。"华栋才从服务台里迎了出来。

父亲的眼光向廊台、天井和对面的房间望去，永生楼虽然还是永生楼，但已经不像过去那样脏乱，到处显得干净、明亮，井井有条。

"胜明叔，好罕啊。"华栋才说。

父亲只是转头不停地看着，愣愣地没有说话。

华栋才指着一楼对父亲说："我把一楼有的灶间打通了，做成了大餐厅，有的留着做包厢。二楼、三楼都是客房。"

"生意很好啊。"父亲硬硬地说了一句。

"还好，土楼在申遗，今年要是成功的话，可能会更好一些。"华栋才说。

父亲走到廊台前，抬起头望了望永生楼上面的天空，那天空还是圆圆的一圈，他突然对华栋才说："我可以去看看我的房间吗？"

华栋才似乎愣了一下，连忙说："可以可以，我带你参观一下。"

不用他带，父亲已转身走向楼梯往上走。父亲的脚踩得很重，几乎全身的重量都落在脚上，停顿了一下，再提起另一脚。父亲走到二楼歇了一口气，华栋才三五步赶上来，咚咚咚走上三楼。父亲走到三楼时，华栋才打开了一间房间的门，那正是父亲原来住过的卧室，若不是华栋才开门，父亲也许是没办法一下认出来的。门上还是保留着原来传统的铁锁，但房间里已焕然一新了，一张床、一个床头柜还有一张小桌子，床上是洁白的被褥，床头柜上放着一部电话机和一座台灯，墙上挂着液晶电视机，墙壁往里侧开了一扇门。华栋才说："那是卫生间，我们这儿24小时有热水，房间还有网线可以上网。"

父亲一点也想不起自己原来卧室的摆设，反正和面前的样子截然不同，它们是完全不同的两个世界。他站在房间里发愣，过去的那个世界是再也回不去了。

这时，华栋才口袋里的手机响了起来，他掏出手机走到廊道上接听。父亲在房间里木木地转了一圈，感觉到头晕，一屁股在床铺上坐下来。那软软的被褥像弹簧一样，把他的身子往上弹了一弹，他瞬间有一种要被抛出的感觉，两手在床道上抓紧，才让自己坐稳下来。

父亲坐在房间的床铺上，像打坐入定一样，不声不响，不挪不动，不吃不喝，从上午一直坐到天黑。华栋才接了电话下到一楼服务台，忙起来就把父亲忘记了，根本没想到父亲会一直坐在房间里。他是帮客人提行李上来，经过这个房间时看到床上一团黑影，这才凛然一惊，父亲还没离开！

华栋才把行李送到客人房间，回头来到父亲的房间门前，伸手在门边打开电灯，冲着床上坐得像雕塑一样的父亲说："你怎么还在这里？"语气里明显带着惊讶和不悦。

父亲缓缓睁开眼睛，说："我在自己房间坐不行吗？"

"咦，胜明叔，你怎么这样说话？"华栋才尖声叫了一声，"这以前是你的房间没错，可是你1990年就卖给我们家了！"

"我反悔了。"父亲静静地说。

华栋才冷笑了两声，说："你在合同上还特别注明，永不反悔。"

"我是跟我堂哥华胜谷签的买卖文书，你让华胜谷来跟我说话。"父亲说。

华栋才气得全身发抖，说："那你找他说去。"然后一转身，向楼梯口大步走去。

这个晚上父亲继续坐在房间的床上纹丝不动。华栋才找来八叔公和三堂伯，好言好语劝父亲离开，父亲不争辩也不大理会，冷不丁地说："我反悔了。"

"你怎能反悔？白纸黑字呢，做人讲的就是信用。"三堂伯生气地跺了一下脚，整座永生楼仿佛都微微晃动起来。

"当时价钱是低，可是一时是一时的价，再说那时土楼根本不起眼，有的房间破破烂烂，送人都没人要。"八叔公说，"我做个公道，栋才，你给你叔补2000块，胜明你就认了吧。"

华栋才听到补偿，心想2000元虽是小数字，但这等于认可了他的反悔，这口子一开以后怎么办？他急忙说："合同是受法律保护的文书，板上钉钉，我不同意什么补偿。"

八叔公做公道不成，感觉很没面子，独自走了。三堂伯也说不动父亲，嘀咕着走了。华栋才看着瓮子一样戳在床上的父亲，动手打是打不得，拖也拖不得，只能愤愤地离开。

父亲就这样整个晚上坐在了床上。第二天一早，华栋才上来看他，他仍旧背靠着墙壁坐着，眼睛紧闭，像是入睡又像是入定。

"胜明叔，自家人，你别这样好不好？"华栋才说着，手痒痒地攥起拳头，声音却像是要哭出来了，"我今晚接了一个团，客人早上就会到，你能不能离开这里？"

父亲的眼睛一先一后地睁开，看着华栋才说："我反悔了。"

华栋才也定定地看着父亲，说："从法律上说，这是我的私人住宅，如果你十分钟内不离开，我就报警了！"

不知是给报警这句话吓着还是怎么了，父亲缓缓站起身，佝偻着背，神情恍惚地走出了房间。

— 9 —

父亲回到马铺城里的安置房，最大的现实横亘在他面前，他在这个城里已经没有家，没有立锥之地了，这间安置房只不过是暂时的栖身之所。他想起此次回永生楼的历程，心力交瘁。如果说当年是他抛弃了永生楼，现在则是永生楼拒绝了他，可是这杯苦酒就该由他一个人独饮吗？此一时，彼一时，谁人能参透？风水轮流转，谁知道就转出这么一个结果？

接连十多天，父亲过着昼夜不分、浑浑噩噩的日子，做一顿饭吃几天，有时几天不吃，有时整个白天都在昏睡，而夜晚却在周边四处游荡，有一天还梦游般走到早已变成工地的圩尾街，被一根钢筋拌了一脚。有一天深夜走过马铺县法院，父亲突然哆嗦了一下，脑子里迅速冒出一个念头，打官司，让法院撤销当年的买卖文书，依靠法律收回永生楼的房子。

这么一想，父亲立即兴奋起来。他毕竟也是读过书还教过书的人，他想，以显失公平为由，向法院提起诉讼，要求撤销当年的买卖合同。父亲回到安置房里，烧了一锅水，好好洗了一个澡，然后换了一身干净的衣服。他要一改前些天的颓废和疲软，他要振作，要奋发，要扼住命运的咽喉，要逆转命运的走向。

"你等着，我要把永生楼讨回来。"有一天父亲给我打电话说，他的声音里显示出一种坚定和自信。

流落异乡的我当然必须鼓励他、祝愿他，我说："好吧，相信法律。"

父亲说："我把永生楼的房子追回来，我就搬回永生楼去住，现在我年纪大了，一个人在城里也没有了房子，其实在城里这么多年，我现在才知道我不是城里人，我没有城里户口，没有医保，没有社保，没有老朋友，也没有亲戚，虽说有个孙子，可是被他妈教坏了，一年也看不到几次面，原来你也在这城里，可是现在你也离我那么远了……我到这城里20年了，本打算这辈子就做个城里人，还幻想续弦续个城里人，不过你找了个城里人老婆又怎么样呢……我还一直模仿城里人说话的腔调，可是至今仍然是华坑村的地瓜腔……我想，我是土楼的一滴水，怎么羼进城里的油呢？我还是回永生楼吧，有一句老话是怎么说的？从哪里来，回哪里去……"

父亲唠唠叨叨跟我说了好多，没想到这竟成为我们最后一次的通话。那时我在异乡的打拼似乎有了一点起色，我想今年过年一定要回马铺看看父亲，当然我希望就在永生楼看到父亲。我从小生活的永生楼，原先一直觉得它面目可憎，现在突然感觉它还是很美好的，那里曾经有一家人生活在一起的温暖时光。

父亲花了3天的时间，认认真真地写了一份诉状，然后又花3天的时间反复修改，最后工工整整地誊写了一遍。他把所有的希望都用力地写在了每个文字里。

走进法院前，父亲又特意洗了一次澡，换了一身干净的衣服，他想这样才显得庄重，和他所要办的事情相配。这一天，父亲走进了马铺县人民法院。一个工作人员问他有什么事，父亲说："我要打官司，依法维护自身权利。"

工作人员便把他带到立案大厅。父亲从衣服里掏出用塑料纸包着的起诉状，解开塑料纸，把那两张纸的状子双手递给了一个穿制服的中年男子。

那中年男子一手接了过来，两只眼睛在上面飞快地看了几行，立即退还给父亲，说："这不行。"

"怎了？是不能手写，还是……"父亲愣了一下。

"是你的合同追诉期过了，无法立案。"那中年男子说。

"怎么就过了？"父亲的声音在发抖了。

"合同追诉期也就两年，你这都快 20 年了，根本就不行。"

"不行？"

"不行。"

"不、不、不行吗？"

"不行！法律规定不行就是不行！"

父亲彻底呆住了，张大的嘴巴空洞洞的，半天吐不出一个字。父亲不知是怎么离开法院的，迈着踉跄的脚步，像喝醉酒一样摇摇晃晃地回到安置房。

昏睡了一天之后，父亲醒来发现天刚蒙蒙亮。他走到街上，看到很多单位大楼的墙上刷了许多新的标语，有的还做了红布拱门，天空中飘动着很多红气球。人民广场上更是聚集了满满当当的人，像是开大会一样，还有一支腰鼓队、一支大鼓凉伞队在那儿敲敲打打。这是 2008 年 7 月 7 日凌晨 6 点左右，马铺县在土楼多个旅游景区和县城地区组织群众，等待正在加拿大魁北克市召开的第 32 届世界遗产大会传来投票结果，一宣布土楼列入世界文化遗产项目，各个点便开始鸣炮庆祝。

父亲站在广场边上看着密集的人群，那一张张的脸喜气洋洋，因为大家都很有把握，土楼一定能列入的，土楼就像是这些人家里的土楼，而唯独不是父亲的，因为父亲一直沉着脸。没人知道父亲此时的复杂心情。他突然生出一个坏念头，就是盼望土楼落选。

这时，有人用高音喇叭喊道："马县长从加拿大大会现场打来电话，土楼成功了！"下面的欢呼像海浪一样，一浪高过一浪："成功了！成功了！成功了！"鞭炮惊天动地地炸响，腰鼓队和大鼓凉伞队齐刷刷地敲响了鼓，顿时广场上鼓乐喧天，一片沸腾。父亲知道，他的坏念头阻挡不住土楼的入选。他也流下了一串长长的眼泪。

　　父亲转到了汽车站，坐上了开往华坑的班车。这一路上，公路两边飘动着许多红布气球，上面的字他看不清，只觉得是许多红色的影子在扭动，就好像他小时候在永生楼看到布袋戏表演，许多小偶人被上面的线一抽一抽，笨拙地迈着脚步，父亲闭上了眼睛，他感觉这一生也是被一根看不见的线抽着，不断地抽着，他就像那小偶人一样不断地动着、动着。

　　华坑村村口的停车场彩旗飘飘，售票处的高音喇叭播放着欢快的音乐，不时穿插一句广播："为热烈庆祝土楼成功列入世界文化遗产，所有土楼景区连续三天免费参观。"游客三五成群，一撮一撮的，只有父亲是孤零零一人，尾随在所有游客的后面，脚步蹒跚地走进这个他一直想要逃离的土楼村子。

　　永生楼门口呈喇叭状插着两排的小彩旗，父亲抬起的脚放落到地上时，竟有一种发麻的过电感觉，他耸了下身子，让自己镇定，以便适应这热烈而庄重的仪式。父亲打起精神，迈着端正的方步，慢慢走过这段彩旗夹道欢迎的并不长的路。他跨过石门槛，走进了楼门厅，径直就往廊台走去。

　　这时服务台出来一个年轻的姑娘，用普通话对父亲说："哎，老伯，你找谁？"

　　"我不找谁，就回来……"父亲用永生楼腔的闽南话说。

　　正巧这个服务员是外地刚刚招聘来的，听不大懂闽南话，她又说："你想住宿吗？今天庆祝土楼申遗成功，有优惠的。"

"我都住过 40 多年了……"

"如果你不住宿，请不要上楼参观，因为昨天的客人还没退房，他们有的出去了，房间门没关。"

"我、我住……"

"住宿请到这边登记。"

父亲回转过身子，缓缓走到服务台前。

"请你出示一下身份证好吗？"

"我要三楼，右边这楼梯往右第三间……"

"好的，我看一下，这间有没有人住了？"服务员一边查着台历一边说，"那你就要这间是吧，318 房，我们每个房间同时也用土楼名字命名，比如301 是和贵楼，302 是怀远楼，303 是裕昌楼，你这间正好是永生楼。"

正好。父亲心里小小地惊喜一下。他摸了几个口袋，终于从裤子内口袋掏出身份证。

服务员接过父亲的身份证，看了一眼，不由惊讶地说："原来你是永生楼的老住户啊。"

"嗯，住了 40 多年，身份证一直就是这个地址。"父亲淡淡地说。

"老伯，我们今天庆祝申遗成功，住宿 8 折优惠，180 元收你 140 元，我是新来的店长，再给你优惠 20 元，你先给我交 200 元押金，退房时找你80 元。"

父亲又从口袋里掏出两张皱巴巴的大钞。

服务员登记好，递给父亲一张押金条和一把钥匙，手指向廊台右边说："你从这边楼梯上，318 房，永生楼，你有什么需要，用房间电话拨 8 就可以了。"

我在这儿都住了 40 多年,今天是第一次花钱住自己的房间,一天 120
元,特别优惠价,沾土楼申遗成功的光啦。父亲心里想着,对服务员微微
一笑,往廊台右边走去,他又想,当年卖掉一间才 280 元呢。

— 10 —

土楼申遗成功这一天,永生楼客栈老板华栋才被请到田螺坑现场参加
庆祝活动。活动结束后,在同样也是开客栈的朋友家里吃喝,因为高兴,
大家都喝多了。华栋才很晚才被送回到华坑村永生楼,他一觉睡到了第二
天 9 点多。起床伸了个懒腰,华栋才美滋滋地想,这当初谁也看不上眼的
土楼,成为世界文化遗产了,这可是响当当的世界级宝贝,以后生意越来
越好做了。

华栋才来到服务台,顺手翻看了一下住宿登记单。他的眼睛突然瞪大
了,他看到了"华胜明"的名字还有所住的房号,这简直是不可思议的事情,
华胜明花钱来住"永生楼"?!华栋才脑子里闪过一个念头,他猛地冲出服
务台,向楼梯大步冲去,三级并作两级,像跨栏冲刺一样,吃力地向上冲。

跑到 318 号也就是"永生楼"的房间门前,华栋才喘着粗气,伸手就
往前推门。

但是门推不开,里面上了门闩。他从门缝往里面看,只看到一团模糊
不清的影子。他做了个深呼吸,攒起全身的力气,往门上狠狠地撞去。

木门砰地被撞开了。华栋才一眼就看到华胜明和衣坐在床上,像是入
睡又像是入定地一动也不动。

"胜明叔。"华栋才叫了一声，他知道叫也没用，只不过给自己壮下胆。他轻手轻脚地走到华胜明面前，看到他胸前的衣服上粘着两张纸，原来就是给法院的起诉状。他伸手揭下一张纸，手指只是稍微触碰到华胜明的身体，没想到他整个身体就像偶人一样往床铺上倾倒而去。

父亲不知何时已在永生楼往生了。